KB153047

이강백 희곡과 자기실현

* 이 책은 2017년부터 2020년까지 대한민국교육부와 한국연구재단의 지원을 받아 수행된 연구결과이다. (NRF-2017S1A5A2A01027296)

이강백 희곡과 자기실현

이상란 지음

평민사

머리말

사막과도 같은 황량한 장터에서 삶의 진실을 증명하고 싶었던 한 소년의 푸른 느티나무에 대한 꿈에서 수많은 생명을 제물로 바친 선주의 죽음에 임박한 깨달음까지… 이강백 희곡전집 아홉 권은 작가가 삶의 각 단계마다 마주하는 현실에서 집단에 비해 한없이 미약한 '하나의 개인이 어떻게 우주를 품을 만큼 존엄한 존재'일 수 있는가 하는 물음을 던지고 그에 대한 연극적 실천을 구성한 것이다. 그러기에 그의 작품에는 극적 주체들이 삶의 문제를 안고 자신의 전존재를 헌신하여 극단적 순수에 도달한다.

극작가 이강백은 희곡이라는 자신의 소우주를 치밀하게 구성하면서 그 안에 순수의 결정체를 중심인물로 던져 놓는다. 그리고 작가는 그 혹은 그녀가 자신이 놓인 상황 속에서 다양한 대척점에 있는 인물들과 관계를 맺으며 자신의 문제의식을 극단까지 실현하도록 밀고 나아간다. 그 극적 주체의 형상화는 이강백의 각 삶의 단계의 화두와 만난다. 그리하여 한 작품에서 구성된 소우주는 해체되고 또 다른 소우주로 거듭 구성되는 창작의 전 과정은 작가의 '자기실현'과정과 유비관계를 맺게 된다.

이 책의 제목을 『이강백 희곡과 자기실현』으로 한 이유는, 작가가 50년간 창조한 소우주들의 형성과정을 칼 융이 제창한 분석심리학의 '자기실현' 과정과 연결시켜서, 한편으로는 극적 주체들의 자기실현의 상이한 단계와 방식을 천착하고, 다른 한편으로는 그로부터 극작가 이강백의 자기실현과정도 유추해보고자 하기 때문이다.

이강백 선생님과의 조우는 1988년 여름으로 거슬러 올라간다. 독일 유학시절 내가 보쿰대학교에서 한국어강사를 하고 있을 때였다. 당시 나는 독일에 연수 오신 이강백 선생님과 한국학과 자쎄(Prof. Dr. Werner Sasse) 교수님과 함께 점심식사를 하게 되었다. 책으로만 알고 있던 이강백 선생님을 직접 만나서 극작가로서의 개인적 삶과 독일에서의 연극체험에 대한 대화를 나눈 특별한 시간이었다.

연구자로서 이강백에 대한 나의 관심은 1998년 〈파수꾼〉에 대한 기호학적 연구를 하면서 시작되었고, 그 해 있었던 '이강백 연극제'에서 심화되었다. 〈파수꾼〉에 대한 나의 논문은 이강백과 나의 대담의 계기를 마련해주었다. 이강백은 그 논문이 작품을 '1970년대 우리사회의 알레고리'라는 너무나 지당한 해석으로부터 어느 정도 해방시켜주었다고 보았기 때문이다.

이강백에 대한 나의 본격적인 연구는 2017년 3월부터 일 년 반 동안 11회에 걸친 인터뷰를 하면서 이루어졌다. 이 인터뷰과정은 외부자적 시선으로 그의 작품을 읽을 때 보이지 않던 작품세계에 대한 심층적 관점을 확보할 수 있게 도와주었다. 그렇지만 연구자로서 학문적 거리를 잃는 일은 일어나지 않았다. 어떤 면에서는 작가에 대한 개인적 정보들이 쌓이면서 환상이 걷히고 선명하게 보이는 경향도 있었다.

이 책은 대담집 『극작가 이강백의 삶과 작품. 이야기가 사람을 만들고 사람이 이야기를 만든다』에서 이어진 성과이다. 원래의 계획은 인터뷰 과정에서 생성된 논문을 축약하여 대담집 뒤에 해설로 넣으려던 것이었는데, 대담내용이 계획보다 방대해졌고,

나의 연구도 길어져서 대담집과 나의 연구서를 분리하게 된 것이다. 〈파수꾼〉에 대한 논문과 작가와의 대담에 자극을 받아 생성된 논문들을 모아 놓고 그것을 수정·보완·재구성했을 뿐 아니라, 새로운 장들도 추가하였다. 이강백이 50년간 개인적 삶과 사회적 상황에 대한 문제의식을 희곡으로 형상화해낸 작품 세계 전체를 아우르는 연구서를 5년 안에 내는 것은 나에게 역부족이었다. 단지 작가가 다양한 삶의 문제를 희곡으로 승화시키는 과정을 '자기실현'의 관점에서 연구를 진행하여, 기존연구에서 다루지 않았던 또 하나의 시각을 열 수 있기를 희망한다. 작가 개인의 삶은 여전히 자세히 들여다 볼 수는 없지만, 작가가 언술하고 있는 작품세계의 형성과정과 작품 내에서의 극적 주체들의 발자취를 함께 따라가다 보면 작가론과 작품론을 관통하는 새로운 시각이 드러나리라 기대한다.

나의 연구 인생에 큰 힘이 되셨던 선생님들, 동학과 선후배들 그리고 제자들… 모두를 하나하나 가슴에 새기며 감사의 기도를 드린다. 늘 함께 하며 응원했던 남편과 아들에게 깊은 사랑을 전한다.

2022년 12월

이상란

차례

제1부

진리를 추구하는 극적 주체의 탄생

"내 위의 별이 빛나는 하늘과 내안의 도덕법칙"
— 임마누엘 칸트

이강백 초기 희곡에서 극적 주체의 성장과정은 의미심장하다. 등단작인 〈다섯〉(1971)에서 인물 '라'는 민중들 사이의 경계와 권력관계에 의한 위계질서를 넘어서려는 갈망을 지닌 주체로 형상화된다. 〈셋〉(1972.6)의 사막과 같은 비정한 장터에서 죽음의 놀이를 해야 하는 인물 '다'(아들)는 하얀 알이 담긴 새둥지를 품고 있는 연초록의 느티나무를 꿈꾸며 자신의 전 존재를 던진다. 〈알〉(1972.10)의 시민 '라'는 인간의 도덕적 품성을 지키기 위해 알 속에 위대한 임금님이 있다고 믿으려 하고 자신의 목숨을 던져서라도 알 속에 진정 무엇이 들었는지 확인하고자 하는 진리에의 의지를 지닌 인물로 등장한다. 이들 진리를 추구하는 주체들은 현실에 대한 결핍을 강렬히 느끼지만, 아직 전체적인 구조의 모순을 통찰할 시선을 확보하지는 못한다.

〈파수꾼〉(1973)에 이르면 소년 파수꾼은 끊임없이 인간을 통제하는 권력장치(망루)에 다가가 그 허위성을 인식하는 단계에 이른다. 판옵티콘과 같은 '보이지 않으면서 보는' 권력의 핵심에 다가가 어떻게 이들이 만들어내는 공허한 담론이 전체 사회를 통제하고 길들이는가를 직시하게 된다. 그리하여 소년 파수꾼은 마을 사람들에게 진실을 공표하여 함께 이 부조리한 구조를 변화시키고자 하지만, 권력의 교묘한 술책에 저항하지 못하고 침묵하기에 이른다. 그는 사회구조에 대한 '인식'에는 이르렀지만, 아직 그 인식을 실천하기에 충분히 용감하지도 성숙하지도 못한 극적 주체에 머문다.

이렇게 〈내마〉 이전의 극적 주체들은 모든 경계를 넘고자 하는 열망이 강했음에도 그것을 타개할 방법을 찾지 못한 채 자신의 감옥 속에서 고독의 에너지를 응축시켜가고 있었다. 그러나 〈내마〉(1974)에 이르면 한편으로는 그 응축된 고독의 에너지가 폭발하여 무대를 장악하고, 다른 한편으로는 사회적 불의 속에서도 도덕적 주체로서의 '인식과 실천'을 이루어내는 극적 주체의 탄생이 이루어진다.

제1부에서는 이강백 초기희곡의 문제의식이 집약되어 있는 대표작 〈다섯〉, 〈셋〉, 〈파수꾼〉 그리고 〈내마〉를 분석하여 극적 주체가 진리에의 의지를 실현해 가는 과정을 천착해내고자 한다.

제1장

고독 속 진리를 향한 꿈: 〈셋〉과 〈다섯〉*

이강백(1947~)은 현재 자신의 삶의 단계를 반환점을 돌고 있는 상황으로 보고 있다. 2017년 3월 28일에 이루어진 필자와의 제1차 인터뷰[1]에서, 그는 반환점이란 "미래를 향했던 시각이 어떤 시기에 이르면 이제 오히려 앞을 보는 게 아니라 뒤를 보며 자기가 달려온 길과 출발했던 지점으로 유턴"하는 단계라 언급한 바 있다. 그런 반환점에서 그는 자신의 초기 희곡을 당시의 자신을 진솔하게 드러낸 작품들로 보고 있으며, 그러나 이제는 다시 돌아갈 수 없는 고향처럼 여기고 있음을 확인하게 된다. 4월 24일에 있었던 제2차 인터뷰[2]는 학생들에게 열린 강연회 형식

---

* 제1장은 본인의 논문 「이강백 초기희곡에 나타난 고독의 미학. 〈셋〉과 〈다섯〉을 중심으로」(『한국극예술연구』 58, 2018)를 수정 · 보완 · 재구성한 것임.

1) 인터뷰는 1년 반 동안 11회 진행한 이강백과의 심화인터뷰이다. 이 책에서는 여러 차례 수정과정을 거쳐 출간된 대담집 『극작가 이강백의 삶과 작품. 이야기가 사람을 만들고 사람이 이야기를 만든다』(평민사, 2021)와 함께 수정과정에서 탈락되거나 조금은 거칠더라도 작가의 육성이 생생한 인터뷰 초고도 인용하여 논지를 진행하려 한다. 그리하여 독자는 초고와 정제된 대담집을 비교할 기회를 얻을 수 있을 것이다. 「이강백과의 1차 인터뷰」는 2017년 3월 28일 서강대 정하상관 1119호에서 채록자 박상준과 함께 진행되었다.

2) 「이강백과의 2차 인터뷰」(2017년 4월 24일, 서강대 떼이에르관 대회의실)는 「시대가 사람을 만들고, 사람이 시대를 만든다」라는 제목으로 이강백이 두 시간 가량 강연을 한 후, 필자와 채록자 그리고 강연 참여자들의 질문하고 대화하는 형식으로 진행되었다.

으로 진행되었는데 그때 젊은 날의 자신의 고독에 대해 언급한다. 폴 틸리히의 『영원한 지금』[3]에서 '쓸쓸함'과 '외로움'을 인용하면서 이강백은 젊은 날의 고독은 그것 자체로서 순수함이며 그것이 창조의 원천임을 밝힌 바 있다. 베레나 카스트(Verena Kast, 1943~)가 언급하듯, 콤플렉스는 그것 자체가 삶의 문제이며 동시에 삶의 테마이므로, 자아가 콤플렉스와 접속하여 거기에 떠오르는 이미지와 환상을 형상화하는데 성공하면, 콤플렉스와 연결된 에너지는 전 인격을 소생시키는 에너지로 전환될 수 있다.[4] 이강백 초기 희곡에 각인되어 있는 고독은 그의 콤플렉스이면서 동시에 그의 창조적 에너지의 원천이자 출발점이었음을 이 장에서 밝히고자 한다.

이 장에서는 이강백의 초기희곡 중에서 작가의 자아의 일부가 투영된 인물이 등장하는 상이한 시각의 두 작품 〈셋〉(1972)과 〈다섯〉(1971)을 중심으로 작품 전체를 압도하고 있는 '고독'의 미학을 분석하려 한다. 작가는 〈셋〉에서 인간의 근원적 고독을 형상화하고 있으며, 〈다섯〉에서는 인간의 근원적 고독을 사회적 맥락에서 성찰하여 한 인간이 위계적이고 폭력적인 권력질서 안에서 어떻게 고립되어 가는가를 드러내고 있다.

지금까지의 이강백 초기 희곡에 대한 연구는 사회성과 작품구조에 대한 천착이 주를 이루고 있다. 특히 70년대의 사회적 상황에 예민하게 반응하며 그것을 알레고리로 추상화하여 형상화

---

3) 폴 틸리히, 김경수 역, 『영원한 지금』, 대한기독교서회, 1987(1973), 12쪽. 틸리히는 고독을 '쓸쓸함(loneliness)'과 '외로움(solitude)'으로 구분하면서 전자는 홀로 있는 괴로움을 표현하는 것이며, 후자는 홀로 있는 영광을 표현하는 것이라 언급한다. 이 글에서는 고독의 양면성을 포괄하여 논하고자 한다.

4) Verena Kast, *Wir sind immer Unterwegs. Gedanken zur Individuation*, München: DTV, 1997, p.92 참조.

하고 있는 점이 일찍이 부각되어 많은 연구자와 평론가들이 이에 대해 집중적으로 논의하였다.[5] 그리고 작품에 대한 기호학적인 분석[6]과 반복구조에 대한 철학적인 천착[7]도 이루어져왔다.

이 글에서는 기존의 논의를 바탕으로 하되, 좀 더 나아가 이강백 희곡의 출발점에 놓여 있는 심리적 풍경과 삶에 대한 인식 그리고 사회에 대한 감각에 초점을 맞추고자 한다. 그의 초기 희곡에 채워져 있는 '물질성'과 삶에 대한 감수성도 연결시켜보고자 한다. 또한 필자가 진행한 이강백과의 심화인터뷰를 바탕으로 작품과 작가의 연결고리를 추출해내고 그것을 다시금 연구자의 입장에서 거리를 두고 분석[8]해 보고자 한다. 또한 그것을 바탕으로 말해지지 않는 무의식의 차원까지 보완하여 연구를 심화시키려 한다. 이를 통해 이강백이 삶과 예술 그리고 사회를 어

---

5) 김남석, 「1970년대 이강백 희곡연구. 군중과 권력의 상관성을 중심으로」, 『어문논집』 43, 2001.
김성희, 「우의적 기법으로 드러나는 시대정신」, 『한국현역극작가론』, 예니, 1987.
———, 「한국정치극연구1」, 『한국극예술연구』 18, 2003.
배봉기, 「이강백론. 정치적 알레고리를 중심으로 초기 희곡 연구」, 『현역중진작가연구 II』, 한국문학연구학회, 1998.
이영미, 『이강백 희곡의 세계』, 시공사, 1998.
이영미, 『안치운 외, 『〈다섯〉에서 〈느낌…〉으로』, 예술의전당, 1998.

6) 권미란, 「이강백 희곡 연구. 주체와 공간의 상관성을 중심으로」, 서강대 박사학위논문, 2016.

7) 백현미, 「이강백 희곡의 반복구조와 반복의 철학」, 『한국극예술연구』 9, 1999.

8) 이 글은 질적 연구방법론을 활용하여 인터뷰를 하고 그것을 바탕으로 한 개인인 극작가의 삶에 대한 인식이 작품에 어떻게 드러나는가에 초점을 맞추고 있다.
윤택림, 『문화와 역사 연구를 위한 질적 연구방법론』, 아르케, 2004.
Uwe Flick, Ernst von Kardorff, Ines Steinke(Hg.), *Qualitative Forschung*, Hamburg: Rowohlt, 2005(2000).

떻게 인식하고 승화시켜 초기 희곡에 담아내고 있는가를 천착할 것이다.

1. 근원적인 존재의 고독, 〈셋〉

1.1. 신, 운명 그리고 사회적 환경의 잔혹성

인물 가, 나, 그리고 다는 극의 초두에 남루하고 생기 없는 모습으로 등장한다. 그들이 대화를 시작하면 인물 가와 나는 아버지이며 인물 다가 아들임이 드러난다. 그러나 이들의 관계는 혈연으로 이루어진 것이 아니라 계약관계인데 마치 창조주와 피조물의 관계처럼 형상화된다. 하느님이 아담을 부르듯이, 가가 "아들아" 하고 부르면 다는 "네, 아버지, 제가 여기 있습니다."[9]라고 답한다. 가와 나가 부르거나 명령하면 다는 매번 그에 성실히 응답한다. 이 운명적인 위계질서 속에서 가와 나는 다의 생명을 놓고 놀이를 벌인다. 소위 다가 일어섰다 앉았다를 반복하는 동안 나가 북을 치면 가가 기관총을 쏘는 놀이이다. 그러므로 마치 러시안 룰렛에서처럼 언제 죽을지 알 수 없는 상황에서 인물 다는 계속 앉았다 일어섰다를 반복해야 하는 놀이인 것이다. 가와 나는 맹인이므로 이들의 게임은 철저히 우연성에 근거한다.

여기서 우선 가와 나라는 인물이 어떻게 그리고 무엇을 형상

9) 이강백, 『이강백 희곡전집 1』, 평민사, 1993(1982), 35쪽. 이후 〈셋〉과 〈다섯〉 인용은 (1:쪽수)로 밝히겠음.

화하는지 살펴볼 필요가 있다. 가는 마치 창조주처럼 다에게 명령을 내리고 그의 생명을 담보로 게임을 벌일 수 있다. 그러나 가와 나는 세상을 보거나 인식할 수 없는 존재에 불과하다. 가는 허망한 명령만 내리고, 나는 그에게 협조하면서 불평만 늘어놓는다. 가와 나는 상황을 저주할 수는 있지만 변화시키거나 스스로 변화할 힘도 의지도 없는 존재들이다. 이렇듯 그들은 전지전능함이 거세된 현대의 무력한 '신'과 같은 존재이지만, 인물 다에게는 벗어날 수 없는 절대적인 힘이자 운명으로 작용한다. 다에게 끊임없이 같은 행동을 하도록 요구하고 생명을 담보한 놀이를 계속하게 하고, 다가 살아남으면 여지없이 폭력을 휘두른다. 이렇게 인간의 근원적 조건으로서의 운명의 부조리와 잔혹성을 나타내는 존재로서 인물 가와 나가 등장한다.

또 하나의 잔혹한 환경은 바로 그들의 놀이를 지켜보는 군중들이다. 그들은 무대에 등장하지 않는다. 등장인물 가, 나, 다에 의해 간접 묘사되거나 소리로서 반응한다. 과거에는 이들의 게임에서 자주 아들들이 죽어나갔기 때문에 "나타나기만 하면 열광하던"(1:35) 그들이, 아들이 죽지 않고 계속 살아남자 흥미를 잃어 극의 처음에는 "여자들은 기둥 뒤에 몸을 반쯤 가리고, 남자들은 의자에 비스듬히 앉아서"(1:35) 바라보고 있다. 가끔은 아들이 죽어 나가야 열광하는 이들은 타인의 존재나 삶에 관심이 없고 누군가의 생명이 희생되더라도 순간적인 서스펜스라는 극단적인 쾌락만을 원할 뿐이다. 다가 살아남으면 "사기꾼이다! 협잡이다!"(1:39)라고 야유한다. 이들의 반복된 놀이에서 아들이 계속 살아남자, 군중들은 "표정"이 "없어"지고, 야유를 넘어 "사기다! 협잡이다! 죽어라! 죽어!"(1:44)라고 외친다. 결국 군중들이 원하는 것은 아들의 죽음이었던 것이다. 타인의 죽음으로 자신들의 순간적인 쾌락을 삼으려는 군중은 폭력적인 아버지들만큼이나 잔혹하다. 이들은 인간에 대한 연민도 이해도 없는 냉혹한 동시대의 사회적 환경이자 구성원들이다.

1.2. 살아있는 존재의 고독

그늘 하나 없이 햇볕이 뜨겁게 내리 쬐이고 먼지가 날리는 비정한 장터에 있는 등장인물들은 깊은 갈증을 느끼고 있을 것이다. 그러기에 인물 나는 반복적으로 침을 내뱉는다. 그러한 상황에 아무런 불만도 드러내지 못하는 인물 다는 아버지들로부터 끊임없이 죽음의 놀이에 참여하도록 요구받고 매번 그에 성실히 소명해도 살아남았다는 이유로 아버지들로부터는 두들겨 맞고, 군중들에게는 야유를 받는다. 그에게 주어진 소명, "일어섰다 앉았다" 하는 반복된 행위를 하며 삶과 죽음의 경계를 오가는 일을 아무리 성실하게 수행해도, 그의 삶의 정직성을 알아주는 이는 이 장터에 아무도 없다. 그에게 명령을 내리는 이들과 그를 쾌락의 먹이로 바라보는 이들에게 둘러싸인 채 다는 허무한 움직임을 계속해야 한다.

그의 고독은 우선 자신에게 주어진 부조리한 운명에 이의를 제기할 수 없기 때문에 생겨난다. 태어날 때부터 주어진 삶의 조건이 아무리 부당하고 부조리하다 하더라도 이의를 제기할 수 있는 사람이 누가 있겠는가. 그러기에 인물 다는 가와 나의 명령에 복종할 수밖에 없다. 운명적인 위계질서에서 상호 의사소통이란 불가능하다. 그러기에 다는 목숨이 달린 일임에도 불구하고 놀이를 시작하자고 아버지들이 명령하면 아주 성실하게 총을 자신의 머리에 가져다 대 죽기에 가장 좋은 위치로 뒷걸음질

쳐 서서 북소리에 맞춰 일어섰다 앉았다를 반복하는 것이다. 이런 운명적인 관계에서 상황에 대한 문제 제기나 변화를 위한 노력과 소통은 불가능하기 때문에 인물 다는 내던져진 존재로서의 근원적 고독을 느낄 수밖에 없다.

또 다른 고독의 원인은 배제의 시선에서 기인한다. 이는 그를 둘러싼 군중들과의 관계에서 생겨난다. 인물들이 등장할 때부터 군중들은 그들이 어떻게 하나 의심스럽게 바라보고 있다. 이 비판적인 관찰자들은 그들이 고통스럽든 목이 마르든 죽든 상관없이 서스펜스의 쾌락을 바랄 뿐이다. 이러한 잔혹한 군중들의 시선에는 인간에 대한 연민이 전혀 없다. 더구나 누군가를 이해하거나 배려를 한다거나 연대의 가능성은 기대할 수도 없다. 인물 다가 아무리 정직하게 자신의 역할을 수행해도 단지 살아남았다는 이유로 격렬한 야유를 쏟아낼 뿐이다. 그중 어느 누구도 인물 다가 정말 죽었을까봐 걱정하거나 다가오지도 않는다. 이렇게 무대 위에는 등장하지 않지만, 시선과 소리로 존재하는 군중들은 일정한 간격을 가지고 비정하게 인물 다를 사회로부터 배제시켜 섬 같은 공간에 홀로 버려져 있게 만든다.

이러한 소통이 불가능한 수직적 위계질서 안에서 잔혹한 운명의 요구에 정직하게 부응해도 살아남음 자체가 치욕이 되고, 그 누구에게도 삶의 진실성을 이해 받을 수 없으며, 주변 인물들에게는 배제와 질시를 당하는 상황은 인물 다에게는 고독과 고통 그 자체일 것이다. 등장인물들이 햇볕에 그을리고 얼굴에 먼지를 뒤집어쓰고 등장한 모습을 통해 황폐한 사막과 같은 비정한 장터의 물질성이 드러난다. 죽음의 놀이가 벌어지는 무대 즉 장터는 햇볕의 '뜨거움', '무더움', '먼지' '숨 가쁨'이라는 물질성으로 가득 채워져 있다. 이러한 물질성은 인물 다의 사회적 환경이자신이 마련한 운명의 잔혹함을 감각적으로 전달하는 매체이다.

〈셋〉에 나타나는 이러한 그로테스크한 이미지[10]와 물질성은 당시 작가의 심상과 연결 지어 생각해 볼 수 있다. 이강백은 이 시기의 자신의 삶을 축약하는 두 개의 이미지를 인터뷰에서 밝힌 바 있다. 하나는 장마 직전의 '무더운' 여름날 한강변의 갈대밭에 낚시하러 종종 갔었는데 갈대에 의해 살갗이 '삭삭삭' 베어질 때 차라리 위로를 느꼈다는 이야기이다. 그때 갈대 숲 속에 여기저기 있었던 물웅덩이와 그 안에 갇힌 물고기 그리고 그것을 쳐다보고 있었던 외로운 자신의 모습에 대해 언급하였다. 그와 오버랩 되는 또 하나의 이미지는 『천일야화』에 등장하는 하반신이 돌이 된 왕자에 대한 것이다. 왕자가 마녀의 사랑을 받아들이지 않자 마녀는 그의 하반신이 돌이 되게 하고 왕국의 백성들은 연못의 물고기로 만들어 하루 종일 그 연못가에서 물고기가 된 부모님과 백성들을 바라보게 만들었던 이야기를 들려주었다. 이 이야기는 다양한 천일야화 중에 그에게 오랫동안 각인되어 있던 몇 이야기 중의 하나임을 언급한다. 작가는 연못 속에 갇혀 있는 물고기와 하반신이 돌이 된 왕자와 자신을 동일시하면서, '갇혀 있음', '고립' 그리고 '고독'이 이 시기 자신의 심상이었음을 토로한다. 그러면서 작가는 자신의 삶의 정직성을 세상 누구도 이해하지 못할 거라는 절박함으로 이 작품을 썼다고 언급한다.[11]

---

10) 이에 대해 김성희는 "인간 존재의 비극성"이라 규정하면서 "이 작품은 비인간성으로 가득 찬 인간조건의 황폐함과 절망을 한 폭의 그림처럼 보여준다"고 언급하였다. 「우의적 기법으로 드러나는 시대정신」, 『한국현역극작가론』, 예니, 1987, 83쪽.

11) 이강백·이상란 대담, 박상준 채록 정리, 『극작가 이강백의 삶과 작품. 이야기가 사람을 만들고 사람이 이야기를 만든다』, 평민사, 2021, 50-52쪽 참조.

그러므로 인물 다는 작가가 자아를 투영한 인물이 되겠다. 한강변 갈대밭의 무더움과 인물 다가 있는 장터의 뜨거움과 무더움이 겹쳐지는 물질성이고 그것이 삶에 대해 느끼는 갈증 즉 근본적인 결핍으로 이어진다. 하반신이 돌이 된 왕자와 갇혀 있는 물고기의 이미지는 작가가 어릴 때 걸렸던 소아마비의 후유증과 같은 벗어날 수 없고 변화시킬 수 없는 운명적인 삶의 기본조건과도 연결 지어 생각해 볼 수 있다. 이렇듯 젊은 날 작가의 인생에 대한 성찰과 핵심 이미지가 〈셋〉에 나타난다. 특히 인물 다를 통해 작가는 자신 뿐 아니라 인간 모두 평생 짊어지고 가야 할 운명적 조건들이 있음을 드러내고 있다. 자기의 소명에 성실히 부응해도 가혹한 고통으로 이어지기도 하고, 그렇다고 누구에게 이해 받지도 못하고 홀로 사막에 내던져질 수도 있는 인간의 근원적 고독이 〈셋〉에 형상화되고 있다.

1.3. 사막에서의 꿈: 연초록의 느티나무

놀이를 해도 계속 다가 살아남자 가와 나는 다에게 구타를 가하며 떠날 것을 강요한다. 항상 그들의 명령과 부름에 즉시 성실히 응하던 아들은 처음으로 숙고 끝에 반기를 든다.

> **나** 좋아, 넌 달리는 거야. 힘껏 달려 이 도시를 빠져 나가려므나. 그리고 다시는 돌아오지 않으면 되는 거야. 어때?
>
> **다** (그는 움츠리고 앉아서 땅에 손가락으로 무엇을 극적거리며 생각한다.)
>
> **나** 아들아, 왜 말이 없느냐?
>
> **다** 아버지, 저는 달아날 수 없습니다.(1:40)

잔혹한 운명 속에 놓여 있는 다가 "움츠리고 앉아 땅에 손가락으로 무엇을 극적거리"는 행동은 처음으로 명령에 즉시 복종하지 않고 자기 자신의 숙고를 통해 무언가 결정하려는 제스처이다. 그리고 그는 운명으로부터 탈주하지 않고 '그 안에서 그에 저항하려는 변증법적인 삶'의 자세를 드러낸다. 그러면서 자신의 삶의 역사와 사상이 드러나는 다음과 같은 의미심장한 언급을 한다.

> **다** 아버지, 저는 이 세상의 뒤쪽에서 왔습니다. 그곳에서 저는 어부였습니다. (머리를 흔들며) 그런데, 어느 날 갑자기 그물을 내던지고 달아나야 했습니다. 저는 다른 도시에 가서 초등학교 교사가 됐었지요. 그러나 얼마 안 가서 또 달려야 했습니다. 또 다른 낯선 도시에서는 식물원의 수위를 했죠. 한 곳에 정착하고 싶어 열심히 일했습니다만, 저는 건축기사, 가구판매원, 대서소 서기, 연돌 수리공이어야 했습니다. 앉았다간 일어서고, 일어섰다간 앉는 것, 그런 일상생활을 제가 왜 도망쳐야 했는지…. 아버지, 저는 이제 머물러 쉬고 싶습니다. (주위를 둘러보며) 아버지, 이 도시는 제 고향과 같은 느낌이 드는군요. 이 대낮의 뜨거움이라든지, 맑게 개인 하늘, 하얗게 빛나는 언덕, 연초록색 느티나무, 그 옛날 보아 둔 둥우리에 알은 여전히 다섯 개….(1:41)

인물 다는 장터에서 북소리에 맞춰 앉았다 일어섰다를 반복했던 죽음의 놀이가 바로 자신의 삶의 역사를 압축해서 보여주는 것이었음을 명시적으로 언급한다. 삶이란 바로 죽음을 전제로 하고 있으며, 어느 순간 죽을지도 모르면서 '페르조나'[12]를 쓰고

12) 칼 구스타브 융, 융 저작 번역위원회 역, 『인격과 전이. 융 기본 저작집 3』,

일상을 반복하는 것이기 때문이다. 그러나 어느 것에서도 자기 자신을 발견하고 그에 정착할 수 없어 끊임없이 도망쳐야만 했던 삶의 역사를 그는 지니고 있는 것이다. 교사, 수위, 건축기사, 가구판매원, 대서소 서기 등은 그가 살기 위해 다양하게 사용했던 사회적 역할 즉 페르조나에 다름 아니다. 이 점에서 인물 다의 운명은 특수한 한 인간의 것으로 한정되는 것이 아니라, 당시 작가가 인식하고 있던 보편적인 인간의 운명임을 확인하게 한다. 특수한 지점은 인물 다가 이제 탈주하는 삶을 더 이상 지속하지 않겠다는 결단을 하는 순간이 되겠다. 그는 이 도시가 고향과 같이 느껴지기 때문에 떠날 수 없다고 언급한다.

그는 극의 초반에서 이미 자신을 느티나무와 동일시하였다. 햇볕 속을 걸어 숨이 가쁘다고 투덜거리는 나와 그가 계속 살아남아 진절머리 난다는 가를 인도하여 팔을 벌려 자신의 몸으로 만든 그늘에 앉힌다.

다 지금 아버지들께선 작은 느티나무 아래 앉으셨읍니다. 이 조그만 그늘을 던져 주는 나뭇가지는 연초록색이구요. 파랑새가 알을 낳은 둥우리가 하나 얹혀 있읍니다. 알이 몇 개나 있는지 헤아려 볼까요. (손가락을 하나씩 오므리며) 하나, 둘, 셋, 넷, 다섯. 보석처럼 하얀 알이 다섯 개나….

가 엉뚱한 소리를 하는군.(1:36)

위의 대사는 인물 다가 자기 자신의 핵심을 이미지로 형상화

솔, 2003, 100쪽.

'페르조나'란 '가면'이란 뜻으로, 인간이 사회에서 살아가기 위해 마련한 일종의 타협점으로서의 역할을 의미한다.

하는 중요한 발화이다. 여기에 대해서도 가는 "엉뚱한 소리"라며 무시해버린다. 괄목할 만한 것은 자기 자신을 연초록색 작은 느티나무와 동일시하던 다가 극 후반부에는 이 도시에 머물겠다는 이유로 그곳에 바로 그 느티나무가 있기 때문이라고 말한다는 점이다. 이 두 개의 언급은 겉으로 보면 모순적인 것 같지만, 심층적으로 들여다보면 이 나무가 바로 인물 다의 전인격의 중심인 '자기(Selbst)'임을 알 수 있다. '자기'란 융 분석심리학의 핵심 개념 중 하나로 의식과 무의식을 통합한 전인격의 중심이다.[13] 이런 관점에서 보면 인물 다는 지금껏 이유도 모르고 수많은 페르조나를 전전하며 도망쳐 왔지만, 바로 여기 사막과 같은 비정한 장터에서 새로운 비전을 발견한 것이다. 사막, 황무지 혹은 광야는 성경 이래 고독과 새로운 인식의 순간을 예비하는 공간의 비유로 활용되어 왔다.[14] 마치 예수가 40일간 광야에서 지낸 후 사탄의 유혹을 물리칠 수 있는 영적 비상을 하였듯이, 인물 다도 사막과 같은 장터에서 새로운 꿈을 지니게 된다. 사막 안에서 꾸는 꿈, 즉 빛나는 언덕과 그곳의 연초록색 느티나무에 대한 이미지는 고독 속에서 이루어진 연금술적인 전환이다. 자기의 자리인 이 도시에서 비로소 자기를 느끼기 때문에 고향 같다고 말하는 것이다. 그러기에 순종적이기만 하던 그가 도망치라는 아버지들의 요구를 물리치며, 이제 이곳에서는 더 이상 떠나지 않겠다는 결단을 하게 되는 것이다.

---

13) C.G. Jung, *Psychologischen Typen*, *GW 6*, Olten: Walter, 1971, p.512. 융은 의식의 중심을 '자아(Ego)'로, '자기(Selbst)'는 의식과 무의식을 통합한 전인격의 중심이라고 규정한다.

14) Herta Nagl-Docekal, "Schwerpunkt: Einsamkeit", *Deutsche Zeitschrift für Philosophie*, Vol. 50(5), 2002, p.714.

나무는 분석심리학적 입장에서 보면 '자기실현(Selbstverwirklichung)'[15)]의 상징이다. 융(C.G.Jung, 1875~1961)의 제자 베레나 카스트(Verena Kast)는 나무의 성장이 개성화과정 즉 자기실현 과정을 상징하기에 적합하다고 언급한다.

> 개성화과정은 종종 성장과정의 상징으로 묘사된다. 특히 나무의 성장으로. 나무는 특히 인간의 개성화과정을 투영하기에 적합한 것으로 보인다. 우리 인간이 세상에 서 있는 것처럼, 나무도 그렇게 서 있다. 나무는 우리보다 더 잘 뿌리 내리고 있다. 그러나 우리도 뿌리에 대해 생각한다. 나무는 위를 향해 뻗어가야 하고 죽을 때까지 자란다. 나무는 우리가 그러한 것처럼 곧바로 서 있어야 하고 저항해야 하고 정착해야 한다. 그는 가지를 펼쳐가고 열매를 맺고 세상 속으로 퍼져간다. 그의 가지는 지붕이며 동시에 피난처여서 새들에게 쉬어갈 기회를 제공한다. 나무는 땅, 심층, 물과 연결되어 있다. 나무는 또한 하늘과도 연결되어 있다. 인간이 위와 아래 사이에 있는 것처럼 나무도 위와 아래 사이에 서 있다.[16)]

이 자리에 머물겠다는 인물 다의 결단은 이후 그가 같은 일을 반복한다 해도 다른 의미가 된다. 그의 결단은 운명으로부터 탈주하는 것이 아니라, 운명 안에서 그에 저항하는 행위 즉 뿌리내리고 서 있기 위해 저항하는 행위이며 세상 속으로 퍼져 나가기 위한 일이 된다. 그러기에 그 나무에는 새들도 쉬어갈 수 있게

---

15) 분석심리학에서는 '자기실현'이 무의식을 의식화하여 의식과 통합함으로써 전인격의 중심인 '자기'에 도달하는 것을 의미한다. 마리 루이제 폰 프란츠, 「개성화 과정」, 『인간과 상징』(칼 구스타브 융 편, 이부영 외 역, 집문당, 2013(1983)), 180-244쪽 참조.

16) Verena Kast, *Wir sind immer unterwegs*, München: Taschenbuch-Verl., 2000, p.22.

되고, 그 곳에 생명의 둥지를 틀 수 있게 되는 것이다. 그는 새 둥지에 있는 알을 하나하나 다섯까지 세면서 그것을 보석에 비유한다. 그것을 통해 인물 다는 나무가 바로 그렇게 생명을 움트게 할 수 있는 소중한 곳임을 드러낸다.

자기의 자리에 온 것을 예감하고 있지만 어떻게 더 나아가며 자기를 실현할지는 암중모색 중인 인물 다는 그냥 그 자리에 머물러, 앉았다 섰다를 멈추고 아버지가 쏘는 총을 맞고 만다. 그 자리에 죽어서라도 그냥 멈춰 버리고 싶은 절망(혹은 도전)이 이 시기의 작가의 심리적 풍경과 맞닿아 있다. 이는 외부에서 요구하는 대로 반복적인 삶을 살아오던 것을 멈추고, 이제 자기의 자리에 대한 예감으로 그 자리에서 새로운 도전을 하는 것이다. 자유의지대로 자기 자신에 대한 물음에 응답하겠다는 결단을 한 것이다. 지금까지는 왜 그런지도 모르고 일어났다 앉았다 반복하면서 쫓기듯 이곳까지 왔지만, 이제는 자유의지로 이곳에서 나무처럼 '서 있기'를 결정한 것이다. 왜냐하면 이곳은 고향과 같은 곳이므로, 그것이 죽음을 초래한다 하더라도 자신을 다 던져("아버지, 저를 드립니다", 1:44) 이곳에 있기로 결단한 것이다. 이는 자기 자신을 향한 여정의 출발점이며 정지를 통한 도전이며 '위기 속에서의 방향전환'[17]이다. 이제 그는 앉았다 섰다를 멈춰 버리고 그 자리에서 자신의 전존재를 던진다.

요컨대, 〈셋〉은 이강백의 젊은 날의 근원적 고독의 심상을 축약하여 보여주는 작품이다. 그는 어느 누구도 그의 삶의 진실을 이해할 수도 없고 이해하려 하지도 않는 사막과 같은 비정한 장터에서 그래도 삶을 지속해야 하는 절망을 인물 다에 투영하여

---

17) Kast, op.cit., p.27.

그려내고 있다. 그러나 인물 다는 황폐하고 뜨거운 사막 속에서도, 아니 바로 사막이기 때문에 더욱, 푸른 나무의 비전을 찾아낸다. 연초록의 느티나무는 그의 꿈이자 전 인격체의 핵심인 '자기'이며 동시에 그 자신이기도 하기 때문이다. 그러나 인물 다도 그 인물을 창조해낸 작가도 아직 그 주변에 도달하여 쉬고 싶기는 하지만, 그것이 무엇인지 어떻게 그와 통합될 수 있는지 알지 못한다. 절망의 심연에서 자신의 전 존재를 던지는 것 이외에는 출구를 찾지 못한다.

2. 고독의 사회적 맥락, 〈다섯〉

2.1. 수직적 위계질서: 보이지 않는 권력과 보여지는 민중

〈셋〉이 인간의 근원적 고독을 아버지와 아들의 죽음의 놀이를 통해 상징적으로 보여주고 있다면, 〈다섯〉은 그러한 고독을 사회적 맥락에 놓고 생성과정을 면밀히 형상화하고 있다. 인간으로 존재하는 것 자체가 고독한 것이다. 그러한 각각의 존재는 역설적이게도 사회를 형성하고 공존한다. 그런데 그 사회가 협력적인 공동체가 아니라 권력의 역학에 의해 다양한 관계를 형성하게 된다. 더구나 사회가 권위적인 질서로 이루어져 있을 경우, 각각의 개인은 어떻게 될까. 그것을 면밀히 보여주고 있는 작품이 〈다섯〉이다.

우선 이 작품은 폭압적이고 비합리적인 수직적 위계질서를 지닌 사회를 전제로 한다. 무대에 현동화되는 공간은 등장인물들이 자신이 속했던 사회를 떠나 신탐라국으로 떠나는 배의 밑이다. 그곳에 있는 인물들은 밀항자들이다. 배 밑은 불법과 도주 그리고 사회의 밑바닥을 상징하는 음습한 곳이다. 그들은 여차하여 들키면 바다 속으로 던져져 물고기 밥이 될 위험에 직면해 있다.

무대 위에 현동화되는 공간은 배 밑 창고실이지만, 그곳에 있는 등장인물 가, 나, 다, 라, 마의 대사와 행동을 통해 그 창고실이 어떤 전체적인 구조에 속하는지 알 수 있게 된다.

우선 이들이 타고 가는 배는 '신탐라국'으로 향하고 있다고 보고된다. 이는 등장인물들의 언급과 지문을 통해 명시된다. 신탐라국이란 무엇인가. 우리의 문화적 맥락에서 탐라국이란 홍길동전에 나오는 이상국을 함의하게 된다. 거기에 '신'이라는 접두어가 붙어서 현대적 맥락에서의 이상국 즉 '새로운 유토피아'라고 해석할 수 있다. 그렇다면 이들이 타고 가는 배는 진짜 새로운 유토피아로 가고 있는가?

라 (가에게) 신탐라국으로 이 배가 간다고 그랬오?

가 네. 신탐라국으로 가는 건 확실해요. 선장도 그렇게 말했었고, 그 나라로 가지 않는 배라면 우리가 왜 타고 있겠오.

나 맞아. 그곳으로 가는 것만은 틀림없어.

라 신탐라국, 오 아름다운 낙원이여! 그곳으로 이 배가 가고 있지 않다고 말하는 자는 천벌을 받아라!(1:22)

등장인물의 대사를 통해서 이미 이 배가 '아름다운 낙원'으로 가고 있는지 의문을 갖게 된다. 선장이라는 사람이 그렇게 말했고, 그래서 이들은 배를 타기로 결정했을 뿐이다. 문제는 선장이 신뢰할 수 있는 사람이냐는 점이다. 그는 무대에 한 번도 등장하지 않기 때문에 관객이 직접 그의 진정성 여부를 확인할 방법이 없다. 등장인물들도 이 배가 진정 새로운 이상국으로 가기나 하고 있는지, 만일 간다면 언제쯤 도착할 수 있는지 회의하고 있으며 그렇다고 선장에게 물어 볼 수도 없다. 등장인물들의 언급을 통해 선장은 등장인물에게서 뱃삯을 받고도 '밀항'이라는 불법적인 상황을 조성하고 있는 사람임이 밝혀진다. 그리고 그들을 통제하기 위해 경보장치를 마련해 놓고 수시로 이들을 길들이고 있는 장본인이다. 선장과 선원이 있는 정식 선실이나 갑판 및 선장실은 무대 위에 형상화되지 않는다. 이러한 철저한 위계질서 속에 갇혀 있고, 의사소통이 단절되어 있으며, 배 밑에서 숨어 지내야 하는 등장인물들의 상황이 관객들에게 '보여지는' 현동화된 공간에서 펼쳐진다.

푸코가 벤담의 원형감시시설을 『감시와 처벌』에서 인용하여 폭력적 절대군주가 사라진 자리를 대신하는 세밀화된 근대 이후의 권력의 통제장치를 비판적으로 묘사하였듯이, 한국의 70년대의 사회적이고 정치적 통제 상황을 이강백은 이 작품에서 감각적으로 형상화하고 있다. 원형탑의 조명실에서처럼 권력은 모든 것을 볼 수 있지만, 그 스스로는 보이지 않는다. 이를 통해 권력이 각각의 개인을 어떻게 통제할 수 있는지 묘파한 푸코의 묘사는 이 작품에서도 면밀히 드러나고 있다. 1971년에 발표된 등단작 〈다섯〉은 우리나라에서 푸코에 대한 번역도 그에 대한 어떤 이론도 소개되기 이전이기 때문에, 이강백이 푸코에게서 영향을 받았을 리 없다. 그럼에도 불구하고 그의 권력작용에 대한 인식은 푸코의 것과 궤를 같이 한다. 권력구조에 대한 이강백의 인식은 〈파수꾼〉, 〈다섯〉, 〈북어대가리〉, 〈영월행일기〉 뿐 아니라 최근 니시다 고진과의 인터뷰에서 다음과 같이 명시된다.

> 검열의 말단 하수인은 보여도 실질적인 검열 권력의 최상위자는 보이지 않습니다. 차라리 그것이 보이면 서로 논쟁도 할 수 있고, 입장이 명확해져서 '이거 하면 안 되는 것 아닌가'하는 암묵적 공포도 자기검열도 사라질 것입니다. 하지만 명확하게 보이지 않으니까 어떻게도 할 수 없는 유령과의 싸움입니다.[18]

이는 푸코가 판옵티콘(Panopticum)을 통해 권력의 작용을 설명한 것과 연결지어 생각해볼 수 있다. 보이지 않는 자에 의해 간헐적으로 쏘아지는 조명등은 끊임없이 감시당하고 있다는 생각을 죄수들에게 심어주어 결국 그들을 길들이게 되는 것이다.

> 그로부터 판옵티콘의 주요기능이 생겨난다. 즉 갇혀 있는 자들에게 있어 의식적이고 지속적인 보여질 수 있음의 상황이 생성되고 그로 인해 권력의 자동적인 기능이 담보된다. 감시의 작용은 그 시행이 산발적이라 하더라도 지속적이다. 권력의 완성은 실제적인 시행을 과도한 것으로 만든다. 그 건축학적인 기구는 권력관계를 생성하고 유지할 수 있게 하는 기제이다…. 중략….
>
> 판옵티콘은 보기/보여지기의 쌍을 분리시킨다. 바깥 원에서는 보지 못하면서 완전히 보여진다. 반면 중심탑에서는 보여지지 않으면서 모든 것을 본다.[19]

---

18) 이강백의 이러한 인식은 최근 인터뷰에서도 지속되고 있음을 확인할 수 있다. 이강백, 니시다 고진 대담, 이성곤 역, 「한일연극의 현황과 과제: 검열, 자기규제, 보이지 않는 권력에 대항하여」, 『연극평론』 83, 2016, 56쪽.

19) Michel Foucault, *Überwachen und Strafen*, übz. Walter Seiter, Frankfurt a.M.: Suhrkamp, 1977, p.258.

판옵티콘의 중심탑에서 쏘아지는 조명등의 기능은 〈다섯〉에서는 "직경 2m 크기의 경보종"과 "직경 2m 크기의 적색 신호등"(1:13)이라는 무대장치가 수행한다. 중심탑의 조명실이 죄수들에게는 보이지 않으면서 거기서 간헐적으로 나오는 조명이 죄수들의 공간을 훑고 지나가듯이, 〈다섯〉에서도 이들을 감시하는 선장이나 선원들은 보이지 않고 경보종과 신호등이 간헐적으로 작동함으로써, 등장인물들은 자신들은 언제나 "보여질 수 있는" 상황에 대한 인식을 갖게 되어 권력에 자동적으로 복종하게 된다. 그리하여 등장인물들은 원형감시시설의 죄수들처럼 창의적 발상이나 도발적 행위를 할 생각을 하지도 못한 채 통에 들어갔다 나왔다를 반복하는 길들임의 장치에 복종하며 언제나 자신의 자리에 되돌아가 머물게 된다. 이들은 언제 신탐라국에 도달할 수 있는지 지금 어디쯤 와 있는지 도대체 갈 수나 있는지 회의하면서 누구에게 물을 수도 없는 철저한 위계적 질서 안에 갇혀 있는 존재들에 불과하다.

그렇다면 등장인물들이 속했던 나라는 어떤 곳인가.

가에 의하면 국유지를 정식으로 불하 받아 사업을 하고자 했으나, 잘 이루어지지 않아 담당관리가 권하는 대로 뇌물을 주고 허가를 받아야 했고, 군사 "혁명" 후 그 사실이 발각되어 "뿔 달린 자들이 들이 받아"(1:16) 아내는 죽고 자신은 살던 곳을 떠나야 했다고 한다. 인물 나는 자신이 속했던 사회에서 삶의 기억을 상실한 자이다. 단지 파편화된 기억만 남아 있을 뿐이다. "일요일이어서 아내와 나는 아침 식사를 끝내면 동물원으로 코끼리 구경을 가려 했지요. 그런데 아내가 입은 옷이 갑자기 타오르는 주홍색이어서 아내는 열심히 그 옷을 벗으려 했었는데…"(1:24) "은빛의 날개가 긴 폭격기가 한 대 떠 있었는데…"(1:23)라며 자신의 기억을 되살려 달라고 호소한다. 결국 그의 파편화된 기억만으로도 그는 소시민적인 일상을 살고 있다가 폭력적 사건에 의해 갑자기 모든 것을 잃게 되어 트라우마를 지니고 탈주중인 것으로 드러난다. 인물 다는 오급 공무원으로 명백한 자신의 의견이나 진실을 드러낼 수 없어서 언제나 이중의 언어를 사용할 수밖에 없는 사회 속에서 살아왔노라고 언급한다. "사랑하는 내 나라, 증오하는 내 나라, 그곳에선 모든 사람들이 한꺼번에 두 가지씩 말을" 해야 "살아남을 수 있"(1:21)었다는 것이다. 라와 마는 자신의 삶의 역사를 드러내지는 않지만 이들 모두 폭력과 부조리 그리고 불법이 횡횡하는 사회에서 살 수 없어 탈주 중인 것이다. 그러기에 선장에게 뱃삯을 내고 '신탐라국'으로 향하는 배를 타고 가는 중이다.

요컨대, 등장인물 모두의 공통점은 자신이 속했던 사회에서 배제되어 신탐라국이라는 다른 사회로 탈주하는 전이과정에 놓인 인물들이라는 사실이다. 그러나 그들이 선택한 방법은 밀항이라는 불법으로 이루어지고 있고, 삶의 방식도 전의 것을 그대로 내면화한 채 지속하고 있다. 새로운 이상국으로 향한다는 이 배도 감시와 통제를 통해 언제든 등장인물들을 색출해 죽음으로 몰아넣을 수 있는 부조리한 상황이 전제되어 있다.

〈다섯〉의 현동화된 무대는 배 밑 창고실이라는 사회의 하위층을 지시하는 도상적 기호로 이루어져 있음을 상기할 필요가 있다. 따라서 등장인물들은 배제된 주변부의 인물들일 뿐 아니라 사회 속에서도 하위층에 속한 억압된 계층을 상징하게 된다. 이강백은 인터뷰에서 70년대 유신체제 속에 살던 사람들은 "짓눌린다" "폭압적이다"라는 느낌보다는, "내가 폐쇄되어 있다" "내가 무엇으로부터 고립되어 있다"[20]는 느낌을 공유하게 된다고 언급한다. 배 밑이라든가 그 안에서도 통 속 같은 폐쇄성과 그로 인한 고립감은 작가가 70년대의 삶을 감각적으로 드러낸 것이다.

그러한 느낌은 첫째는 길들여지는 신체를 지닌 민중들의 반복된 일상에서 기인한다. 경보장치에 의해 반복적으로 통속으로 숨어드는 그들의 행위는 인물 라의 언급처럼 맨손체조에 다름 아닐 것이다.

> **라** 통 속에, 상자 속에, 들어갔다간 나오고 나왔다간 들어갔으며 그랬는가 하면 노 나왔오. 날리기, 장애물 넘기, 팔 다리굽혀 펴기 등을 열심히 한 것이지요. 몸과 마음에 신선한 활력을 주는 운동, 목이 타는데…. 체조는 근육과 허파를 튼튼하게 해줍니다. (목을 두 손으로 붙들고) 목이 타는구만.(1:25)

인물 가가 언급하듯, 권력이 유포시키는 이데올로기는 선장과 선원들이 "험난한 항해를 사나운 암초와 해풍과 싸워 낙원의 나라로 가"는 동안 "배 밑에 있는 사람들은" 어떤 의문도 제기하지 말고, "그저 숨이라도 쉬고 맨손 체조"(1:25)나 하면서 지내면 행복할 것이라는 것이다. 그러나 이는 정반대의 효과를 가져오는 것이 당연하다. '맨손체조'는 신선한 활력은커녕 실상은 심한 갈증을 유발시킨다. 갈증이란 살아가는데 가장 기본적인 요소 중 하나인 '물'이 결핍되어 있음을 나타내는 것이다. 라는 극의 후반에서는 더욱 강하게 갈증을 호소한다. 권력이 유도해내는 길들임의 과정은 이렇게 기본적인 삶의 기본조건을 고갈시킬 뿐 아니라 질서 자체에 대해 문제제기를 할 사유의 공간을 박탈한다.

---

20) 「이강백과의 2차 인터뷰」, 2017년 4월 24일, 서강대 떼이에르관 대회의실. 이 부분은 대담집을 내기 위한 수정과 재창조과정에서 생략된 부분임.

요컨대, 〈다섯〉에서는 등장인물들이 속했던 사회나 새로운 사회로 향하고 있다는 이 배나 모두 부조리하고 권위적인 위계질서를 지니고 있는 사회임이 드러난다. 그러기에 '신탐라국'이라는 미래사회의 모토도 신빙성을 확보할 수 없다. 인물들이 떠나온 나라에서, 신탐라국행 배로, 이 배의 종착점인 신탐라국은 장소의 이동으로 보이나 사실은 같은 사회의 과거, 현재, 미래의 시간적 이동임을 알 수 있다.

과거	현재	미래
인물 가나다라마가 속했던 나라	'신탐라국' 행 배	신탐라국
부조리, 불법, 폭력의 장소	부조리, 불법, 잠재적 폭력의 장소	낙원이라 불리는 곳

결국은 '신탐라국행 배' 안은 작가가 표현하고 싶었던 당대 사회의 축도인 것이다. 신탐라국행 배는 과거를 부정하며 살기 좋은 나라로의 전이과정이라고 미화했던 70년대의 한국사회를 은유하는 것이다.[21] 괄목할만한 점은 권력구조가 여전히 과거의 속성을 지니고 있으며 그 안의 구성원도 과거의 부조리한 사회에서의 삶의 방식을 내면화하여 지속하고 있다는 것이다. 이렇게 〈다섯〉은 신탐라국이라는 미래의 허위적 모토를 위해 현재를 저당 잡히고 불법과 잠재적 폭력을 감내하며 위험을 경고하는

21) 작가의 이러한 은유적 표현의 의도는 전문독자들에게 성공적으로 수용된다. 김성희는 「한국정치극연구 1」에서 "경보장치들은 박정희 정권이 민주화요구를 탄압하기 위해 발동한 비상계엄령, 긴급조치 등을 상징한다"(『한국극예술연구』 18, 2003, 257쪽)고 언급한다.

장치에 복종하는 행위나 반복하면서 어떤 문제도 제기할 수 없었던 권위적 사회를 형상화하고 있다.

2.2. 수평적 관계: 개별화, 소외 그리고 고독

길들임의 과정은 사회구성원들이 수직적 질서에 자발적으로 복종하도록 할 뿐 아니라 개개인 상호간에도 세밀하게 작용한다. 〈다섯〉에서는 과거나 미래는 등장인물들의 대사로 간접적으로 형상화되고, 현재의 배의 선실이나 선장의 공간도 인물들의 언급이나 경보장치로 간접적으로 드러나는 반면, 배 밑 창고실과 그 안의 밀항자들의 극행동을 '지금, 여기'의 현동화된 무대위에 조명한다. 이는 보이지 않는 권력의 통제 방식이 이들 민중 개개인에게 어떻게 작용하는지 초점화하여 보여준다.

위험 속에 노출되어 있는 그들은 각각의 공간에 고립되어 있기 때문에 상호 소통이 어려울 뿐 아니라, 서로에게 위험요소가 있다고 간주하고 견제하게 된다. 이들은 등장하여 경보음에 따라 통속에 들어갔다 나와서는 '냄새'가 난다고 우려를 나타낸다.

가 다른 놈들이 냄새를 맡은 건 아닐까?
다 무슨 냄새인가?
가 우리들의 냄새 말이야.
라 왜 다른 놈들이 우리 냄새 맡는 걸 두려워합니까?
가 선장이 말했거든. 선원들 몰래 배에 태워 주는 거니 다른 놈들이 냄새를 맡으면 자기 입장이 난처하게 될 거라구.(1:13)

가 우리 제각기 자기 몸에서 무슨 냄새가 나는지 조사해 보아야 하겠오. 아무래도 다른 놈들의 코에 자꾸만 강하게 느껴지는 냄새가 있는 모양이오. 이번처럼 길고 긴 경보종 울림은 나쁜 징조요.

(…중략…)

라 (울상을 짓고) 불행히도 내 몸에선 냄새가 납니다.

가,나,다 (깜짝 놀라며) 어떤 냄새요?

라 (주저하다가 기죽은 조그만 목소리로) 소금에 절인 정어리 같아요.

가,나,다 (라를 손가락으로 가리키며) 야단났군. 당신 때문에 우린 모두 죽게 되었오! (1:18)

극의 초반에서 '냄새 나다'는 '낌새를 채다'라는 함축의미로 사용된다. 그러다가 각각의 몸에서 나는 냄새를 점검하는 행위로 이어지면서 실제의 기저의미로 전환된다. 그러다가 결국 인물 라의 몸에서 '절인 정어리' 냄새가 나는 것으로 축약되면서 기저의미와 함축의미가 중첩된다. 그리하여 라는 그들 모두를 죽음에 빠뜨릴 수 있는 위험한 존재로 낙인찍힌다.

등장인물들은 모두 밀항자들이어서 그들이 탄 배에서는 없는 존재로 간주되어야 한다. 그들은 경보종이 울릴 때마다 상자나 통속으로 숨어들어 시각적으로는 자신의 존재를 감추고 동시에 숨소리조차 멈춤으로서 청각적으로도 존재를 지워버릴 수 있다. 그러나 후각을 강하게 자극하는 예컨대 '절인 정어리' 냄새는 통속에 들어가도 사라지지 않기 때문에 발각될 위험성을 지니게 되는 것이다.

뱃삯을 선장에게 주었음에도 불구하고 선실의 합당한 좌석을 얻지 못하는 이유는 그들이 떠나온 사회와 마찬가지로 배 안도 뇌물과 매수가 판치는 부조리한 구조를 지니고 있기 때문이다. 가공할 만한 사실은 그러한 권력의 작용에 의해 길들여지고 그 질서를 내면화한 이들은, 사회적 구조를 통찰할 시선을 확보하고 있지 못하기 때문에 구조 자체에 문제를 제기하는 대신 같은 처지에 있는 서로를 경계하고 구별 짓는데 집중하게 된다는 점이다. 언제고 보여질 수 있는 위험한 위치에 놓인 이들은 협동하거나 연대하는 대신 서로를 배제하게 되는 것이다. 각각의 통과 상자에 고착되어 그 공간을 잃는다면 권력자에게 노출되어 바다에 던져져 죽음에 처할 수 있는 상황이라 인식하기 때문에 사회적 경보장치에 허둥지둥 자동적으로 반응한다.

> 경보종이 울린다. 적색 신호등이 깜박인다. 당황한 가나다라는 각기 자기들의 상자와 통으로 뛰어간다. 가가 넘어진다. 다가 가를 도와주지 않고 가의 허리를 껑충 넘어가 자기의 통속으로 들어간다. 가는 일어나서 다의 통을 발로 걷어 차 쓰러뜨린다. 그리고 자기의 상자 속으로 들어간다. 나는 가의 상자 속에 잘못 들어가려다 가의 주먹이 머리를 치는 바람에 정신을 차리고 자기의 상자를 찾아간다.(1:20)

여기에서 '냄새'라는 위험요소는 마치 페스트 같은 전염병처럼 배제되고 억압되어 있는 이들을 더욱 분열시키고, 그 안에서도 다시금 경계짓기가 이루어지도록 하는 세밀한 작용을 상징한다. '보이지 않는' 권력은 이러한 전략으로 '보여지는' 존재들을 개별화하여 더욱 효과적으로 길들이는 것이다. 이처럼 판옵티콘에 대한 푸코의 인식은 〈다섯〉의 작동원리를 이해하는데 상당한 시사점을 제공한다. 〈다섯〉에서는 저항점을 제시하는 대신 권력의 작용을 가시화하는데 집중한다. 그러기에 디지털화된 시대까지 진행되고 있는 판옵티콘의 현상을 분석하는 최근 논의에서 페트라 게링(Petra Gehring, 1961~)은 "판옵티콘은 언제고 보여질 수 있다는 것을 인식하는 것만으로도 구성원들은 자신의 행동의 물리적 감옥을 만들어"낸다고 언급한다. 그리하여 "고전적인 사슬 같은 것들을 제거해버려도 판옵티콘의 효과는 지속될 뿐 아니라 더욱 세밀하고 강력하게 작용하게 된다"[22]는 것이다. 이처럼 길들여진 개별화된 몸을 지닌 등장인물들은 권력의 작용을 비판적으로 성찰하여 반권력으로 작용할 수 있는 약한 고리를 찾아내지 못하고, 서로를 배제하고 소외시키며 권력의 전략에 몸을 맡긴 채 길들이기의 경보장치에 반복된 반응을 하며 제 자리로 돌아간다.

왜냐하면 판옵티콘의 작용은 권력자와 피압박자 사이에서만 이루어지는 것이 아니기 때문이다. 푸코가 언급하듯 "피압박자가 그 보여짐의 기제에 복종한다면 권력의 강제수단을 넘겨받아 그 스스로에게 적용하게 되기 때문이다. 그리하여 그"들은 "두 역할 즉 권력자와 피억압자의 역할을 동시에 함으로써 권력관계를 내면화한다."[23] 등장인물 가, 나, 다, 마는 이렇게 권력자와 피억압자의 역할을 한 몸에 내면화함으로써, 같은 위치에 있는 피억압자들을 상호배제하면서 동시에 그 스스로도 권력의 작용에 반복적으로 복종하게 된다. 그 결과 그들은 스스로 고독한 개체가 되어갈 뿐 아니라, 인물 라와 같은 국외자를 이중으로 배제함으로써 더욱 잔혹한 사회를 형성해가게 된다.

이러한 현상을 푸코가 "강요되고 보여지는 고독(erzwungene und beobachtete Einsamkeit)"[24]이라 명명했듯이, 이강백은 〈다섯〉에서 억압적이며 위계적인 70년대의 사회를 투영하면서 그 속에서 개인들이 어떻게 고립되어 파편화되고 그 스스로 소외되어

---

22) Petra Gehring, "Das invertierte Auge", in: Marc Rölli, Roberto Nigro (Hg.), *Vierzig Jahre "Überwachen und Strafen": zur Aktualität der Foucault'schen Machtanalyse*, Bielefeld:transcript, 2017. p.33.

23) Michel Foucault, 앞의 책, p.260.

24) Michel Foucault, 위의 책, p.258.

가는가를 형상화하고 있다. 그리하여 고독의 사회적 맥락과 그 형성과정이 명시된다.

2.3. 경계넘기의 욕망

배제되고 억압된 계층에 속해 있는 인물 가, 나, 다, 마는 내면화된 권력관계에 대한 성찰 없이 신탐라국으로 가는 배 안에서도 자신들의 삶의 방식이 어디서 기인하는지도 모른 채 지속한다. 자신들과 같은 입장에 있는 인물 라를 '냄새'를 지니고 있다고 손가락질하며(1:18) 거리낌 없이 배제시킨다. 그들은 경보장치를 통한 권력의 길들이기 기제에 자동적으로 반응하면서 그 비합리적 구조에 비판적 성찰을 하지 못한 채, "두려워 하구, 항상 제자리로 돌아가기만"(1:28)하는 강박적 행위를 지속한다.

이에 반해 인물 라는 비록 전체적인 권력 구조를 통찰할 시각은 지니고 있지 못하지만, 모두가 당연하게 내면화하고 있는 상식이나 질서에 대해 의문을 품은 존재이다. 그러기에 극의 초반에서 그는 반복된 질문을 하기에 이른다. 그의 첫 대사가 "왜 다른 놈들이 우리 냄새 맡는 걸 두려워합니까?"(1:13)로 시작되어 "당신은 선장이 시치미 떼리라는 걸 어떻게 아셨우?"(1:14), "신탐라국으로 이 배가 간다고 그랬오?"(1:22) 등의 의문문으로 이어지는 것은 우연이 아니다.[25] 뿐만 아니라 다른 등장인물들이 자신의 삶의 방식과 시각에 고착되어 있는 반면, 라는 다른 사람들의 이야기에 귀 기울이며 동정과 연민으로 타인에게 감정이입을

25) 〈파수꾼〉의 소년 파수꾼의 대사도 의문문으로 시작되면서 상당 부분이 의문문으로 구성되어 기존질서에 대한 문제제기를 하는 인물로 형상화되는 것과 유사하다.

할 수 있는 인물로 형상화된다.

가 아내는 뿔에 찔린 상처가 깊어 죽었구 나는 도망을 쳤지.
나 그것 봐요. 대문에 뚫린 구멍으로 도망칠 수 있었지.
라 <u>(가를 동정하며)</u> 왜 그런 일을 당했오?
다 괜히 돈을 주니 그렇지.
라 (다에게) 잠자코 있어. 누가 괜히 돈을 줄라구.(1:16)(밑줄 필자)

가는 자신의 이야기와 입장을 구술하는데 집중하고 있고, 나는 자신의 방식대로 이해하고 그것이 맞음을 주장하려 하고 다는 자신의 시각으로 판단하는 반면, 라는 가의 이야기를 경청하면서 가의 상황에 동정을 표하고 있다. 이는 그 이후의 대화와 행동 방식으로 이어지면서 라가 어떻게 타인과의 소통에 열려 있는가가 드러난다.

그러나 그는 소위 '냄새'나는 자이다. 자신의 잘못도 아니고 단지 그가 속해 있는 통속에 있는 정어리 때문에 나는 '냄새'이다. 그로 인해 그는 갇혀 있는 자들 사이에서도 또 다시 배제되고 경원시되는 이중의 배제를 경험할 수밖에 없는 존재이다. 그러한 비극적 운명 때문에 그는 위험한 존재로 낙인찍힌다. 주변사람들은 자신을 차별화하여 안전하기 위해 차라리 그가 사라져 주기를 바라게 된다. 그러기에 경보음이 울리고 한 차례 통속에 들어갔다 나온 후 인물 라가 통속에서 나오지 않자, 다른 인물들은 "냄새를 피우던 자가 잡혀가 버렸으니, 이젠 우리의 생명이 안전"(1:19)하다고 안도할 정도이다.

작가는 인물 라를 소통과 공감의 가능성을 지닌 인물로 형상화시킴으로써 독자나 관객의 관심을 유도해낸다. 소통과 공감의 능력은 바로 개개인의 심리적 장벽을 넘을 가능성을 의미한다. 그것은 다시금 각자의 공간에만 강박적으로 회귀하는 인물 가, 나, 다, 마와 달리 인물 라는 경보장치가 울리는 급박한 상황에서 다른 사람의 통으로 합류하려는 시도를 한다. 물론 자신의 통속에서 나는 절인 정어리 냄새가 싫기 때문이기도 하지만, 더 중요한 것은 그는 자신의 공간에만 집착하지 않고 피압박자들의 경계인 통을 넘어 다른 이들의 통으로 들어갈 수 있다는 생각을 할 수 있다는 점이다. 인물 가, 나, 다는 라의 시도를 거부하지만, 여성 인물인 마는 그를 받아들인다. 그리하여 위험한 순간에는 각자의 공간에 분리되어 숨어 있던 방식에서 라와 마는 벗어나기 시작한다. 이후 경보장치가 울릴 때마다 라가 마의 통속에 함께 들어감으로써 수평적인 경계넘기가 반복적으로 이루어진다. 이를 통해 라와 마는 친숙한 사이가 된다. 결국 라는 마를 사랑한다고 고백하고 결혼할 마음의 준비까지 한다. 그러나 마의 심정은 전혀 드러나지 않는다. 라는 마의 사랑을 바탕으로 억압 받는 자들의 경계를 무화시키고자 한다.

그는 거기에 머무르지 않고 권력자와 피압박자의 수직적 경계를 넘으려 시도한다. 이 수직적 위계질서 안에서 권력의 길들이기 작용에 반복적으로 순응하며 자신의 자리로 되돌아가는 데에 그는 강한 '갈증'을 느끼기 때문이다. 그 결핍을 상쇄시키기 위해 그는 선장에게 자신의 '태양'을 주겠다고 한다. 이렇듯 그는 권력의 작용을 통찰할 수 있는 시각을 확보하고 있지는 않지만 '갈증'과 같은 감각으로 이 상황을 변화시켜야함을 몸으로 느끼고 있는 유일한 존재로 형상화된다. 결국 그는 지금까지의 반복된 맨손체조와 같은 권력의 길들이기 기제에서 벗어나겠다는 선언을 하게 된다.

라 제자리로 돌아가고 싶지 않아! 지긋지긋해! (…중략…) 목이 타는 군! 그러나 난 지금 가장 행복해. 선장에게 아무런 대가도 요구하지 않고 태양을 주어도 좋아. 용기를 내어야지. 다시는 제자리로 돌아가지 않을 것을 시작해야겠어.
(…중략…)
조금 있으면 다시 경보종이 울릴 거요. 난 상자 속으로 들어가지 않고 기다리다가 고함을 지르겠오. 다른 놈들의 귀에 내가 외치는 음성이 들릴 때까지 난 계속 고함을 지르겠오. 나를 잡아 선장에게 데려 가겠지. 난 살려달라고 애원을 하지 않겠어. 그이를 만나서 빙그레 웃으며 태양을 아무 대가 없이 드린다고 말할 거요.(1:28)

이는 자신을 가두고 있는 보이지 않는 권력의 작용에 복종하던 삶의 방식을 전환하겠다는 결단이다. 지금까지 자신의 존재를 지우기 위해 '냄새'까지 걱정하며 전전긍긍하던 삶의 방식을 뒤집어 자신을 온전히 드러내어 보여주고 마음껏 소리까지 질러 수직적 경계를 넘어서고자 한다. 이때 '태양'이란 생명의 근원 혹은 전존재의 핵심에 다름 아니다. 그의 발화는 자신의 전존재를 던져서라도 ("그이가 원한다면 나 자신마저도 줄 것이요.", 1:29) 끊임없이 고독과 소외를 생성해내고 있는 권력의 중심에 당당히 나아가 대면하겠다는 혁명적 발언이다.[26]

그러기 위해 그가 요구하는 것은 마의 사랑이다. 선장에게 가기 전에 그는 자신이 가진 모든 것을 다른 인물들에게 나눠준다. 가에게는 구두를, 나에게는 옷을, 다에게는 가방을, 그리고 마에

26) 이영미는 인물 라와 같은 존재를 '외로운 희생자'라고 명명하고 이강백 초기 희곡에서 이러한 인물형을 분석한 바 있다. 이영미, 『이강백 희곡의 세계』, 시공사, 1998, 46-53쪽 참조.

게는 사랑의 입맞춤을 선사한다. 라의 작은 소유물들을 나눠가지는 인물 가, 나, 다는 마치 예수가 십자가에 달리기 전에 예수의 벗은 옷가지를 주사위를 던져 장난스럽게 나눠가지는 군졸들의 모습을 닮았다. 갇혀 있는 자들에게 모든 것을 나눠주는 라의 행위는 자신을 헌신하여 수평적인 경계를 넘어서고, 그 후 수직적 경계도 넘어서려는 비장한 영웅의 모습으로 그려질 수도 있다. 그러나 이강백은 라를 영웅으로 형상화하지 않는다. 지문에서 작가는 모든 것을 나눠주고 난 후의 그의 모습은 초라하고 "우스꽝스럽게 보인"(1:30)다고 희화화하고 있다.

게다가 그 모든 행위를 위해 마의 사랑의 보답을 원하는 그의 요구가 허망함을 형상화하고 있다. 그의 요구에 마는 아무 말 없이 "라의 얼굴을 바라보며 날갯짓을"(1:30) 한다. 그녀는 극이 진행되는 내내 아무 말도 없이 남성인물들이 의논하다 방법이 없어 침묵할 때, 허무하게 몇 번 손으로 날개짓을 하다 그만둔다. 인물 라가 구애를 할 때에도 그녀는 같은 반응을 하는 것이다. 날개가 없는 그녀는 "여신도 아니"(1:17)고 따라서 누군가를 구원할 수 있는 존재가 아니다. 라는 그 날갯짓이 무엇을 의미하는지 이해하지 못하지만, 독자와 관객은 이미 그것이 무의미함을 알아챌 수 있다. 결국 경보종이 울렸을 때, 라는 "몇 번이고 소리를 지르려 노력하지만 두려움 때문에 입만 벙긋거리다 그만 둔다"(1:31). 그리고 이어 다른 이들의 통을 기웃거려 보지만 모두 뚜껑이 닫혀 있다. 마지막으로 마의 상자뚜껑도 열어보려 하지만 그것도 굳게 닫혀 있다.

요컨대, 인물 라는 자신과 같이 '갇혀 있는' 상황에 놓인 사람들 사이의 경계를 사랑과 헌신을 통해 무화하려 하고, 권력과 피압박자의 수직적 경계를 자신의 가장 소중한 '태양'이나 목숨을 던져서라도 넘으려는 욕망을 가지고 있으나 그것을 실현하는데 실패를 하고 만다. 그는 어느 누구의 협조와 동조도 이끌어 내지 못하고 사랑을 얻지도 못한다. 그 혼자서 그 엄청난 권력의 쏟아지는 작용을 되받아 창을 거꾸로 전복할 용기도 없다. 악몽 속에서 아무리 소리를 지르려 해도 목소리가 나오지 않는 것처럼, 그의 외침은 소리가 되지 못한다. 그리하여 그는 결국 사회적으로 고립되고 사랑에 실패한 "고독하고 슬"(1:31)픈 존재로 죽음과 같은 정지 상태로 자신의 통속에 갇히게 된다.

작가는 억압 받는 자들, 그들 중에서도 또 다시 배제 당하여 가장 불리한 위치에 놓인 인물 라에게 초점을 맞춘다. 이강백은 그 스스로를 배제 상황에 놓인 존재로 인식한다. 인터뷰에서 그는 20대에 반복해서 꾸던 꿈에 대해 이야기한 바 있다. 즉 성에서 쫓겨난 자로서 성 밖에서 성안의 사람들을 지켜보던 자, 시뻘겋고 검게 녹슨 두 개의 철판으로 빗장이 잠겨 있는 가슴을 지닌 자, 누구에게도 이해받거나 어디에도 속할 수 없었던 '제외된 자'로서의 고독에 대해 언급한다.[27] 〈다섯〉과 같은 희곡은 "그냥 재미있으라고 쓴 게 아니라, '그게 내 운명이야.'… 이렇게 '그게 나야.'… 그게 너무나 이게 나라고 이렇게 하는 자의 울림"[28]이 있는 작품이며 인물 '라'가 당시 자기 자신의 운명을 나타내고 있다고 고백한다. 이렇게 결국 젊은 날의 이강백의 자아의 모습이 바로 '냄새' 나는 인물 라에 투영되어 있는 것이다. 이중 삼중의 배제에 의해 성안에 속할 수 없었던 그는 스스로도 자신을 방에 유폐시키고 있었지만, 그렇기 때문에 그 누구보다도 배제의 선들을 뛰어넘고자하는 열망이 강했음을 인물 라를 통해 드러난

27) 「이강백과의 2차 인터뷰」.

다. 그러나 인물 라도 작가도 그 열망을 실현할 용기도 방법도 찾지 못한 채 자신의 감옥 속에서 고독의 에너지를 응축시켜 가고 있었던 것이다.[28)]

3. 사막 속의 푸른 느티나무, 소리가 되지 못한 외침

릴케는 "우리는 고독하다. 사람들은 그렇지 않은 것처럼 숨길 수 있고 행동할 수 있긴 하다. 그것이 전부이다."라고 언급한다. 에스터바우어(Reinhold Esterbauer, 1963~)는 이 말을 인용하면서[29)] 인간은 근원적으로 고독한 존재라는 점을 강조한다. 따라서 많은 예술가들이 때때로 세상과 별리되어 있는 '방'이라는 공간으로 은거하여 고독 속에서 인내하며 기다릴 때 작품이 탄생하는 것이다. 그때 방이라는 공간은 종종 사막과 같은 이미지와 연결된다. 사막이나 황무지에서 영혼의 질적 변화가 이루어지듯, 고독한 방에서 작품이 탄생한다. 그런 맥락에서 젊은 날의 대부분을 "다락방이나 지하실 방에서, 나방이가 고치를 짓듯이"[30)] 지냈다는 이강백의 언급은 사막과 같은 고독 속에서 글쓰기를 통해 삶의 근원적 조건을 성찰하고 승화시킬 방법을 찾고 있었음을 밝힌 것으로 볼 수 있다. 마치 〈셋〉의 인물 다가 잔혹한 운명과 사회적 질시에도 불구하고 사막과 같은 환경 속에서도 연초

---

28) 「이강백과의 1차 인터뷰」.
29) Reinhold Esterbauer, "Zimmer ohne Aussicht", *DFPhil.*, Berlin 50, 2002, p.769.
30) 이강백, 『이강백 희곡전집 1』, 3쪽.

록의 느티나무의 꿈을 안고 자신의 전존재를 던지듯이, 작가는 그 고독한 방 속에서 글쓰기에 헌신하여 '자기실현' 과정의 출발점에 서 있었던 것이다. 〈셋〉에서는 아버지와 아들의 수직적 위계질서를 형상화하여 숙명과도 같은 인간의 근원적 고독에 초점이 맞춰진다. 그리하여 무대 위 공간에서는 아버지와 아들이 죽음의 놀이를 벌이고 있는 장터가 현동화되어 드러나는 반면, 그들을 둘러싼 군중들은 무대 위에 형상화되지 않고 무대 밖에서 다양한 시선이나 소리로써 무대 위 사건에 밀도 있게 작용한다.

이에 반해 〈다섯〉에서는 선장과 선원들이 있는 공간은 무대 밖이며 따라서 관객에게는 보이지 않는 공간이다. 무대 위에는 배 밑 창고가 형상화되고 그 안에 밀항하는 인물 가, 나, 다, 라, 마의 극행동이 현동화되어 드러난다. 그러면서 수직적 위계질서가 행하는 권력작용이 등장인물들 상호간에 어떻게 스며들어 드러나는가에 초점을 맞춘다. 권위적 사회 안에서 어떻게 개개인이 개별화되고 서로를 배제시키며 보이지 않는 장벽을 만들어 가고 그리하여 결국 사회적인 고독과 소외가 형성되는지 명시된다.

이렇듯 이강백의 초기 희곡인 〈셋〉과 〈다섯〉은 인간의 근원적 고독과 사회적인 개별화과정을 통해, 다양한 권력관계 속에서 소외되어 고독해지는 개인들의 모습을 형상화하고 있다. 사막과 같은 황폐함과 먼지, 그곳을 메우는 뜨거움과 무더움, 운명의 잔혹함과 폭력성, 군중의 비정함이 〈셋〉을 가득 메우고 있는 공간감각이다. 〈다섯〉의 공간은 메우고 있는 것은 음습함과 폐쇄성 그리고 위험성과 배제의 냉혹함으로 이루어져 있다. 그 안에서 극적 주체가 느끼는 고독과 '갈증'에 작가는 자아를 투영하여 공감각적으로 형상화해낸다. 이러한 공간의 물질성과 극적 주체의 감각을 통해 젊은 날 이강백이 느끼고 있던 존재의 근원적 고독과 사회적 배제에 대한 체험이 의식적 무의식적으로 드러난다.

이렇듯 초기 희곡을 압도하고 있는 근원적이고 사회적인 고독은, 이강백의 존재론적이고 사회적인 인식에서 기인한다. 이강백은 극작가로서의 출발점에서 삶의 핵심 문제이자 주제를 '고독'으로 인식하고 있었으며, 그 이미지를 작품으로 형상화하는 데 헌신하여 창조의 원천으로 삼고 있는 것으로 보인다. 작가의 자아를 투영하고 있는 〈셋〉의 인물 다(아들)와 〈다섯〉의 인물 라는 연금술적 전환의 가능성을 내포한 존재들이라는 점이 의미심장하다. 이강백은 인터뷰에서 "고래 뱃속에 갇혀본 자만이 시대를 안다"[31]고 언급했다. 그들은 잔혹한 운명의 사막 속에서도 연초록의 느티나무의 꿈을 꾸며 자신을 헌신할 수 있는 존재이며, 전존재의 상징인 '태양'을 들고 쏟아지는 권력의 창을 뒤엎을 경계넘기의 욕망을 지닌 인간이다. 그러기에 결말에서 그들이 죽거나 자신의 감옥으로 회귀하는 좌절을 겪는다 하더라도, 그들의 실패는 단순한 죽음과 정지 상태가 아니라, 고래 뱃속과 같은 침묵과 어둠 속에서 치열한 대면을 통해 새로운 차원으로 넘어갈 가능성을 함축하고 있다. 사막 속에서의 나무를 향한 꿈은 무의식으로, 소리가 되지 못한 외침은 역사의 저편으로 가라앉지만, 이강백의 이어지는 작품 속에서 또 다른 모습으로 등장하게 된다.

---

31) 「이강백과의 2차 인터뷰」.

제2장

연극적 상상력과 담론통제: 〈파수꾼〉*

70년대의 우리나라 희곡들에는 의미심장한 침묵이 자주 발견된다. 이때부터 발표되기 시작한 이강백의 초기 희곡들에도 독특한 무언의 층위가 형성되어 있다. 무엇이 작가를 침묵하게 하는가? 침묵하면서 어떻게 말하고 있는가?

우리 사회의 70년대라는 작품의 외부적 상황은 작가의 예술적 욕망과 끊임없는 갈등을 일으키고 있었기 때문에 더욱 괄목할만하다. 군사독재의 폭력적인 지배양상, 즉 노골적인 담론금지와 통제는 역설적으로 바로 그 금지된 대상에 대해 말하고 싶은 욕망을 끓어오르게 한 것이다. 살아남기 위한 전략들을 탐색하면서 전복적 담론을 생산하게 된다. 당시에 생산된 희곡들에 마련된 무언의 층위는 이러한 역사적이고 문화적인 맥락에서 분석해내면 끊임없는 재생산의 단초를 찾을 수 있다.

이 장에서는 연극적 상상력과 담론통제의 충돌지점에서 생산된 이강백의 〈파수꾼〉을 분석하려 한다. 작품 분석의 틀로서 연극기호학[1]을 사용하면서, 외부적 조건과 작품 내적인 기호체계

---

* 제2장은 본인의 논문 「연극적 상상력과 담론통제. 이강백 〈파수꾼〉에 대한 기호학적 분석」(『한국연극학』 11, 1998)을 수정 · 보완 · 재구성한 것임.

1) Erika Fischer-Lichte, *Semiotik des Theaters in 3 Bänden*, Tübingen: G.Narr, 1983./Patrice Pavis, *Semiotik der Theaterrezeption*, Tübingen:

의 유기적 관계와 기능을 동시에 탐구하고자 한다. 그리하여 당대 작가와 독자의 역사성에서 창출될 수 있는 의미를 밝히고 동시에 시대를 뛰어넘는 상징체계를 천착하고자 한다.

1. 우화의 패러디, 정치적 우화, 상징

이강백의 〈파수꾼〉은 이솝우화 중 〈늑대와 양치기 소년〉을 패러디한 것이다. 〈파수꾼〉에는 늑대 대신 이리떼가 등장한다. 그리고 양치기 소년은 파수꾼 가, 나, 다로 분화한다. 문제는 마을사람이다. 이솝우화에서는 소년의 거짓말이 오래가지 못했다. 왜냐하면 마을사람들이 늑대가 나타나면 공동으로 힘을 합해 몽둥이 들고 늑대를 잡으러 갔고 따라서 소년의 말이 거짓임이 곧바로 드러났기 때문이다. 그러나 〈파수꾼〉의 마을사람들은 문제가 생겼을 때 협동하고 능동적인 공격을 하는 것이 아니라, 모두 공포에 떨며 방어에 급급했기 때문에 진위를 가릴 기회조차 갖지 못한다.

〈늑대와 양치기 소년〉에 등장하지 않지만 〈파수꾼〉에는 등장하는 인물은 해설자, 운반인 그리고 촌장이다. 해설자와 운반인은 극의 양식적 특성에 기여하고, 촌장은 〈파수꾼〉의 우화가 정치적 맥락에서 파악되도록 하는데 중요한 역할을 한다. 촌장은 권력의 표상이다. 가상의 이리떼를 설정하고 망루를 세우고 파수꾼들을 사역시켜 마을사람들 사이에 끊임없이 위기감을 조성

G.Narr, 1988.

시키는 장본인이다. 이처럼 이강백은 도덕적 우화 한편을 패러디하여 정치적 우화로 변형시킨다.

이 작품은 1974년에 발표된 이래 평자들에 의해 끊임없이 우리사회에 대한 알레고리로 받아들여졌다. 이강백의 전기적 측면과 1995년까지 발표된 전 작품을 분석한 이영미는 〈파수꾼〉을 알레고리의 측면에서 다음과 같이 해석하고 있다.

> 〈파수꾼〉은 도시와 이리의 활동영역이 공간적으로 나누어진 경계선이라는 장소적 특성, 즉 가시울타리와 망루가 있는, '적'과의 무력적 대치를 연상하게 하는 접경지대를 공간적 배경으로 삼은 것만으로도, 위기감과 공포감의 근원이 지리적인 남북분단이라는 한국현실을 쉽게 유추하도록 하고 있다. 게다가 '이리떼'라는 비유도 공산집단의 비유어로 우리 사회의 사람들에게는 매우 익숙한 것이다. 따라서 이리떼 출몰 경고에 이리저리 대피소동을 벌이는 것은 민방위훈련을 연상시킨다. (…중략…)
>
> 이렇게 〈파수꾼〉은 각 대목 대목의 알레고리적 내용이 충실하며 서로 정합하게 잘 맞아떨어진다.[2)]

이는 작품이 생산된 1970년대 초반 우리의 사회적 맥락에서 독자나 관객이 공유할 수 있는 일차적인 작품의 해석이다. 만일 그 의미에 국한된다면 괴테나 실러가 저차원적인 상징의 일종으로 규정한 알레고리[3)]의 차원에 머물 것이다.

그러나 면밀히 살펴보면, 〈파수꾼〉은 우리의 특수한 사회적 문맥에서 생산된 좀 더 포괄적인 의미의 정치적 우화 (Fabel)[4)]임을

---

2) 이영미, 『이강백연구』, 한국예술종합학교 한국예술연구소 1995, 51쪽.
3) *Brockhaus Enzyklopädie*, Bd.1, Wiesbaden, 1967, p.345.
4) *Historisches Wörterbuch der Philosophie*, Bd.7, Hrsg.v. Joachim Ritter u.

알 수 있다. 이리떼가 몰려온다는 외침은 70년대 이후 다양하게 변주되면서 우리 사회구성원에게 위기의식을 불어넣고 있다. 정치적 이슈가 있을 때마다 조작된 북풍이 그 대표적 예가 되겠다.

이 우화는 비단 군사적 담론으로만 파악되는 것이 아니라 다양한 담론으로 풀어낼 수 있다. 이에 따라 이리떼도 다양한 함의(Konnotation)를 가지게 되는 것이다. 예를 들면 세계종말론, 대학입시, IMF 등으로 우리 사회적 맥락에서 생산되는 종교, 교육, 경제 담론 등으로 받아들일 수 있다. 뿐만 아니라 서구에서 만연하고 있는 AIDS, UFO, 복제인간, 지구의 종말 등의 위기의식은 성性과 과학 담론 속에서 이리떼가 될 수 있는 것이다. 이처럼 이리떼에 대한 경고는 사회적이고 문화적인 맥락에 따라 상이한 담론으로 확대될 수 있다. 망루와 같은 핵심적인 시각적 기호도 군사제도 뿐 아니라 종교, 교육, 경제, 문화, 과학 등의 제도로 확대하여 분석할 수 있다. 단지 그 제도를 통제하는 것은 권력이라는 공통점이 있을 뿐이다. 권력이 다양한 제도를 통해 상이한 담론을 생산해 내고 공동의 위기의식을 설정하여 때로는 집단적인 히스테리까지 몰고 올 수 있지만, 결국 그 안에 구성원들은 구조 자체에 대해 생각해 볼 수 없을 정도로 교묘히 통제되는 것이다.

이렇게 본다면 〈파수꾼〉은 1970년대의 냉전체제라는 특수한 사회에서 생산된 정치적 우화이면서, 그에 그치지 않고 현대사회의 권력의 구조와 기능을 드러낸 상징체계이기도 한 것이다. 이러한 작품의 불확정성[5)]에서 〈파수꾼〉은 70년대 우리 사회라

Karlfried Günder, Basel, 1989, pp.65-71 참조.

5) Wolfgang Iser, "Die Appelstruktur der Texte. Unbestimmtheit als Wirkungsbedingung literarischer Prosa", In: *Rezeptionsästhetik*, Rainer Warning (Hrsg.), München: W.Fink, 1975, pp.228-250 참조.

는 시공간을 뛰어넘어 거듭되는 공연으로 재생산될 상징체계로 승화될 수 있다.

2. 의사소통체계와 이상적인 관객의 눈

절대성을 지니는 연극에서는 의사소통구조가 두 개의 층위로 이루어져 있다. 허구적 세계에서의 내부적 의사소통 그리고 현실적 공간에서의 외부적 의사소통이 그것이다. 20세기의 연극들은 다양한 형태로 이 두 개의 층위를 파괴하여 매개적 소통구조를 강조하게 되는데 〈파수꾼〉에서 해설자가 바로 매개적 소통 층위에 속하는 인물이다. 그는 이 작품의 극적 상황을 관객에게 직접 설명하고 극적 시간을 간단한 소도구(마분지로 된 초승달)로 조절한다. 그리하여 관객의 현실과 극적 허구의 관계가 단순한 모방의 관계가 아니라 상징으로 연결되어 있음을 분명히 한다. 해설자는 무대와 관객석을, 운반인과 촌장은 보이는 무대인 망루와 보이지 않는 공간인 마을을 넘나든다. 이 두 개의 상이한 공간을 넘나드는 해설자, 운반인 그리고 촌장을 한 배우가 형상화하도록 작가는 지시하고 있다.

매개적 소통구조에 속하는 해설자는 식량 운반인이 되어 내부적 소통구조 안으로 들어간다. 그 안에서 그는 분리되는 두 개의 공간 즉 망루와 마을을 오간다. 마을에서 식량을 운반하여 망루의 파수꾼들에게 전달할 뿐 아니라, 마을과 망루를 오가며 각각의 사건을 전해주는 매개자 역할을 한다. 파수꾼들과 관객들은 그들에게 보이지 않는 공간인 마을의 삶의 모습을 그를 통해 듣고 나름대로의 상상에 의해 머릿속에서 완성한다. 더구나 관객들은 자신의 일상의 공간과 비교하고 그 경험에 의해 마을이란 그림을 완성하므로, 연극이 현실과 긴밀한 관계를 형성하게 된다. 그러나 그 관계는 고정된 것이 아니라 관객의 사회적 경험의 변화에 따라 얼마든지 새롭게 의미를 부여받게 되는 것이다.

해설자는 운반인이 되기도 하지만 극의 후반에는 촌장이 되어 등장하기도 한다. 그는 사회의 권력구조를 상징하는 공간구도를 전부 계획한 권력의 표상으로 등장한다. 그는 폭력적이지 않고 친절하기까지 하다. 그러나 치밀한 전략으로 망루를 세우고 파수꾼을 사역시키고 마을에 가시울타리를 치고 마을사람들을 길들이게 된다. 그는 아무도 모르게 등장인물 전체를 통제하고 그 권력구조 밖에서 잘 기능하도록 구성원을 적소에 배치하는 힘 자체인 것이다. 이렇게 한 배우에 의해 형상화되도록 설정된 해설자, 운반인, 촌장은 각기 다른 의사소통의 차원에서 매개자로서 그리고 의사소통 자체를 설정하는 기능으로서 역할을 한다.

관객은 일상의 공간을 떠나 극장에 와서 현실을 상징화한 극적 사건을 관찰하게 된다. 등장인물 중에서 파수꾼 '다'는 극중 공간에 도착한지 얼마 안 된 소년이다. 작가는 이 등장인물을 긍정적으로 형상화할 뿐 아니라 극적 사건에 대한 정보를 관객과 동일 수준 가지고 있는 존재로 설정한다. 그리하여 '이상적' 관객은 그의 눈을 통해 극중 공간과 사건을 낯설게 바라보며 연극이 진행되는 동안 함께 성장하게 된다.

3. 공간의 상징체계: 망루, 마을 그리고 황야

극텍스트에서 공간은 작가가 세계에 대한 인식을 시각화한 의미의 구조물이다. 그러나 그 사회적이고 문화적인 상징체계는 뼈대로서만 존재하는 것이 아니라 그 안에서 등장인물이 활동하여 극적 사건이 벌어지기 때문에 내용이 채워진다. 신현숙이 언급하듯 극텍스트의 공간은 청각적 시각적 활동적인 삼차원의 무대공간의 모태가 된다. 공간구조는 등장인물들 간의 사회적 관계, 텍스트의 이데올로기, 등장인물 개인의 내적 자아의 갈등을 말해 준다. 따라서 공간의 갈등은 사회-문화적 심리적 현실태들 사이의 갈등의 도상(icone)이 됨으로써 텍스트의 의미작용에 다의적 깊이를 주게 된다.[6]

1974년에 발표된 희곡 〈파수꾼〉에는 작가 이강백이 인식한 한국사회의 구조가 극적 공간으로 구축되어 있다. 〈파수꾼〉의 공간은 크게 무대 안에 형상화될 관객에게 보이는 공간과, 등장인물이 보고하는 말에 의해 형상화될 관객에게 보이지 않는 무대 밖 공간으로 나뉜다.

무대에 시각화될 공간은 황야에 세워진 망루와 그 주변이다. 그러나 이 망루는 그 스스로를 위해서는 아무런 소용이 없다. 그것은 마을사람들에게 이리떼의 내습을 알리기 위해 세워져 있는 것이다. 따라서 무대 안의 공간은 등장인물 (운반인과 촌장)의 대사에 의해 형상화되는 무대 밖의 공간을 전제해야 된다. 또 하나 주목할 것은 망루와 마을은 황야를 사이에 두고 멀리 떨어져 있

---

6) 신현숙, 『희곡의 구조』, 문학과 지성사, 1992, 121쪽 참조.

다는 점이다. 이 둘의 거리는 시각적으로 확인되지 않는 청각적인 거리이다. 그것도 파수꾼 '가'의 육성으로는 전달되지 않고 파수꾼 '나'의 양철북소리로 확대해야만 "은은히" 들릴 만한 거리이다. 결국 망루는 마을을 위해 존재하지만 마을사람들에게 직접적으로 확인되지 않을 정도로 격리되어 있는 공간이다. 이로써 작가는 마을사람들의 일상을 통제하는 격리되고 은폐된 이데올로기 생산의 공간을 확대하여 보여주고 관객들로 하여금 그 구조와 작동원리를 분석하게 하는 것이다.

3.1. 망루 – 판옵티쿰(Panopticum)

황야에 높이 솟은 망루는 〈파수꾼〉의 핵심적 무대장치이다. 권력은 마을의 '질서'를 만들기 위해 가공의 이리떼를 설정해 놓고 그들의 내습을 알리는 장치로서 망루를 세운다. 이처럼 망루는 허위의식을 바탕으로 마을사람을 통제하기 위한 권력의 기제일 뿐이다. 그것이 통제기능을 발휘하기 위해서는 그 허구성이 은폐되어야 하므로 망루는 마을로부터 격리될 수밖에 없다. 망루는 그 내부도 위와 아래로 공간이 분할되어 있다. 이는 파수꾼 가와 나의 관계로 구체화된다.

우선 파수꾼 가는 해설자를 통해 다음과 같이 명시된다.

해설자 (…상략) 저기 위를 바라보십시오. 파수꾼이 앉아 있습니다. 높은 곳에서 하늘을 등지고 있기 때문에 그는 언제나 시커먼 그림자로만 보입니다. 그는 내가 태어나기 전부터 파수꾼이었습니다. 나의 늙으신 아버지께서도 어린 시절에 저 유명한 파수꾼의 이야기를 들으셨다 합니다. 물론 할아버지에게서

들으셨던 거죠. 이제와선 저 망루 위의 파수꾼은 전설적 인물이 된 것이지요.(1:83)

파수꾼 가는 "시커먼 그림자"일 뿐이다. 실체가 없이 전설로 이루어진 이 인물은 이데올로기를 육화하고 있는 이데올로그인 셈이다. 그가 전파하는 이데올로기는 그 존재 양상에서부터 마르크스가 주장하는 허위의식(Falsches Bewußtsein)일 수밖에 없다. 전 작품을 통하여 그의 존재를 확인할 수 있는 것은 "이리떼다, 이리떼! 이리떼가 몰려온다!" 혹은 "북소리 중지! 이리떼는 물러갔다." 하는 간헐적으로 반복되는 외침뿐이다. 살아있는 한 인간이라기보다는 기능으로 존재할 뿐이다. 여러 인간으로 대체될 수도 있고 경우에 따라서는 허수아비에 녹음기를 설치해도 될 만한 '자리'일 뿐이다. 그는 또한 망루 아래와의 의사소통을 거부한다. 그는 한 번도 망루 아래로 내려오지 않고 음식도 줄에 매달아 올라가는 것만을 먹을 정도이다. 그는 망루 꼭대기에 있으므로 시각적으로 가장 유리한 위치를 차지한다. 격리와 공간분할로 다른 인물이 그의 위치에 접근하는 것이 금지되어 있으므로 그는 황야에 관한 지식을 독점하게 된다.

지식의 독점은 다른 무지한 사회구성원을 그에 복종하게 하는 힘으로 전환된다. 따라서 파수꾼 나와 같은 인물은 한 번도 파수꾼 가가 전달하는 이데올로기에 회의도 품어보지 못하고 굴종하며 그 이데올로기를 증폭시키는 기능인으로 전락하게 된다. 파수꾼 나는 '이리떼'라는 이데올로기를 양철북을 쳐 멀리 떨어져 있는 마을에 전파한다. 마을사람들은 격리되어 있는 망루로부터 퍼져 나오는 정보에 집단적인 히스테리를 일으키며 공포에 떨고 일시적인 혼돈에 빠지나 곧 질서를 회복한다. 간헐적으로 전달되는 양철북소리에 그들은 늘 긴장감을 가지고 귀 기울이느라고 권력구조 자체에 대한 회의를 품을 겨를조차 없어서 결과적으로 권력이 만들어 놓은 질서에 복종하게 된다.

이처럼 망루라는 핵심적 공간기호는 수평적으로 마을과 격리되어 있을 뿐 아니라 수직적으로도 망루 위와 아래로 분할되어 서로 소통하지 못하게 함으로써 신비화된 공간 속에서 권력이 형성되는 지점이다. 이러한 〈파수꾼〉의 망루는 현대사회의 통제체제 자체를 상징화한 것으로 볼 수 있다. 푸코가 『감시와 처벌』에서 제시하고 있는 원형감시방식(Panopticum)에 다름 아니다. 권력의 근원은 보이지 않으면서 모든 것을 볼 수 있고, "신체, 표면, 빛, 시선 등의 신중한 배치 속에, 그리고 개개인이 장악되는 관계를 그러한 내적인 기구가 낳은 구조 속에 있"[7]으므로 그에 속한 개인을 자발적으로 복종하게 만든다.

요컨대 〈파수꾼〉의 망루는 일차적으로 우리 분단 상황의 경보장치를 극적 장치로 시각화한 것으로 볼 수 있다. 이때 망루는 하나의 알레고리가 되지만, 앞서 살펴보았듯이 망루의 존재방식과 기능을 면밀히 분석하면 그 이상의 다양한 의미를 생산할 수 있는 상징체계로 확장될 수 있다. 망루의 작동원리는 비단 우리의 분단 상황의 군사적 담론에만 적용되는 것이 아니라 언론, 종교, 교육, 문화, 경제 등의 현대사회를 이루는 다양한 제도들로부터 생산되는 상이한 담론에도 유효하기 때문이다. 권력은 그러한 제도들을 망루처럼 설정해 놓고 은밀히 손을 뻗쳐 각각의 제도들을 격리시키고 정보를 특정한 자리의 기능인에게 제한시켜 다른 구성원을 알게 모르게 통제하고 있는 것이다. '이리떼'라

7) 미셸 푸코, 박홍규 역, 『감시와 처벌』, 강원대 출판부, 1993, 262-263쪽.

는 외침은 각 제도 속에서 변주되어 확대 재생산된다. 이처럼 현대사회의 권력은 가시적 폭력을 이용하지 않더라도 망루와 같은 제도를 통해 수시로 감시함으로써 사회구성원 스스로 복종하게 하는 것이다.

3.2. 마을, 마을사람, 관객

앞서도 언급했듯이 무대 위에 시각화될 공간인 망루는 등장인물의 언어 속에 형상화되는 마을이라는 공간을 대전제로 한다. 마을은 등장인물의 언어를 바탕으로 독자 및 관객의 상상에 의해 완성되는 공간이므로 수용자의 일상의 공간과 자연스럽게 교차하게 된다. 게다가 마을 안에서 일어나는 일들은 우리의 사회적 현실과 닮아 있기 때문에 관객은 현실의 공간과 동일시하게 된다. 따라서 이 공간은 작가가 희곡을 생산할 당대의 사회적 공간의 도상이며 동시에 공연될 때마다 관객이 속한 현실로 되살려질 잠재력을 지닌다. 작가는 이러한 계획을 은밀하게 진행하다가 극의 말미에 오면 극중의 마을사람과 관객을 일치시키면서 본격적으로 드러낸다.

나 (관객석 쪽으로 돌아서다가, 흠칫 놀라며) 웬 사람들이 이렇게 몰려오죠?

촌장 마을사람들이지요.

나 마을사람들요?

촌장 (관객들을 향하여) 어서 오십시오, 주민 여러분. 이 애가 그 말을 꺼낸 파수꾼입니다. 저기 빙긋 웃고 있는 식량 운반인, 이 애가 틀림없지요? 네, 그렇다고 확인했습니다. 이리떼인지 아니면 흰

구름인지, 직접 이 아이의 입을 통하여 들어봅시다.(1:103)

마을사람들은 멀리서 들려오는 북소리를 곧 "이리떼다"로 번역하여 이해하고 재빨리 방어태세를 갖추도록 길들여져 있다. 의심이나 확인도 해보지 않고, 공격할 생각은 더구나 못하고 허둥대다 "지붕 위에서 떨어져 두 다리를 몽땅 부러트"리는 영감, "우물에 빠져 죽은 아이" "자기 집에 불 지른 남자" "강간당하는 소녀"(1:89)들이 속출하게 된다. 이강백은 〈파수꾼〉에서 마을사람들의 이러한 수동성과 집단 히스테리를 조장하는 근원지를 포착하여 무대 위에 형상화함으로써 허위의식에 의한 권력의 작동원리를 벗겨낸다. 그리하여 마을사람들과 닮은꼴인 관객에게 결단을 요구한다.

3.3. 황야

망루는 황야에 세워져 있다. 황야는 마을 밖에 존재하는 미지의 열린 공간으로 이 역시 등장인물의 대사에 의해 형상화되는 언어적 공간이다. 망루 아래 황야의 한 자락이 무대 위에 형상화되기는 하지만 대부분은 관객이 볼 수 없는 공간이다. 특이한 점은 이 공간은 등장인물마다 다르게 표현되고 있다는 사실이다.

우선 파수꾼 가는 망루 꼭대기에 앉아 무대를 제압하는 목소리로 황야에 "이리떼"가 몰려온다고 외친다. 그는 연극에서 가장 높은 곳에 위치하기 때문에 누구보다도 시각적으로 우위에 있게 된다. 따라서 다른 등장인물과 관객은 그의 눈과 입을 빌어 이리떼의 존재를 믿게 된다. 그의 '담장너머보기'의 방법으로 보고되는 황야는 이리떼가 신출귀몰하는 위험스런 공간으로 묘사된다.

파수꾼 나는 파수꾼 가가 전달하는 정보를 믿고 이리떼를 방어하기 위해 양철북을 칠 뿐 아니라, 넓은 황야에 수천 개의 덫을 놓고 이리가 치이기를 기다리며 관리한다. 따라서 그에게는 황야가 바로 노동의 공간인 셈이다. 황야는 그에게는 쓸쓸한 공간이지만 거기에 자신과 같은 수많은 파수꾼이 묻혀 있고 그 스스로도 평생 살다 묻힐 삶의 보람을 느끼는 공간이기도 하다.

마을의 촌장에게는 황야가 추억의 공간이다. 권력가가 되기 훨씬 이전 그가 소년이었을 때 야생딸기를 따먹던 곳이다.

촌장 추억을 더듬으러 왔습니다. 이 황야는 내가 어린 시절 야생 딸기를 따러 오곤 했던 곳이지요. 그땐 이리가 무섭지도 않았나 봐요, 여기저기 덫이 깔려 있고 망루 위의 파수꾼이 외치는데도 어린 난 딸기 따기에만 열중했었으니까요.(1:99-100)

촌장은 이미 황야에 이리떼가 없다는 사실을 이때부터 알고 있었을 것이다. 그때에도 그는 이미 "이리떼를 주의하라는 팻말 밑엔 으레 잘 익은 딸기가 가득하다"는 사실을 알고 있었으니 말이다. 그러므로 어떤 조작에도 끄떡없이 맛있는 딸기에 탐닉할 수 있었던 것이다. 권력의 기제가 허위의식에 의해 조작된다는 사실을 알면서도 이를 알리거나 변화시키려 하지 않고 그 기제를 등에 업고 자신의 이익을 추구하는 이 어린 소년의 모습에서 훗날 권력자로서의 촌장을 쉽게 발견해낼 수 있다.

파수꾼 다에게는 황야가 인식의 공간이다. 그는 마을에서부터 낯선 공간인 황야에 파수꾼이 되기 위해 등장한다. 다른 등장인물들과는 다르게 그에게는 망루와 황야가 낯선 공간이다. 또한 "이리떼"라는 외침에 공포에 떤다. 극적 공간에 대해 갖는 느낌과 공포가 관객과 유사하기 때문에 관객은 차츰 그의 눈으로 망루와 황야의 한 부분을 살피게 된다. 이렇게 소년 파수꾼 다는 관객처럼 황야를 미지의 위험스런 공간으로 느끼다가 망루에 올라가 본 후로 곧 새로운 인식에 도달한다. 황야는 파수꾼 가의 보고와는 정반대로 "흰 구름"이 떠 있는 평화로운 공간임을 관객에게 보고한다. 여기서 관객은 이 상반된 보고 중에서 소년 파수꾼의 보고가 '참'임을 즉각적으로 받아들인다.

새로운 인식의 시발점에서부터 황야에 바람소리가 요란해지기 시작한다. 이 바람소리는 파수꾼 다가 굴종을 설득 당하고 침묵하게 될 때는 거칠어지고 급기야 북을 치기 시작하면서 극이 마무리 될 때에는 "바람소리만 더욱 거칠어진다". 현실을 인식한 후에 파수꾼 다는 외면적으로는 차츰 권력에 의해 길들여지는 것처럼 보이지만, 관객과 공유하도록 작가가 설정한 그의 심리적 공간에서는 저항의 소리가 점점 거칠어지는 것이다.

4. 인물분석: 파수꾼 가, 나 그리고 다

〈파수꾼〉의 인물들은 개성을 지닌 존재라기보다는 사회적 특성이 강조된 유형들이다. 인물의 삼차원을 넓이, 길이 그리고 깊이[8]라고 할 때 인물의 사회적 관계인 넓이가 강조된 평면적인 인물이 대부분이다. 파수꾼 다를 제외하고는 전 작품을 통해서 변화도 없다. 그러나 파수꾼 다는 사회적 위치도 분명할 뿐 아니

8) Manfred Pfister, *Das Drama*, München: W.Fink, 1982, p.241.

라 극의 진행에 따라 역동적 변화를 하는 인물이며 동시에 그의 내면세계도 극행동에 뚜렷이 반영된다. 따라서 파수꾼 다는 넓이 길이 깊이의 삼차원으로 형상화되어 관객을 집중시키는 인물이 된다.

무대 안		무대 밖	
망루 위	파수꾼 가, 다	황야	마을
망루 아래	파수꾼 나	역사적 공간 (이리떼/흰구름)	일상의 공간
		노동의 공간(덫)	
	파수꾼 다	추억의 공간(야생딸기)	
		심리적 공간(바람)	

우선 파수꾼 가, 나, 다의 핵심기호를 비교하면 다음과 같다.

	공간적 위치	동선의 움직임	신체부위	나이	소도구
파수꾼 가	망루 꼭대기	고정	입	80 이상	
파수꾼 나	망루 아래	횡적 동선 (황야)	귀, 팔	늙음	양철북
파수꾼 다	망루 아래, 꼭대기	종적 동선	눈	소년	

4.1. 권력의 기제, 파수꾼 가와 파수꾼 나

권력의 표상으로 등장하는 촌장과 가장 긴밀한 관계에 있는 인물이 파수꾼 가이다. 극중 인물 중에 이 두 인물에 정보가 집중되어 있고 다른 사람들은 그 정보로부터 차단되어 있다. 파수꾼 가는 망루 꼭대기에 붙박이로 고정되어 있다. 그의 극행동은 전 작품에 간헐적으로 손을 번쩍 들어 일정한 방향을 가리키며 "이리떼다, 이리떼! 이리떼가 몰려온다!"하고 외치는 것과 "북소리 중지! 이리떼는 물러갔다"고 명령하는 것이다. 그의 언어는 외침과 명령의 반복이다. 그러나 그의 행동에는 전혀 변화도 없으며 어떤 의지도 보이지 않는다. 앞서도 이미 언급했듯이 그는 살아있는 인간이라기보다는 권력의 기제로서 기능을 수행하는 자리에 불과하다.

파수꾼 가가 전파하는 이데올로기를 잘 알아듣고 (파수꾼 나에게 발달된 귀는 이를 위함이다) 그것을 증폭시키는 (양철북) 파수꾼 나는 충직하다. 그는 한 번도 회의하지 않고 평생을 그 이데올로기를 내면화시켜 자신의 신념이라 생각하고 몸으로 실천한다. 그뿐 아니라 다음 세대에게 그것을 전수한다. "넌 아예 섣불리 저 망루 위는 쳐다보지도 마라. 얘야, 저 높은 곳보다 이 아래는 할 일이 많단다. 양철북도 쳐야 하구, 여기저기 놓아둔 이리 덫들도 살펴야 하구…"(1:85)

그는 이데올로기 기구 밖에서는 한 번도 바라보지 않고 자신의 위치를 지키기 때문에 권력의 작동원리를 직시할 수 없는 인간이다. 그는 보지 못하고 끊임없이 보여지기만 하는 원형감시시설의 죄수와도 같다. 그는 개인적 차원에서는 연민을 자아내게 하는 대상이다. 파수꾼 다에 기울이는 사랑이 지극하다든가 마을사람들을 위해 외로운 황야에서 평생을 바쳐 희생하는 것 등이 그런 요소이다. 황야에 수천 개의 덫을 살피는 동선의 횡적 부산함은 그의 성실성을 증명해 준다.

그러나 파수꾼 나를 사회적 차원에서 보면 그는 냉엄한 비판을 받아야 한다. 한나 아렌트(Hannah Arendt, 1906~1975)가 언급한 '악의 평범성'[9])을 그에게서 볼 수 있기 때문이다. 각 개인에게 주어진 사회적 역할이 구조적으로 어떤 기능을 하는지 사유하지 않는 무사유성 자체가 얼마나 큰 악행으로 연결될 수 있는지 아렌트는 언급하고 있다. 유대인 대학살 전범이었던 아이히만에 대한 재판을 보면서 아렌트는 그가 기괴한 악인의 모습이 아니라 "단지 자기가 무엇을 하고 있는지 결코 깨닫지 못한 것"[10]임에 더욱 충격을 받았다고 한다. 파수꾼 나도 자신의 충직한 기능인으로서의 모습에 자족하며 평생을 황야에서 헌신했다. 그러나 자신이 속해 있는 구조나 그 안에서 수행하고 있는 자신의 기능에 대해 사유하지 않고 주어진 역할만 충실할 때 어떤 파급효과가 있는지 파수꾼 나가 여실히 보여주고 있다. 자신이 보내는 신호의 진위를 확인한다든가, 그 신호가 마을에 어떤 영향을 주는지에 대해 생각하려 들지 않음으로써 희생자들이 속출했던 것이다. 그리하여 그에 의해 허위의식에 근거한 이데올로기는 증폭되어 재생산되고 그것이 마을사람들의 일상을 통제하는데 지대한 영향을 갖게 주었다는 사실은 괄목할 만하다.

4.2. 파수꾼 다와 극적 시간

기능화 된 다른 인물과는 다르게 소년 파수꾼 다는 겁쟁이지만 모든 것에 의구심을 가지고 낯설게 관찰한다. "까마득히 멀리 떨어진 것두 척척 알아내"(1:84)는 눈을 가진 그는 직접 확인하려는 욕구를 지니고 있다. 그의 언어의 대부분은 의문문으로 이루어진다. 아무것도 있는 그대로 당연히 받아들이지 않고 의문을

---

9) 한나 아렌트, 김선욱 역, 『예루살렘의 아이히만』, 한길사, 2006, 391쪽.
10) 한나 아렌트, 위의 책, 같은 쪽.

제기하는 것이다. 그의 물음은 전 작품에 강한 이데올로기로 작용하고 있는 이리떼에 대해 반문하는 것으로 시작해서 작품 후반부 그가 권력의 기제로 편입되기 전까지 계속된다. 그의 중요한 물음을 정리하면 다음과 같다.

1. "이리떼라구요?"(1:83)
2. "전 아무것도 보지 못했는데요?"(1:83)
3. "왜 저 망루 위의 파수꾼은 교대하질 않죠?"(1:84)

마을 전체를 통제하는 이데올로기에 대해 의구심을 품기 시작해서, 자신이 보지 않은 것을 믿지 않고 확인하려는 욕구를 지니고, 전설처럼 당연시될 수 있는 권력구조에 대해 문제를 제기한다. 끊임없이 이리떼라는 외침에 무서워 바닥에 엎드리면서도 포기하지 않는 그의 문제의식과 탐구욕은 그를 움직이게 한다.

> 파수꾼 나 퇴장. 오랜 침묵. 다는 망루 위를 쳐다보기도 하고 키발을 딛고 사방을 살피기도 한다. 금방 이리가 덤빌 것 같아서 그는 안절부절 못한다. 마침내 두 팔로 얼굴을 감싸고 앉아서 움직이지 않는다.(1:85)
>
> 침묵. 파수꾼 나는 잠들었다. 오랜 사이. 다도 꾸벅꾸벅 졸기 시작한다. 램프 불빛만 남고 모든 것이 서서히 어둠 속에 묻힌다. (…중략…) 주위가 희미하게 밝아오면 새벽 바람소리가 요란해진다. 파수꾼 다가 문득 잠을 깬다. 그는 잠시 멍하니 둘러본다. 차츰 정신이 들자, 사태가 심상하지 않다고 생각한다. 그는 램프를 들고일어난다.(1:94)

침묵과 고독 속에서 차츰 파수꾼 다의 극행동이 변화한다. 그 변화의 심리적 원인도 작가는 섬세하게 묘사하고 있다. 그리하여 관객은 함께 숨죽이며 그의 행동을 관찰하게 된다.

여기서 주목할 것은 극적 시간의 변화이다. 〈파수꾼〉의 시작은 어둠이 깔리기 시작하는 저녁 무렵이다. 즉 아직 망루 아래는 "훤하지만 덫을 놓은 덤불 속은 어두"운(1:86) 때가 극적 시간의 시작이 되는 것이다. 거기서 차츰 어두워지고 밤이 깊었다 새벽이 된다. 극적 시간의 진행은 파수꾼 다의 극행동과 인식의 변화와 긴밀한 관계에 놓인다. 모든 것이 미망 속에서 두렵기만 하여 이리떼에 대한 외침이 울려 퍼질 때마다 땅바닥에 엎드리기를 반복하는 그의 행동은 저녁 무렵부터 밤에 진행된다. 그러다 새벽이 되고 황야에 바람이 불기 시작하면서 행동의 전환이 이루어진다. 다음의 독백에서 파수꾼 다는 관객을 관찰자로 머물게 하지 않고 직접 자신의 고민에 동참하도록 가까이 다가간다.

> **다** 바람소리? 아니면 이리떼가 몰려오는 소리일까? 무서워지는 데. 난 어쩌면 좋아! (…중략…) 황야는 어젯밤보다 수천 배나 넓어졌습니다. 그리고 난 외톨이에요. 지금 내가 얼마나 쓸쓸한지 아시겠지요? 하지만요, 주무십시오. 어떻게 난 견뎌보겠어요. (…중략…) … 나 혼자다. 눈을 뜨고 있는 건 나 혼자뿐야. … 바람소리? 아니면 이리떼가 몰려오는 소릴까? 아무래도 수상해. 난 어쩌면 좋지? 그래, 망루 위에 올라가자. 눈을 뜬 건 나뿐이잖아. 내가 이리떼를 감시해야지.(1:94-95)(밑줄 필자)

황야는 이제 등장인물을 둘러싼 공간일 뿐 아니라, 파수꾼 다의 심리적 공간이기도 하다. 위의 밑줄 친 글에서 확인되듯이 고독할수록 더욱 확장되는 심리적 공간인 것이다. 그리고 거기에 이는 바람소리는 그의 내부에서 들려오는 인식의 소용돌이기도 하다. 혼자라는 인식 그리고 모두가 잠든 사이 이리떼가 오면 자신만이 아니라 다른 잠든 파수꾼들과 마을의 가축들 그리고 마을사람들까지 이리떼의 밥이 될 것이라는 사회적 인식이 그로 하여금 공간분할의 불문율을 뛰어넘는 행위를 하게 한다. 그는 개인적 자아에서 사회적 자아로 인식의 전환을 하면서 망루 위에 오른다. 이렇게 수직적 동선을 가진 극중 인물은 파수꾼 다뿐이다.

고독하고 추운 새벽, 그는 망루 위에 올라 황야에는 "이리떼"가 아니라 "흰 구름뿐"이라는 것을 알게 된다. 허위의식으로 위장된 권력의 작용이 백일하에 드러나는 이 순간 파수꾼 다뿐 아니라 지금껏 그의 입장에서 극에 참여하였던 '이상적 관객'들도 충격을 받게 된다. 두 가지의 상반된 정보 사이에서, 관객은 보이지 않는 망루 저편의 황야에 이리떼가 있다는 정보는 거짓이고, 대신 흰 구름뿐이라는 정보는 참임을 받아들이게 되는 것이다. 즉 황혼과 밤이 파수꾼 다의 공포와 미망의 시간이었다면, 새벽은 바로 인식의 시간인 것이다. 그러한 미망에서 인식으로의 전환은 소년 파수꾼에서만 일어나는 것이 아니라, 관객에게도 함께 일어난다. 왜냐하면 사건진행의 정보를 파수꾼 다와 관객이 같은 정도로 공유하도록 작가는 계획하고 있기 때문이다.

다 이리떼만 없다면 이곳은 얼마나 평화로운 곳일까? 지평선 저 멀리 하늘가를 좀 봐. 하얀 구름이 흘러가네.
(사이)

가 이리떼다, 이리떼! 이리떼가 몰려온다!
(파수꾼 다는 황급히 망루 아래로 내려와 엎드린다. 그러나 어떤 의

아로움이 두려움 속에서 생겨난다. 그는 망설이듯 일어나 망루 위에 올라가 사방을 바라본다.)

가 이리떼다, 이리떼! 이리떼가 몰려온다!

(파수꾼 다는 망루 위에서 내려오지 않는다. 소리를 지르는 가와 황야를 번갈아 바라본다.)

가 북소리 중지! 이리떼는 물러갔다!

(파수꾼 다는 망루 아래로 내려온다. 심한 충격을 받은 모양이다.)

다 이리떼라구요? 황야 저쪽에는 흰구름뿐이었어요.(1:95-96)

새벽이 파수꾼 다의 행동과 뛰어난 '눈'을 통해 새로운 인식에 도달하는 시간이라면, 극의 후반인 아침부터 한낮이라는 극적 시간은 소년 파수꾼이 행동하는 시간이다. 즉 인식에 이른 파수꾼 다가 어떻게 행동으로 실현하는가를 보여 주는 시간이다. 인식의 시간이 고독했다면, 실천의 시간은 잔인하다. 실천의 시간에는 권력이 교묘한 술책으로 적극 개입하기 때문이다. 극의 후반에서 권력은 인식에 이른 파수꾼 다를 고립시키고 결국 길들이고 만다.

이렇듯 파수꾼 다의 극행동은 두 개의 마디로 이루어진다. 여기서 행위소를 추출하면 다음과 같다.

첫 번째 행위소는 파수꾼 다가 인식에 도달하려는 과정의 것이고 두 번째는 진실을 마을사람과 공유하려는 것이다. 행위소에서 선명히 드러나는 바는 파수꾼 다가 인식에 도달하려 할 때나 그를 실현하려 할 때 모두 협조자가 없다는 점이다. 이로써 전 작품을 통해 그의 투쟁이 지극히 외롭고 위태로움을 증명한다. 그만큼 실현가능성도 희박한 것이다.

그러나 〈파수꾼〉의 시간은 극적 사건이 벌어지는 시간으로만 닫혀 있지 않다. 극의 시작은 까마득한 과거로부터 연결되어 있

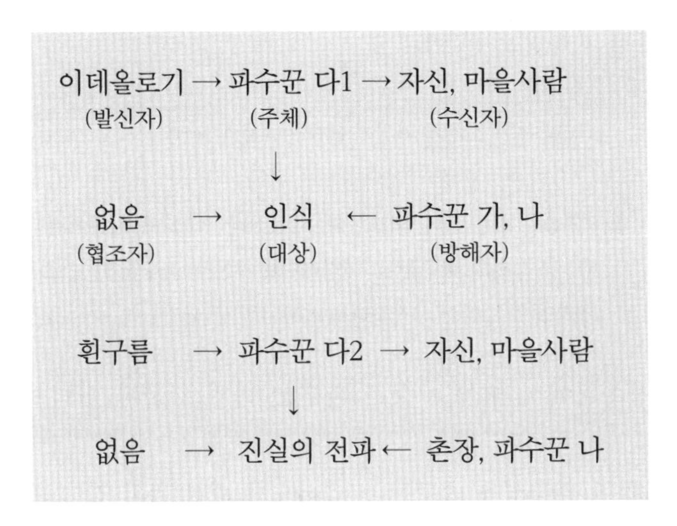

고, 끝은 미래를 향해 열려 있다. 과거로부터 현재에 이르는 권력의 길들이기 기제는 연속적이다. 그리고 현재 즉 극적 사건이 벌어진 시간 속에서의 소년 파수꾼도 새로운 인식을 했음에도 불구하고 진실에 대해 침묵하고 북을 치는 것으로 마무리된다. 그러나 외면상으로는 파수꾼 나와 같은 행동을 하는 것으로 보이지만 파수꾼 다는 결코 그와 같이 될 수는 없다. 왜냐하면 그는 이미 이데올로기 기구 밖에서 그 구조를 직시한 특별한 존재이기 때문이다. 그렇기 때문에 촌장은 그 '위협적'인 존재를 일상의 공간으로부터 격리시키는 것이다. 그의 마지막 극행동에 첨가된 황야의 바람소리는 '위험스런 담론의 수런거림'[11]을 함축하고 있다.

---

11) Michel Foucault, *Die Ordnug des Diskurses*, überz.v. Walter Seitter, Frankfurt a.M.: Fischer, 1991, p.11.

촌장 마을엔 오지 말아라.

다 (침묵)

(바람 부는 소리가 거칠게 들려온다.) (1:105)

(촌장과 파수꾼 나, 퇴장한다. 바람소리만이 더욱 거칠어진다. 잠시 후, 망루 위의 파수꾼이 "이리떼다!" 외친다. 파수꾼 다는 조용히 양철북을 두드리기 시작한다.)(1:105)(밑줄 필자)

인용부분에서 주목할 것은 파수꾼 다의 침묵과 바람소리이다. 겉으로는 이미 권력에 길들여져 가는 것으로 보이지만, 침묵은 다양한 가능성을 내포한다. 앞서도 살펴본 바와 같이 바람소리는 소년 파수꾼이 새로운 인식에 도달하는 장면에서부터 나타나는 극적 효과이다. 이는 등장인물 파수꾼 다의 심리적 공간에서 들려오는 저항의 소리일 뿐 아니라 작가가 현실에 대해 내뱉는 거친 숨결이며 독자와 관객이 함께 공유하기를 바라는 내면의 소리인 것이다.

5. 관객을 향한 질문: 침묵과 바람소리

이강백은 〈파수꾼〉에서 허위의식에 바탕을 둔 권력구조와 사회구성원의 일상을 통제하는 작동원리를 상징적 공간으로 형상화하여 제시한다. 여기에 관객이 가까이 다가갈 수 있는 외로운 투쟁자를 설정하여 그의 눈으로 관찰하고 새로운 인식에 도달하고 행동할 수 있을지 실험하게 한다. 소년 파수꾼 다의 좌절과 침묵은 현실에 대한 직시와 냉엄한 비판을 담고 있다. 작가는 그의 침묵에 거세지는 바람소리를 첨가함으로써 관객이 완성해야 할 무언의 층위를 마련한다.

〈파수꾼〉의 구조는 순환구조이며 동시에 그 순환의 사슬을 끊을 수 있는 가능성도 내포하면서 열려 있다. 파수꾼의 결말은 관객이 완성해야 할 열린 결말인 것이다. 즉 일상의 공간에서 극적 공간으로 옮겨 온 관객들은 차츰 파수꾼 다의 눈으로 극적 공간을 관찰하게 된다. 그리고 그가 던지는 질문들에 공감하면서 극적 사건을 바라보거나 몰입할 것이다. 그러나 권력에 길들여져 침묵하며 북을 치는 파수꾼 다를 보며 그 인물과 그를 그렇게 만드는 권력의 구조에 대해 분노할 것이다. 그러면서 다른 가능성이 없을까 자문할 것이다. 소년 파수꾼의 내면의 고통과 혼란처럼 관객에게도 거센 바람이 일 것이다. 작가는 구체적으로 제시하고 있지는 않지만 역동적 인물인 파수꾼 다의 앞으로의 변화를 함축하는 극행동으로 극을 마무리한다.

내면의 바람소리까지 잠재우며 계속 북을 치다가 눈이 발달한 그는 어느 땐가 권력의 은전으로 망루 위의 이데올로그로 고정될 수도 있고, 촌장이 가르쳐준 딸기를 따먹으며 자라나 기회를 잡아 촌장과 같은 권력자가 될 수도 있다. 아니면 망루를 탈출하여 사회에서 배제된 방랑자가 되거나, 죽음을 무릅쓰고 마을사람들을 선동하여 망루 위에 함께 올라갈 수도 있을 것이다.

여기서 브레히트의 언급이 떠오른다. 베를린 앙상블의 〈억척어멈과 그 자식들〉 공연에서 전쟁으로 이익을 보려던 소상인 억척어멈은 자식 모두를 잃고도 아무 것도 깨닫지 못한다. 마지막 장면에서 그녀는 거의 허물어져가는 뼈대만 남은 이동마차를 구부러진 몸으로 힘겹게 밀면서 다시 장사하러 떠난다.[12] 이에 대해 루카치의 제자들이 퇴폐적인 공연이라 비난을 퍼붓는다. 그러나 브레히트는 "억척어멈이 아니라, 관객이 깨닫는 것이 중요하다."[13]라고 말한다.

〈파수꾼〉에서도 문제는 마을사람이다. 좀 더 명확히 말하면 마을사람을 닮은 관객이다. 이들이 이데올로기의 작용을 직시하고 깨어나 사회적인 자아로 변화할 수 있는가가 문제인 것이다. 그럴 수만 있다면 외로운 소년 파수꾼의 좌절 혹은 문제제기를 바라보며 관객은 스스로 권력의 순환구조를 끊을 수 있을 것이다. 작품의 의사소통 구조가 직접 간접으로 관객의 동참을 강조하고 있는 이유도 여기에 있다.

그러나 작가는 결정적인 부분에서 침묵한다. 이 무언의 층위는 1970년대 우리 사회현실이라는 외부적 조건에서 살아남기 위한 전략이기도 하면서, 관객이 완성할 여백이기도 한 것이다. 따라서 〈파수꾼〉의 결말과 다하지 못한 이야기는 관객에게 하나의 도전이며 결단에 대한 요청이다.

---

12) Bertolt Brecht, *Mutter Courage und ihre Kinder*, Bertolt Brecht Werke in 30 Bänden, Berliner und Frankfurter Ausgabe, Hsg. Werner Hecht, Bd.6, Frankfurt a.M.: Suhrkamp, 1989, p.85.

13) Werner Hecht (Hrsg.), *Materialien zu Brechts. Mutter Courage und ihre Kinder*, Frankfurt a.M.: Suhrkamp, 1982(1964), p.93.

제3장

고독의 파괴력과 '개인의 존엄성': 〈내마〉*

〈내마〉는 1974년 8월 29일부터 9월 2일까지 명동예술극장에서 이승규 연출로 극단 가교에 의해 초연되었다. 전 마립간의 장례식으로 시작되는 이 공연은, 그 해 박정희 대통령의 부인인 육영수 여사가 저격당하여 사망하는 사건의 이미지와 겹쳐져, 정치적인 암시가 강한 작품으로 받아들여졌다. 그리하여 이미 검열을 통과하여 공연허가를 받았음에도, 공연 당일에 재검열하는 사태가 벌어졌다고 한다. 이에 대해 이강백은 『이강백 희곡전집 1』권 서문에서 밝히고 있다. 이후 그의 희곡은 "정치적 혹은 사회적"[1]이라 평가되기 시작하였다고 작가 스스로 판단하고 있다.

이강백 초기 희곡에 대한 기존논의도 그 정치적 우화성에 관심이 집중되어 있다. 이영미는 외로운 희생양의 유형에 내마를 포함시키면서 〈내마〉는 당대의 시대적 상황에 대한 우화이지만, 때로는 정합한 해석을 해낼 수 없다고 평가한다.[2] 배봉기는 〈내마〉를 정치적 알레고리로 파악하고 민중에 대한 내포작가의 부정적 태도는 민중에 대한 불신을 의미하고 역사에 대한 폐쇄적

* 제3장은 본인의 논문 「이강백 〈내마〉에 나타난 고독의 파괴력과 '개인의 존엄성'」(『드라마연구』 56, 2018)을 수정 · 보완 · 재구성한 것임.

1) 이강백, 『이강백 희곡전집 1』, 평민사, 1993(1982), 7쪽.

2) 이영미, 『이강백 희곡의 세계』, 시공사, 1998, 63-69쪽 참조.

관점과 연결되는 것이라고 비판한다.[3] 반면 김남석은 〈내마〉를 완성도 높은 뛰어난 작품이라 평가하면서, 이유는 내마가 외롭다고 자인했음에도 불구하고 끝내 버리지 않는 신념에 기인한다고 밝힌다. 내마의 희생은, 군중과 권력이 빚어내는 담합 가능성에 의문을 제기하며 그 폐해에 대한 동시대인의 문제의식을 유발시킨다고 언급한다.[4] 이러한 연구방향과는 달리 〈내마〉에 나타난 실존적 문제 제기와 철학적 인식을 논한 연구들도 있다. 신아영은 실성이 내마에게 요구하는 것이 바로 실존적 외로움의 문제이고, 작품이 궁극적으로 추구하는 것은 권력이 아닌 인간 존재에 대한 물음이라고 판단한다.[5] 김성희는 〈내마〉에서는 인간고립이 도덕적 인식의 선행조건으로 극화되었고, 실성, 내마, 눌지의 세 중심인물이 표상하는 권력악, 개인의 정의, 현실주의의 역학관계를 통해 개인과 사회의 갈등을 철학적으로 통찰하고 있다고 언급하고 있다.[6]

이강백 초기희곡에 대한 연구는 이렇게 정치적 우의성에 초점이 맞춰져 있다. 인간의 실존적 문제에 대한 물음과 철학적 통찰에 대한 언급은 있지만, 아직 그에 대한 심층적 분석은 이루어지지 않고 있다. 필자는 인간 실존에 대한 물음이 이강백 초기희곡뿐 아니라 후기까지 관통하는 중요한 문제의식이라 판단하여,

---

3) 배봉기, 「이강백론. 정치적 알레고리를 중심으로 초기희곡연구」, 『현역중진작가연구 II』, 현대문학학회, 1998, 325쪽.

4) 김남석, 「1970년대 이강백 희곡 연구. 군중과 권력의 상관성을 중심으로」, 『어문논집』 43, 2001, 410쪽.

5) 신아영, 「이강백 희곡에 나타난 현실과 우화의 상관관계 연구」, 『한국문예창작』 10, 2006, 17쪽.

6) 김성희, 「우의적 기법으로 드러나는 시대정신」, 『한국현역극작가론』, 예니, 1987, 80-81쪽.

기존논의를 바탕으로 이를 심화 천착하려 한다.

1998년 예술의 전당 기획으로 진행된 이강백 연극제에서 연출을 맡은 김아라는 〈내마〉를 "가장 이강백적인 작품"이라 언급하면서 작품의 핵심을 다음과 같이 밝히고 있다.

> **김아라** 이 작품은 정치적 소재를 다루고 있지만, 근본적으로 존재론적 문제를 다루고 있다는 것입니다. 권력을 향한 욕망, 그에서 비롯되는 혼란, 소외되는 개인 등. 인간의 실존적 소재는 시대상황을 떠나 영원한 주제 아닐까요? (…중략…) 이 선생의 20대의 고독, 절망, 고통이 승화되어 있는 작품이라서 매력이 큽니다. (…중략…)
>
> **예술의 전당** 연출자가 생각하는 이 작품의 메시지는 무엇입니까? 그것이 작가의 메시지와 어떻게 다르다고 생각합니까?
>
> **김아라** 작가의 메시지와 다르지 않다고 봅니다. 한 마디로 '개인의 존엄성'에 관한 것이지요.[7](밑줄 필자)

연출가 김아라는 〈내마〉라는 작품이 한편으로는 정치적 소재를 다루고 있지만, 좀 더 심층적으로 들어가면 인간의 존재론적 문제이며, 특히 이강백의 20대의 고독, 절망, 고통이 승화되어 있는 작품이라는 인식을 지니고 있다. 그러면서 그녀는 작품의 메시지를 '개인의 존엄성'에 관한 것이라 받아들이고 있다. 이는 작가와의 충분한 소통을 통한 작품 이해에서 나온 말이라는 것을 알 수 있다. 필자가 진행한 인터뷰에서도 작가는 〈내마〉에서 고독의 파괴력과 '개인의 존엄성'을 형상화하고자 했음을 알 수

---

7) 이승엽, 「〈내마〉 연출자 김아라 인터뷰. 〈내마〉: 가장 이강백적 작품」, 『예술의 전당』, 1998년 4월호, 37쪽.

있다.[8)]

그람시(Antonio Gramsci, 1891~1937)는 "개인은 역사의 진테제(Synthesis)"[9)]라고 언급한다. 이는 개인은 근본적으로 사회적 존재이고, 역사 속의 한 지점이기 때문에, 한 개인을 심층적으로 천착하면 그 안에 이미 역사가 담겨 있다는 입장이다. 각각의 개인이 사회에 대해 어떤 방식으로 어떤 담론의 위치에서 반응하는가의 차이만 있을 뿐이다. 사회적 분위기에 예민하게 반응하는 이강백이 1970년대에 생산한 초기희곡에는 그의 개인적 삶의 문제의식이 진솔하게 형상화되어 있고, 이는 당대의 억압적이고 위계적인 사회구조와 연결되어 더욱 심화되어 드러난다. 또한 연구자로서 그의 작품을 분석하여 들어가다 보면 상당히 정치적으로 읽혀지는 작품도 그 근원에 이르면 그의 개인적인 삶의 문제와 연결되어 있음을 확인하게 된다.

이 장에서는 〈내마〉에 이강백이 70년대 초반에 지니고 있었던 문제의식이 총체적으로 연결되어 심도 있는 극적 주체가 형상화되어 나타나고, 그를 둘러싸고 있는 다양한 인물군과 사회현상들이 중층적으로 형상화되고 있음에 주목한다. 특히 이강백이 근원적인 삶의 문제의식을 어떻게 직시하고 있으며, 한 인간으로서의 존엄성을 끝까지 지켜내는 길을 어떻게 형상화해내는지 밝혀내고자 한다. 이를 위해 융의 분석심리학적 방법론과 칸트의 도덕철학을 응용하여 '그림자' 인식과정과 '개인의 존엄성'에 대한 형상화가 극 속에서 어떻게 실현되는지 천착할 것이다. 또한 작가의 근원적 삶의 문제의식이 사회적 맥락과 어떻게 연

---

8) 「이강백과의 2차 인터뷰」.

9) Antonio Gramsci, *Prison Notebooks*, trans by Quintin Hoare and Geoffrey Nowell Smith, New York: International Publishers, 1971, p.353.

결되는지 살피려고 한다.

1. 고독의 파괴력: '그림자' 인식과 사회적 의미형성

1.1. 『삼국사기』와 〈칼리큘라〉의 수용

이강백은 김부식의 『삼국사기』와 알베르 카뮈의 〈칼리큘라〉의 일부를 수용하고 변주하여 〈내마〉의 인물형상화의 기본틀을 삼고 있다.[10]

『삼국사기』 제3권의 신라본기 3권을 보면 내물이사금, 실성이사금 그리고 눌지마립간 사이의 권력 갈등이 기록되어 있다. 내물이사금 37년(392년)에 이찬 대서지의 아들 실성을 고구려의 볼모로 보냈다는 기록이 있고, 내물 46년(401년)에 볼모로 갔던 실성이 돌아왔다고 한다. 내물이사금이 다음해 (402년)에 죽자 그의 아들 눌지가 아직 어리기 때문에 나라 사람들이 실성을 이사금에 즉위시킨다. 실성은 신장이 7척 5촌(약 2m 27cm)이나 되고 지혜가 밝고 사리에 통달하여 멀리 내다보는 식견이 있었다고 묘사된다. 실성이사금은 자신을 볼모로 보낸 내물왕에 대한 원망으로 그의 아들 눌지를 죽이려한다. 고구려에 있을 때 잘 알던 사람을 신라에 오라고 하면서 눌지를 마중 나가게 할 테니 그를 죽이라고 전갈을 보낸다.(실성이사금 16년) 그러나 고구려 사람이 마중 나온 눌지를 보니 외모와 정신이 시원스럽고 우아하여

---

10) 이는 2차 인터뷰에서 이강백이 명시적으로 밝히고 있다.

군자의 풍모가 있음을 알고, 왕이 자신더러 당신을 죽이라 했지만 그냥 돌아가겠노라고 한다. 이에 눌지는 실성이사금을 죽이고 스스로 왕위에 오른다.[11]

이강백은 『삼국사기』에서 내물, 실성 그리고 눌지 세 인물을 가져와 변주하면서 이들 사이의 권력투쟁을 전면화하고, 거기에 내마라는 인물을 창조하여 극의 핵심에 위치시킨다. 또한 중심 인물들의 갈등과 그를 둘러싼 분위기를 통해 작가는 〈내마〉 생산 당대의 사회적 상황을 은유한다. 신라의 귀족들이 뽑은 눌지를 제치고 실성을 왕으로 앉히는 등의 고구려의 개입은 이승만이 대한민국의 대통령이 되는 과정을 암시한다. 그러한 실성이 등장하자마자 소통이 안 되어 외롭다고 호소하며 남아 있는 신라의 가치를 모두 훼손하는 파괴과정이 1막 2장부터 시작되고, 2장에서는 그 파괴가 본격화되는데, 이는 당대의 폭압적인 독재정치에 대한 은유로 읽혀진다. 모든 것을 파괴하는 실성을 결국 내마가 제거함으로써 정의가 새로 세워지고 백성들이 그 정의의 상징인 내마에게 환호를 보낸다. 이 상황은 70년대의 독자나 관객에게 4·19 혁명의 은유로 받아들여진다. 그러나 실제로 실성이 죽은 것이 아니라 죽은 것을 가장하고 있는 것처럼, 외세의 영향력과 권력의 폭력성은 완전히 제거된 것은 아니라는 작가의 관점이 드러난다. 이후 이어지는 혼란스런 사회적 상황도 혁명 후의 분위기를 닮았다. 그 혼란을 빙자해 군사쿠데타가 이루어지는 과정도 상당히 축약하여 눌지가 새 마립간을 뽑는 귀족 회의에서 순식간에 금관을 스스로 쓰고 이를 저지하려는 귀족들을 근위병이 제압하는 일련의 극적 행위로 등치시킨다. 특히 눌지

---

11) 김부식, 『삼국사기』, 동방미디어 e-book, 1999, 권 제3, 「신라본기」 제3 참조.

가 결코 마립간이 되지 않을 것임을 약속한 사실 등은 박정희가 군사쿠데타를 일으킬 때 혁명공약 6조에 '혁명'이 성공적으로 수행되면 자신을 포함한 군인들은 군부대로 복귀할 것임을 약속했던 것을 연상하게 한다.[12] 그러나 박정희가 그러했듯 눌지는 약속을 지키지 않고 절대 권력을 상징하는 마립간을 스스로 쟁취한다. 이에 대해 이강백은 등장인물 장님 걸인의 입을 빌어 비판한다.

장님걸인 (…상략) 헤헤, 전 이래두요, 사람들 속마음만은 제법 볼 줄 아는뎁쇼, 마립간이 다시 세워진 후, 사람들 마음이 어찌된 줄 아십니까? 하필 그것두 눌지님이라니! 헤헤, 엉망진창이 되구 말았읍니다. 한 마디로 믿을 게 뭐냐? 없다, 이겁니다. 맹세구 나발이구 다 헛 거다. 이런 판인데 누가 콩으로 메주를 쑨다 해보십쇼. 그게 믿어질리 있겠읍니까요? 이런 걸 뭐라더라…. 동전까지 주면서 일러 주던데…. 옳지, 생각났읍니다. 국가 전체의 정신적 몰락이다, 이거라는 뎁쇼, 뭐 저야 그게 무슨 말인지 알 필요도 없습니다만, 내마님에겐 굉장히 중요한 거라면서요?[13](밑줄 필자)

"국가 전체의 정신적 몰락"이라는 말은 장님 걸인이 실성에게서 들은 말을 인용하는 방식으로 내마에게 전달되고 관객은 이중의 화자를 통과해서 듣게 되는 언술이다. 당대의 정치적 상황

---

12) http;//ko.wikisource.org/wiki/5.16혁명공약
"여섯째, 이와 같은 우리의 과업이 성취되면 참신하고도 양심적인 정치인들에게 언제든지 정권을 이양하고 우리들 본연의 임무에 복귀할 준비를 갖추겠습니다."

13) 이강백, 〈내마〉, 『이강백 희곡전집 1』, 평민사, 1993(1982), 153쪽. 이후 작품 〈내마〉의 인용은 본문에 (1:쪽수)로 밝히겠음.

에 대한 비판을 작가는 이렇게 중층적 소통의 방식으로 독자와 관객에게 전달한다. 박정희의 군부 독재가 서슬 퍼렇게 진행되고 있던 1970년대 초의 사회적 상황에서 작가는 군사쿠데타와 이어진 독재정치에 대한 비판을 등장인물들을 통한 이중의 방어장치를 활용해 드러내고 있다. 장님 걸인은 '진실의 가면을 쓴 어릿광대'[14]로 등장하여, 부조리한 듯하지만 그 안에 진실을 내포하게 하는 장치로서 기능한다. 그는 눈이 멀었지만, 그렇기 때문에 더욱 진실과 사람의 마음속을 꿰뚫어 보는 능력을 지닌 자이다. 그런 인물의 입을 통해 더구나 자신은 아무것도 모르는 척하며 실성의 말을 인용하는 방식으로 작가가 사회를 향한 핵심적 발언을 하고 있는 것이다.

이렇듯 실성의 폭력적 파괴과정과 그의 거짓죽음, 그리고 그것을 통해 자유가 성취된 듯한 분위기, 이어지는 수많은 혼란들, 그 혼란을 이용한 눌지의 왕위 찬탈과정 등을 작가가 의도적으로 창작하여 작품 도처에 산발적으로 삽입함으로써 작품 생산 당대 즉 우리나라의 6,70년대의 사회적 분위기를 암시한다.

이강백은 실성이라는 인물의 형상화를 위해 『삼국사기』를 인용하고 있지만, 역사 속의 실성의 사람됨 즉 "지혜에 통달하고 앞을 내다보는 식견"이 있었다는 묘사와 왕으로서의 치적을 생략하고 지워버린다. 그리고 그 지운 자리에 알베르 카뮈의 〈칼리큘라〉의 주인공 칼리큘라의 "죽음보다 더한 파괴"[15]를 일삼는 폭군의 이미지를 가져와 실성이라는 인물형상화에 오버랩시킨다.[16] 거기에 어떤 권력이라도 동조하며 권력의 시녀 역할을 하

---

14) Michel Foucault, *Die Ordnung des Diskurses*, Frankfurt a.M.: Fischer, 1991, p.12.

15) 「이강백과의 2차 인터뷰」.

는 〈칼리큘라〉의 귀족들의 모습을 변주하여 〈내마〉에서 눌지의 형제들과 귀족들이라는 등장인물로 형상화한다. ("저희들은 권력의 편이지요.", 1:160). 이들은 권력의 폭력과 파괴와 불의를 방관하고 때로는 이데올로기를 뒷받침하면서 자신들의 권력욕을 채우며 살아간다. 이렇게 해서 실성의 파괴와 폭력 그리고 권력층의 부패는 비단 6,70년대의 한국의 독재정권뿐 아니라 역사 속에 등장하는 상이한 독재정권의 모습으로 확대되고 보편화된다.

『삼국사기』와 〈칼리큘라〉와 다른 중요한 지점은 '내마'라는 인물의 창조이다. 신라시대 관직목록을 보면 광범위하게 '내마'라는 관직명이 사용되었음을 알 수 있지만, 그 기능은 확인하기가 어렵다. 이강백은 사서의 '내마'라는 관직명을 가져와 역사기록관이라는 기능을 부여한다. 그리고 〈칼리큘라〉에서 수많은 생명과 진리를 파괴하는 폭군 칼리큘라가 젊은 시인 스키피오만은 유난히 소중히 여기는데, 이강백은 내마라는 인물 창조에 어느 정도 영감을 얻은 것으로 보인다. 스키피오가 진리의 수호자인 것처럼, 내마는 역사기록관으로서 도덕적 의무를 충실히 수행하는 정의의 표상으로 등장한다는 점에서 그러하다. 그러나 스키피오가 칼리큘라의 광기와 고통에 감정이입을 하고 일치감을 느끼는 것과 달리, 내마는 그에 저항하며 자신의 길을 가면서 전혀 다른 인물로 발전해나간다.[17] 뿐만 아니라 제목이 명시하는 바

---

16) 이강백은 2차 인터뷰에서 〈내마〉의 바탕 텍스트 중의 하나가 카뮈의 〈칼리큘라〉였음을 밝힌 바 있다.

17) 알베르 카뮈, 김화영 역, 『알베르 카뮈 전집 12. 칼리큘라. 오해』, 책세상, 2015(1999), 118쪽.
"**케레아** 그 사람은 네가 인정하는 것을 부정해. 네가 존경하는 것을 우롱하고.
스키피오 맞아요, 케레아. 그런데도 제 마음속엔 그분을 닮은 뭔가가 있어요. 같은 불길이 우리의 마음을 불태워주고 있어요.

와 같이 〈칼리큘라〉의 주인공이 칼리큘라인 반면, 〈내마〉의 주인공은 내마이다. 즉 스키피오는 다양한 인물 중 하나로 주인공이 소중히 아끼는 인물로 한정되지만, 내마는 실성과 대극을 이루는 위치에서 긴장감을 유지하면서 새로운 길을 제시하며 극의 주제를 실현하는 강력한 인물로 부상한다. 게다가 내마는 작품생산 당대의 시대적 상황과 맞물려 권력의 물리적이고 정신적 폭력에 저항하다 희생되는 지식인 민중으로 수용되면서 많은 전문 독자들과 관객들에게 사회비판적인 담론을 불러일으킨다. 이는 평론가 한상철 등뿐 아니라 다양한 연구자들이 〈내마〉를 당대의 정치적 우화로 읽어내는 결과를 가져오게 된다.[18)]

1.2. '그림자'의 형상화

이강백은 왜 『삼국사기』의 내물, 실성 그리고 눌지왕 사이의 갈등을 그의 희곡으로 소환한 것인가. 그리고 왜 실성에 대한 사서의 인물묘사를 제거하고 거기에 카뮈의 〈칼리큘라〉에서 칼리큘라의 특성을 오버랩 시켜 새로운 인물을 창조했는가. 세 왕 사이의 권력 갈등은 2.1.장에서 분석했듯 당대의 정치적 분위기를 암시하기에 훌륭한 소재였던 것으로 보인다. 그러나 실성이라는

케레아 선택하지 않으면 안 되는 때가 있는 거야. 나는 내 마음 속에서 그 사람을 닮았다 싶은 것을 스스로 억눌러버렸어.

스키피오 나는 선택할 수가 없어요. 나는 나 자신의 고통 말고도 그분의 고통까지 괴로워하고 있기 때문이에요. 저의 불행은 모든 것을 이해한다는 데 있어요."

18) 이영미, 앞의 책, 63-69쪽 참조.
배봉기, 앞의 글 참조.
김성희, 앞의 글 참조.

인물의 재창조는 좀 더 심층적인 의미를 지닌다. 더구나 카뮈가 형상화하고 있는 칼리귤라라는 인물의 이미지는 의미심장하다. 여동생을 사랑한 로마의 황제, 그러나 그 여동생이 젊은 나이에 죽자, "죽음에 저항하는 자, 그래서 죽음보다 더 세상을 파괴하는 사람"[19]인 칼리귤라의 이미지가 실성에게 입혀지면서 아나키스트적인 폭군의 이미지를 확보하게 된다.

〈내마〉 이전의 중심인물들은 인간의 근원적 고독과 사회적인 부조리에 대면하여 그 보이지 않는 거대한 결핍의 순환을 넘어서려는 갈망을 지닌 국외자들이었다. 그들은 그 부조리를 '느끼'는 존재들이거나(〈다섯〉과 〈셋〉) '인식'할 수 있는 존재(〈파수꾼〉)들로서 그 결핍을 극복하고자 헌신하지만, 그들의 시도는 좌절하여 자신의 감옥에 갇히거나, 죽거나 격리된다. 그러한 저항자들의 반복되는 좌절과 고독의 에너지가 차곡차곡 응결되어, 〈내마〉에 이르러서는 폭발하기에 이른 것이다. 그리하여 〈내마〉의 주인공 중의 하나인 실성은 더 이상 억압당하는 사회적 약자나 국외자가 아니라 절대적인 권력을 휘두르는 마립간으로 등장하여 세상에 존재하는 것들을 마구 파괴하면서 무대의 중심을 장악하게 된다. 그는 절대군주로서 지니는 권력 자체에는 관심이 없다. 고구려 대사의 개입으로 눌지에게 주어졌던 금관이 그에게 씌워졌지만, 자신이 진정 그리워했던 것은 친구들이지 마립간의 자리가 아니었다고 말하고 "금관을 내던지고"(1:111) 나가버린다거나 심지어 눌지가 마립간이 되도록 지원한다. 그는 처음부터 권력이 얼마나 허망한 것인지 깨닫고 있는 존재이기도 하다. "눈, 코, 입 가득히, 살찐 구더기가 파먹고 있"(1:114)는 내물왕의 시체와

---

19) 「이강백과의 2차 인터뷰」.

자신을 동일시하며, 살아 있을 때 아무리 권력을 휘둘러도 죽고 나면 그렇게 구더기의 먹이로 전락할 뿐임을 이미 직시하고 있기 때문이다. 이렇게 그는 극중에서 시종일관 마립간의 자리에 연연하거나 권력 자체에 욕망을 전혀 드러내지 않고, 좀 더 심층적인 인간의 실존적 질문을 던진다. 그는 마립간의 지위를 활용하여 누구의 허락도 없이 인간들과 사회를 쥐락펴락하며 마음껏 파괴할 수 있게 된다. 그리하여 고독의 파괴력을 확대하여 무대에 드러내기에 적합한 위치를 점하게 된다.

작가는 고독의 파괴력을 확대하여 드러내기 위해 실성을 절대적인 권력자로 등장시킬 뿐 아니라, 지배적인 극적 시점(Perspektive)을 지닌 자로 형상화한다. 그리하여 〈내마〉에서 대부분의 극적 구조는 실성의 계획에 의해 설정되고 그로 인해 그는 작가 바로 아래의 전지적 시점을 확보하게 된다. 작가는 실성으로 하여금 내마가 고독해지는 실험을 단계별로 하도록 설정하고 있고, 심지어 실성은 내마가 자신을 죽인 것으로 만들어 내마가 어떻게 사람들로부터 칭송받다가 결국 내버려져서 외로워지는지 관객들에 보여준다. 눌지, 귀족들, 아로 그리고 군중들의 극적 행동과 인식 수준을 실성은 이미 꿰뚫어 보고 있다. 그를 통해 그는 극 속에서는 거의 작가이자 연출가의 수준에 가깝게 설정된다. 그러나 내마가 외로워지고 난 후, 내마가 행하는 마지막 실천은 실성의 계획에서 더 나아가는 것이기 때문에 작가와 동일한 위치에 있다고는 할 수 없다. 요컨대, 극의 일정 지점까지는 실성은 세상을 쥐락펴락하는 폭군이자 동시에 지배적인 극적 시점을 통해 무대 전체를 장악할 정도의 힘을 지닌 존재로 형상화된다는 점이 괄목할만하다. 이강백은 초기희곡에서 자신의 분신들을 인물에 투영하여 근원적 고독과 사회적 배제의 과정을 반복해서 형상화함으로서 출구를 찾으려 한다. 그러나 그들의 시도는 희곡 내에서도 성공하지 못하고, 그 해결되지 않는 고독의 에너지가 축적되어 점점 커져서 자기 자신을 삼켜버리고 사회를 파괴할 정도가 되어 버린 것이다. 이강백은 필자와의 인터뷰에서 실성이 젊은 날의 자신이라 고백한다.

> **이강백** 실성은 바로 나에요. 젊은 시절의 나. 이해받지 못하는 자. 내 안에 이 고독한 자를 사람들이 경계하는 이유는 그가 마음속에 분노를 품고 있고, 또 무엇인가를 파괴하려는 욕구가 아주 충만해 있다는 것을 알기 때문에 고독한 자를 멀리해요. 위험한, 고독한 자는 테러리스트처럼 보이는 거예요. 위험한 자 … 왜냐하면, 그 안의 분노와 그 안에 어떤 파괴력. 나도 참 젊은 시절 많이 그 유혹에 사로잡혀서… 그러니까, 뭔가를 다 파괴해 버리고 나도 죽겠다, 이런 유혹에 아주 어찌나 강렬하게 사로잡히는지. 그러니까 그게 제외된 자, 예외인 자, 고독한 자의 심리적 특성이죠.[20](밑줄 필자)

작가는 실성이라는 인물을 자신과 동일시하면서, "내 안의 고독한 자"라 지칭하고 있다. 그러니까 자기 자신 자체가 아니라 테러리스트와 같은 파괴력을 지닌 자신의 일부 즉 '그림자'인 것이다. 이해 받지 못하고 고립되어 그에 대한 분노로 커져가는 파괴력 그 자체, 즉 젊은 날의 자신을 압도하고 있던 그림자를 작가는 실성이라는 인물에 투영하여 형상화한 것임을 알 수 있다. 융에 의하면 '그림자(Schatten)'란 우리가 자기 자신과 대면할 때 제일 먼저 마주하게 되는 무의식의 층위로서 자아의 어둡고 열

---

20) 「이강백과의 2차 인터뷰」.

등한 측면이다.[21] 젊은 날의 이강백이 지니고 있던 자기 자신에 대한 그리고 세상에 대한 파괴욕이 실성을 통해 형상화되고 그러한 파괴욕의 크기와 깊이를 표현하기 위해 볼모로 갔다 돌아온 실성이라는 신라시대의 마립간의 사회적 지위와 심리적 상황, 그리고 칼리귤라라는 로마황제의 죽음보다 더한 파괴력을 결합하여 무대를 장악하게 하고 있는 것이다.

실성이라는 인물의 자기 자신에 대한 인식은 과거와 현재의 대조를 통해 변화과정이 명시된다. 이강백은 실성을 원래 세상을 아름답게 인식하고 있던 사람으로 설정하고 있다. 실성이 유독 내마의 공감을 원하는 것은 내마에게서 파괴되지 않았던 젊은 날의 자신의 모습을 보기 때문이다.

실성 가끔 난 그래, 너에게서 젊은 날의 내 모습을 보곤 하지. 옛날이야기지만, 나도 세상을 아름답게 보았었지. 그리구 뭔가 올바르다는 확신에 차 있었어. 그래서 인질로 나섰던 거야. 난 내 몸으로 그 확신을 증명해 보이고 싶었거든. 알겠나, 내마?(1:129)

젊은 날 실성은 스스로를 정의롭다고 여기고 있었고 세상은 진리가 지배하는 아름다운 곳이므로, 어떤 상황에서도 자신은 정의로울 수 있으리라 확신했던 것이다. 그러나 무엇이 그를 그토록 파괴시켜 버렸는가. 바로 고구려에 볼모로 가 있던 동안 직간접의 폭력에 의한 것임을 고구려 대사의 언급을 통해 다음과 같이 축약된다.

대사 우리나라에 억류해 두는 동안, 좀 고의적인 학대를 해드렸지요.

21) C.G. Jung, *Aion*, *GW 9/2,* Olten:Walter, 1976, p.17 참조.

온종일 홀로 가두어 놓기도 하구, 때로는 매질을 했으며 노예마냥 힘든 일을 시켰습니다. 그러는 사이 차츰 차츰 고분고분해지거든요.(1:111)

물리적인 폭력과 정신적 학대 그리고 무엇보다도 '고독'을 통해 서서히 길들여지는 과정을 겪었음을 확인할 수 있다. 그 과정에서 그는 자기 상실을 경험한 것을 알 수 있다. 그래서 결국 "세상은 외롭고 쓸쓸한 곳"이며 "꼭두각시처럼 줄에 매달려서는 아무것두 이해할 수 없구, 아무한테도 이해받을 수 없는 곳"(1:118)으로 감각하고 인식하기에 이른다. 자신의 의지와는 상관없이 불의에 길들여진 그에게 세상은 불가해한 것이 되어버렸고, 그 스스로도 타인에게 이해받지 못하는 존재로 전락하기에 이른 것이다. 아무리 권력을 지니고 있었다 해도, 내물왕의 시체처럼 파괴되어 썩고 결국은 잊혀지는 존재가 되어 버린 것이다. 실성은 잊혀졌을 뿐 아니라 세상으로부터 단절되어 있는 스스로를 인식한다.

실성 물론 설명이 안 될 거요. 어디 씨앗뿐이겠오, 모든 게 다 그렇지. 이제 나에겐 모든 것이 이해하기 불가능해졌오. 그럴 수밖에, 나는 너무 떨어져 지냈오. 당신들과 같은 시간 속에 살지 않았구, 또한 같은 경험을 하지도 못했오. 그러니 서로 통할 수 없는 거요. 당신들끼리는 서로 잘 통하는데, 나에게만은 벽처럼 꽉 막힌다….

(귀족들 침묵)

실성 외롭군.

귀족들 무더위 탓이겠지요.

(…중략…)

(실성, 구토한다.)

(눌지, 손수건을 꺼내 닦아준다.) (1:115)

실성의 대사 중에 반복적으로 등장하는 중심어는 '외롭다'이다. 내포작가에 의해서도 그는 고독한 자("실성, 고독한 모습으로 등장한다." 1:113)로 묘사된다. 이렇게 실성을 지배하는 핵심감정은 외로움에서 오는 고통이고 그것은 우선 '구토'라는 현상으로 나타난다. 구토란 주어진 현실과 물질적 상황을 받아들일 수 없을 때 몸에서 자동적으로 나오는 거부현상이다. 눌지와 귀족들 모두 그를 위로하는 척한다든가 친절을 가장하지만, 누구도 실성을 친구로 기억한다든가 이해하지 못한다. 그들 사이에는 소통이 불가능한 벽이 존재할 뿐이다.

이에 실성은 세상을 향해 복수하겠다고 선언한다. 내마만이 역사의 기록을 통해 자신을 잊지 않고 기억하고 있다는 것을 실성은 확인하고 그에게 위로를 받고자 한다. 그에게 진정한 위로란 "나도 당신처럼 외롭습니다"라고 공감해 주는 것이다. 그러나 내마는 공감 대신에 "역사의 섭리는 마립간께 정당한 보답을 할 것"(1:118)이라고 거리를 가지고 판단한다. 실성은 내마를 자신과 같은 상황에 놓기 위해 세상을 파괴하기 시작한다.

실성 나는 너를 외롭게 만들기 위해서라면, 난 무엇이든지 하겠어. 네가 믿는 그 섭리라는 것이, 사실은 엉터리라는 것을 보여주지. (유리잔을 기록부 위에 올려놓는다.) 내마, 이것이 세상이라고 하자. 그리고 이 아름다운 형태로 나타난 것이, 그 섭리라고 하자.

난 이것을 던져 깨버리겠어.

(실성, 기록부를 훌쩍 쳐든다. 유리잔이 허공에 높이 떴다가 떨어지면서 깨어진다.)

실성 어떤가, 내마?
내마 (미소를 짓고) 네, 한 개 잘 세공된 유리잔이 깨진 겁니다.(1:118)

위와 같이 1막 2장 말미에 실성은 세상의 아름다운 것들에 대한 파괴를 유리잔을 깨는 것으로부터 시작한다. 2막부터는 무대 밖의 청각적 효과로 "깨어지고 무너지는 소리"(1:119)로 실성의 파괴행위가 본격화된다. 그의 폭력은 물리적인 것에 그치는 것이 아니라 정신적 차원의 파괴에도 미친다. 귀족들에게 메뚜기를 염소라 부르게 하고, 순수하고 정의로운 '내마'에게 그가 존경하는 눌지를 죽이라고 명령하여 마음속에 있는 도덕법칙을 무너뜨리려고 한다.

그의 파괴행위의 충동성과 자율성은 그가 절대 권력을 지닌 마립간이기 때문에 누구도 통제할 수 없이 가속화되며 끝없이 나아간다. 이는 융이 언급하는 그림자 자체의 특성에 다름 아니다.

> 그림자가 형성하는 어두운 성향과 각각의 열등한 성격을 면밀히 살펴보면, 그와 같은 감정적인 본성 내지는 일정한 자율성을 가지고 있으며 그에 따라 강박적인 혹은 더 정확히 말하면 충동적인 것이라는 점을 알 수 있다. 감정은 행위가 아니라 그가 부딪치는 사건이다. 정동은 적응도가 낮고 즉 열등한 인격의 특성을 지니고 있다. 거의 혹은 전혀 통제되지 않는 감정들의 심층적 차원에서 우리는 마치 자신의 정동(Affekt)의 무의지적인 희생양이거나 거기에 특별한 도덕적 판단의 무능함을 지닌 원시인처럼 행동한다.[22)]

실성은 '도덕적 판단이 무능한 원시인처럼' 자신의 정동에 따라 강박적으로 파괴를 일삼는다. 그의 파괴력은 자신의 감정을 통제할 수 없는 아나키스트적인 내적 면모가 외부로 폭발되어 나오는 것이기 때문이다. 세상은 자신을 잊었고, 이해하지 못하고 제외시키므로, 견딜 수 없는 외로움 속에서 실성은 세상을 파괴하고 그 스스로도 더욱 파괴되어 간다.

이렇게 젊은 날의 이강백은 〈내마〉에서 실성에게 자신의 그림자 즉 고독의 파괴력을 투사하여 형상화하기에 이른다. 대부분의 사람들은 자기실현과정 첫 단계인 그림자와의 대면에서 상당한 어려움을 겪는다. 자아의 열등한 측면을 자신의 것이라 인정하기 상당히 어렵기 때문이다. 그리하여 "헤라클레스가 아이게우스의 외양간을 치우는 일"[23]에 비유될 정도이다. 그림자는 그 스스로 자율성을 지니면서 통제할 수 없는 정동으로 작용하기 때문에 대부분의 사람들은 그에 노예가 되어 자신도 모르는 사이에 휩쓸리게 된다. 그래서 자아의 힘으로는 통제하기가 어렵기 때문에 누군가의 도움이 필요하게 된다. 그러나 이강백은 자신의 열등한 측면인 그림자 즉 테러리스트 같은 자신 안의 파괴력을 실성이라는 인물로 생생하게 그려냄으로서 그것을 의식화하기에 이른다. 융은 적극적인 명상의 방법으로 자신의 안에서 올라오는 핵심적인 이미지를 그림이나 글로 포착할 것을 제안했다. 명상에서 떠오르는 이미지는 순식간에 사라지기 때문에 그것을 그림이나 글로 포착할 경우 그에 대면하여 변화시킬 수도 있기 때문이다.[24]

---

22) C.G. Jung, 앞의 책, p.17.

23) 마리 루이제 폰 프란츠, 「개성화 과정」, 『인간과 상징』, 칼 구스타브 융 편, 이부영 외 역, 집문당, 2013(1983), 188쪽 참조.

이레네 융이 언급하듯, 작가가 자신의 핵심적인 이미지를 글로 표현하는 과정은 무의식적인 부분과 의식적인 부분이 섞여 있게 마련이다.[25) 『삼국사기』의 실성과 〈칼리큘라〉의 칼리큘라가 특히 이강백에게 각인되었던 이유는, 한편으로는 의식적으로 그것으로 당대의 사회적인 상황을 암시하고 싶기도 했겠지만, 다른 한편으로는 볼모로 갔다 돌아와 느꼈을 실성의 외로움과 죽음보다 더한 파괴력을 지닌 칼리큘라에 의식적 무의식적으로 조응했기 때문일 것으로 보인다. 그리하여 작가는 고독한 자가 지닌 자기 자신과 세상을 향한 파괴욕을 실성이라는 인물을 통해 생생하게 형상화하게 된다. 그 과정에서 이강백은 스스로 자신의 그림자를 의식화하게 된다. 그러기에 그는 "실성은 젊은 날의 나 자신이에요"라고 고백할 수 있게 된 것이다. 칼 구스타브 융은 그림자와의 대면이 자기실현과정에서 왜 중요한지 다음과 같이 밝히고 있다.

> 한 사람을 그의 그림자에 대면시킨다는 것은 그에게 빛을 보여주는 것이라 할 수 있다. 우리가 그러한 경험을 몇 번 하게 되면, 우리가 대극 사이에 판단하면서 서면, 반드시 자기 자신이 무엇을 말하는지 느끼게 된다. 자신의 그림자와 빛을 동시에 인식하는 사람은 자신의 양면을 보는 것이고 그럼으로써 중심으로 나오게 된다.[26)(밑줄 필자)

---

24) Barbara Hanna, *Begegnungen mit der Seele. Aktive Imagination- der Weg zu Heilung und Ganzheit*, München: Knaur, 1991, (Original Titel-Encounters with the Soul, überz. v. Waltraut Körner, Boston: Sigo, 1981), p.25.

25) Irene Jung, *Schreiben und Selbstreflexion*, Opladen: Westdeutscher Verlag, 1989, p.26.

26) C. G. Jung, 앞의 책, p.504.

실성이라는 인물 형상화를 통해 이강백은 자신의 그림자를 의식적으로 '판단하면서' 대면하게 되었을 것이다. 정신의 전체성은 그림자와 빛이 통합되어 있는 것이기 때문에 그림자와 대면하는 과정에서 그와 함께 있는 빛도 동시에 보게 되는 것이다. 그러기에 이부영은 "그림자는 바다 표면 가까이 뜬 해초와 같으나 일단 끄집어내기 시작하면 정신의 가장 밑바닥에 놓인 보배의 비밀을 건드리게 된다."[27]고 언급한다. 실성의 형상화를 통해 이강백은 자신의 그림자와 대면하게 되고, 그 과정을 통해 가장 밑바닥에 놓인 보배인 '자기'와 조우한다. 그것이 바로 내마라는 인물 창조로 이어진다.

2. '도덕적 주체'의 인식과정과 실천

2.1. '그림자'와 '개인의 존엄성'의 파라독스

실성이 작가의 그림자를 투영한 것이라면, 내마는 그와 함께 있는 빛의 형상화이다. 작가는 실성이라는 인물과 동일시하면서 동시에, 〈내마〉가 '개인의 존엄성'에 대한 희곡이라는 파라독스를 드러낸다. 〈파수꾼〉 이전의 작품에서 작가는 등장인물 중에서 외롭고 배제된 자이지만 그 모든 경계를 넘기 위해 헌신하는 인물에게 자신을 투영했었다. 그러나 진리를 인식한 소년 파수꾼과 도덕적 주체인 내마에게는 동일시하지 못한다. 그럼에도 불

27) 이부영, 『그림자』, 한길사, 1999, 54쪽.

구하고 소년 파수꾼과 내마는 그의 희곡에서 중심 주제를 형상화하고 있다. 이와 관련하여 필자와의 인터뷰에서 밝힌 그의 입장을 면밀히 살펴볼 필요가 있다.

이강백 그때(젊은 날) 내가 이렇게 고독할 때 느꼈던 것은 개인의 존엄성과 개인의 숭고함, 이러한 개인의 가치… 이게 집단의 가치에 비해 결코 작은 것이 아니다. 그러니까 집단이라는 것에 대해서 내가 너무 이렇게 예외자만 되니까… 집단 안에 받아들여지지 않기 때문에… (…중략…) '집단'과 '개인'이라는 이 항대립 속에 그 개인에 대한 존엄성… 이게 어떻게 보면 프랑스 혁명의 핵심일 수도 있고, 인간이 한 번 태어나는 존재이고, 한 번 태어나는 유일한 존재이기 때문에 그 무엇으로도 바꿀 수 없는 존엄한 존재이지요. 이 개인의 존엄성에 대한 것. 이것이 소위 유신체제에서 지켜야 된다라고 확신했던 거죠.
(…중략…) 내가 내마일 수 없는 것은… 정의에 대한 갈구가 있죠, 물론. 누구나 갈급한 정의. 그러나 그것을 외치는 자가 얼마나 허약한 자라는가를… 그게… 경험을 통해서 알고 있기 때문에… 그 내마와 나를 동일시하지는 못해요. (…중략…) 내가 한강변의 갈대밭에서 스스로 자해 행위를 하듯이, 슥슥슥 갈대 잎이 주는 고통을 즐겼다하는 그 말 속에는 자기파괴력이 있는 거예요, 무시무시할 정도로. 그것 때문에 사실은 이미 내가 소년 파수꾼도 파괴를 했고, 내마도 파괴한 것 같습니다.[28](밑줄 필자)

작가가 사회와 집단에 받아들여지지 않고 배제되어 고독했던 젊은 날에 그래도 한번 태어나는 유일한 존재인 각각의 개인이

28) 「이강백과의 2차 인터뷰」.

얼마나 존엄한 것인지 강조하고 싶었던 열망에서 〈내마〉를 창작했음을 알 수 있다. 동시에 유신체제처럼 '집단'이 강조되었던 사회 속에서 각 '개인의 존엄성'에 대해 발언하는 것이 연극이 해야 할 일이라고 느꼈던 것이다. 우리는 이 발화 속에 들어 있는 파라독스를 읽어 내야한다. 표면적으로 작가는 실성에 대해서는 동일시하지만 내마와는 그러지 못하고 있다. 작가는 개인은 존엄하며 그가 추구하는 정의에 대해 동의하지만 그러나 집단에 비하면 개인은 너무나 허약하기 때문에 그에 동일시할 수 없다는 것이다. 그러나 좀 더 심층적으로 들여다보면, 작가는 소년 파수꾼과 내마의 파괴를 "자기파괴력"에 의한 것이라고 말함으로써, 그 파수꾼과 내마도 자기 자신의 일부임을 무의식적으로 드러낸다. 결국 이강백은 실성이라는 인물뿐 아니라 내마도 자신의 분신임을 역설적으로 고백하고 있는 셈이다.

2.2. 도덕적 주체의 인식과정

실성과 내마는 대극에 있는 정반대의 인물인 것 같지만, 사실은 한 인물 속의 그림자와 빛과 같은 양면적 특성이다. 지독하게 고독하고 파괴되어버린 실성의 중심에는 내마라는 빛이 들어 있다. 그러기에 실성은 다른 누구도 아닌 내마로부터 공감을 받아 통합되고 싶어 하고, 젊은 날의 자신이라며 끝없이 그리워하고, 내마가 살아남기를 갈망한다. 내마를 자신처럼 외롭게 하려는 실성의 계획은, 세상은 이리도 어두운 함정인데 그럼에도 불구하고 자기의 중심의 '빛'은 여전히 빛날 수 있는가 하는 역설적인 실험이기도 한 것이다.

가. 인간성의 패악에 저항하여

실성의 실험은 내마의 인식과정에 다름 아니다. 즉 내마가 이 세상은 때로는 어두운 함정이며 절망적인 곳임을 받아들이는 과정인 것이다.

내마는 긴 시간 역사를 관찰하고 기록해온 역사기록관으로서 모두가 잊고 있는 역사적 사건들까지 기억하고 있는 인물로 형상화된다. 전 마립간의 죽음과 새로운 마립간 추대 그리고 외압에 의해 실성으로 마립간이 교체되는 등 극적 사건이 진행되는 동안 내마에 대한 묘사는 없다. 그러다 실성이 외롭다며 눌지와 귀족들 그리고 딸 아로까지 나가라고 하여 그가 홀로 남는 순간, "내마, 구석에 홀로 남아 있다.(1:116)"라는 지문으로 내마의 존재가 처음 부각된다. 그러니까 내마는 침묵하면서 그 모든 사건들을 전혀 개입하지 않고 관찰하면서 기록하고 있었던 것이다. 실성의 언급에 의해 그의 기능이 명시된다. "너는 기록관이다. 아무도 나를 알지 못한다는데, 너만은 역사의 기록 속에서 나를 알았다. 나의 희생을 존경하며, 인질로서 이 조국을 구제했던 그 사실을 믿는다."(1:117) 그는 구석에 앉아 현재 진행되는 사건을 관찰하고 기록할 뿐 아니라 긴 역사의 흐름 속에서 현재의 사건을 거리를 가지고 파악할 수 있다. 또한 그는 역사를 관통하는 진리를 다음과 같이 인식하고 있다.

> **내마** 기록관으로서 저는 그것을 알고 있읍니다. 가끔은 숨겨지기도 하고, 때로는 오해되기도 합니다만, 그 올바른 섭리가 이 세상을 아름답게 지켜 나갑니다.(1:118)

그러나 실성은 세상은 "외롭구 쓸쓸한 곳"(1:118)이라고 주장하며 그것을 증명하기 위해 세상의 아름다운 것들을 파괴하기 시작한다. 그리고 '세상을 아름답게 지켜나가는 올바른 섭리'가 무너져 내리는 것을 내마가 경험하도록 하여 자신처럼 외로워질 때까지, 실성은 폭력적 상황을 점층적으로 마련해 놓고 실험하고 있는 것이다. 그는 마립간으로서의 의무나 권력에 관심이 있는 것이 아니라, 그 힘을 이용하여 "인생의 가장 진지한 작업"(1:152)이라 여기며 실험에 몰두한다. 세상으로부터 아무한테도 이해받을 수 없는 지독한 고독 속에서 도대체 이 세상은 살만한 곳이냐는 실존적 질문이 실성을 통해 반복적으로 제기되는 것이다.

첫 번째 단계는 실성이 세상의 아름다운 것들을 파괴해나가다 진실을 왜곡시키고 결국은 귀족들을 불의에 굴종시키는 상황까지다. 그러면서 실성은 매 단계마다 내마에게 외롭지 않느냐고 질문한다. 그 과정에서 실성은 내마에게 역사적 기록을 왜곡하라고 명령한다.

실성 염소라고 적어라. 역사란 이런 거야. 기록되는 내용하곤 그 의미가 전혀 다르지. 이렇게 되면 내마, 너는 외로운가?

내마 (잠시 생각한다) 저는 외롭지 않습니다.(1:124)

메뚜기를 염소라고 사실을 왜곡해서 적어야 하는 상황 속에서도 역사기록관인 내마는 외롭지 않다고 답한다. 진실은 잠시 숨겨지더라도 결국은 밝혀질 것이니까. 그렇다면 그러한 불의에도 불구하고 침묵으로 일관하며 결국 허수아비로 전락하는 귀족들의 모습을 보며 실성은 괜찮으냐고 묻지만, 내마는 다시금 외롭지 않다고 답한다. 세상이 일시적으로 어두운 절망에 지배된다

하더라도 결국 가슴 속에 빛나는 도덕법칙을 영원히 내리 덮을 수는 없기 때문이라 내마는 믿고 있기 때문일 것이다. 적어도 자신의 가슴 속에서 자유의지로 작용하는 도덕법칙은 소멸되지 않을 것이기 때문이다.

실성의 두 번째 실험은 내마로 하여금 자신의 소중한 것을 직접 파괴하도록 하는 것이다.

실성 지금까지 넌 방관자였다! 내가 부수는 걸 곁에서만 보구, 그저 묻는 말에 아니라고 대답을 했지. 그래서 넌 내 마음을 몰라. 하지만 내마, 이젠 네가 해 봐라. 네 손으로 직접 파괴를 해봐. 그래야 너두 날 이해할 거야.

(실성, 내마의 손에 짤막하고 예리한 칼을 쥐어 준다.)(1:129)

관찰자로서 세상의 불의를 부정하며 가슴 속의 도덕을 간직하는 일은 비교적 쉬운 일이다. 그러나 자신이 직접 소중한 것들을 파괴해야 하는 상황을 실성은 만들고 있다. "맘에 없는 짓을 해봐야" "세상이 뭔가를 알"것이라며 내마에게 그가 존경하는 눌지를 살해하라고 명령한다. 이에 내마는 바로 실행하러 가지 못하고 "멈칫 선다"(1:129). 이는 순간적인 저항의 몸짓이다. 그 순간에도 외롭냐는 실성의 질문에 지체하면서 외롭지 않다고 말한다. 그리고는 실성의 강권에 밀려 신혼여행에서 돌아오는 눌지를 향해 떠난다. 막강한 왕의 명령은 그에게 칼을 쥐고 마차를 향해 돌진하도록 추동하지만 결국 내마는 칼로 눌지를 찌르지 않음으로써 권력자의 불의에 저항한다.

실성의 실험의 세 번째 단계는 소위 정의의 상징이 된 내마가 권력층으로부터 배제되는 과정이다. 이 부분이 극적 위기가 고조되는 지점인데, 작가는 여기에서 기후 메타포를 활용해 분위기를 감각적으로 고조시킨다. 내마의 두 번의 살해임무가 바로 폭풍우 몰아치는 상황에서 이루어진다. '올바른 섭리'를 "파괴하지 않는다는 건, 그걸 지켜야 한다는 의무도 있는 겁니다."(1:133)라고 선언하고서 내마가 실성을 죽이러 떠날 때는 천둥소리라는 청각적 효과가 무대를 압도한다. 그러나 내마는 실성을 죽여야 하는 순간도 지연시킴으로써 살해행위에 대한 무의식적인 저항을 드러낸다. 그 상황은 실성의 언급을 통해 간접적으로 묘사된다.

> **실성** 어젯밤, 나는 깨어 있었다. 네가 들어왔다. 어둠 속에서 물었지. 「내마, 너는 외로운가?」 잠시 거치른 폭풍우가 우리 둘을 갈랐었다. 넌 침묵하구, 난 대답을 기다렸다. 무어라 형언할 수 없는 순간이었지. 이윽고 넌 말하였다. 「저는 외롭지 않습니다.」 넌 칼을 들구 있었다. 「그래서 당신을, 당신이 주신 칼로 찌르겠습니다.」 그러나 먼저 달려 든 것은 근위병이었지. 그가 너의 칼 든 손을 잘랐다.(1:140)

이 위험천만한 순간이 폭풍우라는 기후 메타포와 함께 전달된다. 그렇다면 내마는 왜 올바른 섭리를 지키기 위해 실성을 제거하겠다는 결단을 실행해 옮기지 못하는가. 실성이 묘사하고 있는 위의 상황은 살해를 목적으로 하는 전략적인 순간이 아니다. 오히려 진리를 수호하기 위해 당신을 죽일 수밖에 없다는 내마의 선언일 뿐이다. 그는 역사기록자로서 현실을 통찰할 능력은 있지만 타인을 살해할 능력도 의지도 없기 때문이다. 칸트(Immanuel Kant, 1724~1804)의 언급대로 인간은 어떤 목적을 위해서도 수단으로 전락할 수 없는 그 자체의 신성성을 지니고 있음[29])을 내마는 침묵과 지연의 방식으로 무의식적 실행을 하고 있다.

그는 살해를 지연시키다가 오히려 근위병에게 오른 손을 잘리고 기절해버린다. 그가 정신을 잃은 동안 실성은 근위병을 죽여 얼굴에 자신의 무표정한 가면을 씌우고, 자신은 근위병으로 위장하여 내마를 눌지에게 데려다 주고 내마가 실성을 죽였노라고 전언한다.

밤의 폭풍우 속에서의 위험천만한 순간이 지나고, 내마가 깨어날 때는, "폭풍우가 멈추고 어둠이 걷힌다."(1:137). 눌지는 손수 오동나무를 깎아 내마에게 엄청나게 큰 의수를 만들어 '정의의 손'이라 새겨준다. 이렇게 내마는 자신이 행하지도 않은 행위에 의해 정의로운 영웅으로 추앙받게 된다. 내마를 향한 군중들의 환호성이 터질 때 무대에는 "무지개"(1:140)가 떠오른다. 무지개는 눌지에게는 "이상"이라 지칭된다. 그러나 실성은 "이 세상엔 정의라는 것은 존재하지 않"기 때문에 정의와 이상이 "무지개"와 같은 허상임을 주장한다. 그 허상은 무지개처럼 곧 사라져버릴 것이며 그와 함께 내마도 외로워질 것임을 예견한다(1:141). 이렇게 내마의 인식과정 중 위기부분은 폭풍우, 천둥소리, 무지개 등의 기후 메타포와 연결되어 강조된다.

폭압적 권력이던 실성이 사라진 것처럼 되자, 세상은 정의가 되살아난 듯한 분위기로 전환된다. 어떤 불의가 자행되어도 침묵하는 허수아비로 머물러 있던 귀족들은 드디어 "접시를 접시라 부를 수 있는" 정의로운 세상이 되어 기뻐하고, 외국으로 도피했던 눌지의 동생들도 돌아오고, 무엇보다 군중들은 정의로운 세상이 된 것에 기뻐하며 내마에게 환호한다. 모든 이들이 자신의 주장을 펼쳐 '말의 홍수'에 의해 사회는 혼란스러워지고 국

---

29) 임마누엘 칸트, 백종현 역, 『실천이성비판』, 아카넷, 2012(2003), 174쪽 참조.

경지대에는 외적이 쳐들어 와 이제는 정의가 회복된 대신 효율이 사라져 버린다. 이에 대해 군중들은 귀족들에게 "절대적인 통치자를 세워"(1:147)야 한다는 투서를 보내고, 귀족들은 이 혼란을 틈 타 각자 권력을 거머쥐려 한다. 그러나 내마는 홍수와 같은 현재의 상황은 일시적인 것임을 주장하면서 각 개인의 자유가 꽃피우기 위해 필요한 시간임을 강조한다.

> **내마** 홍수가 지나고야 땅은 비옥해집니다. 또 비옥한 땅이라야 모든 씨앗이 자라나기 알맞습니다. 모든 것이 그 생김에 따라 자라나고, 꽃을 피우고 열매를 맺는 것, 우리의 오랜 소망은 막연한 꿈은 아닙니다.(1:146)

억압의 시기가 지나면 언어의 홍수, 즉 언론의 자유가 폭발적 현상으로 나타나기 마련이다. 내마는 억압된 욕망이 분출되고 나면 자연의 자정작용에 의해 새로운 단계로 도약되리라 믿는다. 그리하여 자연스럽게 모든 사회 구성원이 자기답게 성장하게 되면 그것의 조화가 결국 전체적인 열매로 이어질 것이라는 믿음을 내마는 지니고 있다. 내마는 각자의 의견을 존중하고 생각을 자유롭게 이야기하며 서로 다른 의견을 조율하면서 타협하는 경험을 쌓는 과정이 진정한 자유로 가는 길임을 주장한다.

그러나 귀족들과 대다수의 군중들은 혼란스러운 상황을 일시에 해결하는 일은 다시금 마립간의 지위를 복원시켜 절대적 통치자를 내세우는 일이라 여긴다. 그리하여 귀족 회의가 소집된다. 내마는 자신이 이 일을 반대하며 눌지는 물론 귀족들도 마립간을 다시 세우는 일에는 반대할 것이라 판단한다. 이것은 내마가 아직 지나치게 낙관적인 세계관을 가지고 있음을 나타내는 것이다. 실제상황은 정반대이다. 귀족들은 각각 그 자리를 탐하거나 가장 유력한 자에게 편승하려하고, 회의가 시작되기 전에 마립간 추대 안건에 반대하겠다던 눌지는 귀족회의가 우왕좌왕하는 틈을 타서 순식간에 스스로 마립간의 자리를 장악해 버린다. 여기에 귀족들이 저항하자 근위병으로 분한 실성이 근위대를 진격시키겠다고 엄포를 놓아 상황을 정리해버린다.

내마는 자신의 의견과는 상관없이 귀족들은 이전처럼 각자의 권력욕을 채우려 할 뿐 아니라, 믿고 존경해왔던 눌지가 마립간의 지위를 쟁탈해내는 것을 보며, 정의의 상징인 자신이 아무런 기능을 하지 못하고 무력화되는 상황에 절망하기 시작한다. "홀로 번민하여 웅크리고 앉아 있"던 내마에게 장님 걸인이 외로우냐고 묻자 "외롭지 않소, 아직은"(1:153)이라 내마는 답한다. '아직은'이라는 말은 상황이 조금 더 악화되면 외로워질 것이라는 반응이므로, 절망과 더불어 그의 외로움은 이미 시작된 것이다.

나. 동물적 존재로서의 인간에 대면하여: 가축시장

실성의 실험의 네 번째 단계는 내마가 권력층으로부터 버림받을 뿐 아니라, 군중으로부터도 고립되어 결국 고독해지는 과정 즉 이 극의 절정에 해당한다. 이 부분은 염소를 사는 가축시장이라는 극적 공간에서 이루어진다.

우리는 우선 아로와 염소가 상징하는 바를 극 전체의 맥락에서 파악해볼 필요가 있다. 아로는 실성의 딸로 권력욕과 물욕을 명시적으로 탐하는 존재로 등장한다. 그녀는 마치 이집트의 클레오파트라와 같은 이국적인 분위기 속에 황금고깔로 장식된 염소와 함께 등장한다.

서녁 무렵. 담황색의 짙은 황혼. 유리알처럼 새파랗게 뜬 달.

아로, 염소를 아름답게 치장하고 있다. 목에 호화스런 장식 띠를 둘러주고, 뿔에는 황금고깔을 씌워준다. (1:113)

아로는 실성이 볼모에서 돌아와 왕이 되자, 기억에도 없는 아버지를 사랑한다 말하며 그의 권력에 편승하여 호화스런 생활을 탐한다.[30] 염소의 황금고깔은 실성의 황금왕관의 은유이다. 염소는 내물왕의 장례식에서 꽃들을 모조리 뜯어먹어 살찐 상태이다. 이렇게 극의 처음부터 권력욕과 물욕의 상징으로서의 염소는 아로와 동일시될 수 있는 존재로 형상화된다. 이는 인간의 동물적 존재로서의 특성에 다름 아니다.

맹세를 어긴 아로가 염소에게 아버지라고 불러 자신이 짐승임을 자인하는 마지막 약속이라도 지키게 하기 위해 내마는 염소를 사려한다. 그러나 아로는 근위병으로 분한 실성과 귀족들의 비호를 받으며 성내에 있는 염소를 모두 사들이려 한다. 그리하여 가축시장에서 중요한 갈등이 형상화된다. 이미 인간성의 패악을 스스로 보여주고 있는 실성, 아로, 눌지, 귀족들에게 일반 군중이 담합하는 과정이 드러나고, 내마는 홀로 이에 저항한다. 5막 2장은 "「염소를 삽니다」라고 적힌 현수막을 내걸고 미사흔과 복호가 흥정하는 중이다. 염소를 팔고자 하는 사람들로 그들 앞은 흥청거린다. 오른쪽에 내마, 그 앞은 한산하다."(1:160)라는 지문으로 시작된다.

염소 한 마리가 눌지의 동생인 미사흔과 복호에 의해 5배로 호가되기 시작하면서 점점 10배 20배로 오르다 마지막 남은 염소

---

30) "이 황금 왕관을 오래 오래 쓰구 계셔야 (자신의 호화스런 옷자락을 가리키며) 그래야 저두 이렇게 호사를 할 수 있거든요."(1:116)

한 마리는 35배에 팔린다. 아로 측의 매점매석행위와 어떤 상황에서도 한 마리 값만 지불하려는 내마의 행위는 극단적인 대조를 이룬다. 이 상황에 반응하는 군중들을 대표하는 남자 1,2,3,4는 모두들 내마의 정의로움에는 경의를 표하지만 자신의 이익이 달려 있는 상황에서는 철저히 자신의 이권에 따라 행동한다. 그 중에서도 마지막 남은 염소를 가지고 나온 남자4의 반응이 괄목할 만하다. 남자4는 "돈두 벌구" "마립간의 부인이 내 염소더러 아버지라 부르는 꼴을 보구 싶"(1:162)은 이중의 욕망을 가지고 있다. 그는 미사흔이 30마리 값을 주겠다고 하자 그 이중의 욕망을 채우기 위해 다섯 마리 값은 밑지고 25마리 값에 내마에게 주겠다고 흥정을 한다. 다음의 내마의 주장은 의미심장하다.

내마 당신의 염소는 몇 마리입니까?
남자4 한 마리죠.
내마 그럼 한 마디 값을 받으시요. 그 값이 정당합니다.
남자4 이게 보통 염소인가요? 이 한 마리가 마지막 남은 놈이잖아요?
내마 당신 역시 정직한 사람이 될 마지막 기회를 가지셨읍니다. 어떠하시겠오? 올바른 가격으로 나에게 파시겠오?(1:163)

내마의 주장은 자본주의 시장경제논리에서는 벗어나는 것이다. 그에게 중요한 것은 인간으로서 지녀야할 '올바름' '정당함' '정직함'과 같은 도덕법칙이다. 그러기에 그는 마지막 남은 염소를 지닌 남자4에게 정직할 수 있는 마지막 기회가 얼마나 소중한 것인지 역설하고 있는 것이다. 그러나 군중들이 인간성의 패악에 잠식되어있거나, 동물적 존재로 머물게 됨을 내마는 목도하게 된다. 대부분의 인간들은 겉으로는 정의로움과 도덕을 가장하고 있어도, 결정적인 순간에는 동물적 속성이 적나라하게 드러남을 가축시장에서 은유적으로 형상화된다.

세상의 아름다운 것들이 실성에 의해 파괴되어 가도, 기록관으로서 진실과는 다른 일을 사서에 남겨야하는 상황이 되어도, 심지어 존경하는 대상을 죽이도록 강요당해도, 믿었던 눌지가 맹세를 어기고 권력을 장악해도 고독하다 느끼지 않던 내마는, 가축시장에서 군중으로부터 외면당하자 드디어 실성에게 외롭다고 고백한다. 왜 내마는 이 지점에서 고독함을 자인하는가. 부당한 독재자와 권력에 기생하며 삶의 쾌락을 추구하는 아로나, 독재자가 자행하는 불의에도 불구하고 침묵하면서 자신의 안위만을 추구하는 권력층의 패악행위들은 내마에게 그리 충격적인 일은 아니다. 그러나 권력의 폭력적이고 수직적 구조에 의해 억압당하는 군중들이 그들 스스로 각자의 이익에 매달려 그 뒤에서 조종하고 있는 권력의 패악을 인식하지 못하고 자신의 안위와 이익을 위해 동물적 존재로 전락하여 정의로움을 배제하는 모습에서 내마는 더 이상 출구는 찾지 못하고 고독함을 느낀다. 내마는 가축시장에서 동물적 존재로서의 인간적 특성에 저항하지만 군중 속에서 단 하나의 협조자도 발견할 수 없음에 절망하는 것이다.

이에 실성은 근위병으로 위장하고 있던 자신의 존재를 드러내며 폭소를 터뜨린다.

(실성, 내마의 등 뒤에 나타난다.
텅 빈 가축시장이 떠날 갈 듯이 웃어제킨다. 그는 근위병의 제복을 벗었다. 그는 땅을 치며 웃는다. 진정 참을 수 없다는 웃음이다.)

실성 내마, 이제는 외로운가?

(…중략…)

일찍이 내가 뭐랬나? 세상은 이런 거라구 그랬지. 외롭구 쓸쓸한 곳, 마침내 너두 나처럼 되었구나! 이젠 대답해 다오. 내마, 너는 외로운가?

내마 저 역시 … 외롭습니다.(1:164)

이 지점에서 실성의 실험은 성공한 듯이 보인다. 자신의 원래의 모습인 내마로부터 세상은 "외롭구 쓸쓸한 곳"이라는 공감을 얻기 위해 자신의 왕위마저 내던지고 실험을 감행하던 실성은 내마의 공감이 순간적으로라도 가장 큰 위로가 되었을 것이다. 그러한 인정이 실성에게는 자신이 파괴될 수밖에 없었다는 자기용서이자 자신의 근원과의 화해일 것이기 때문이다. 실성의 실험은 내마에게는 이 세상이 정의와 아름다운 섭리가 지배하는 곳이 아니라 때로는 "어두운 구덩이"임을 인식하는 과정인 것이다. 즉 세상의 그림자를 인식하고 받아들이는 것이다. 그렇다고 해서 실성의 자기 자신과 세상을 향한 파괴가 정당화될 수 없음은 이어지는 내마의 실천을 통해 강력하게 제시된다.

요컨대, 내마가 세상이 어두운 곳임을 인식하는 지점까지 실성의 실험은 성공한다. 내마의 인식이 여기에서 멈췄다면, 내마라는 인물은 실성이라는 그림자에게 압도당하는 것으로 끝났을 것이다. 그러나 내마는 세상이 절망스럽고 고독함을 인식함에도 불구하고, 아니 그렇기 때문에 더욱 강력한 저항적 실천이 요구됨을 온몸으로 보여주게 된다.

다. 인간성의 현실적 타협논리를 넘어서: 눌지와의 독대

세상에는 어떤 협조자도 존재하지 않는다는 것을 확인한 내마는 절대의 고독을 느끼면서도 그 자리에 주저앉아 실성에게 동조하며 세상은 외롭고 쓸쓸하니 당신과 나는 하나라고 고백하지 않는다. 스스로 파괴되고 세상을 파괴하는 실성과는 다른 길을 간다. 이 지점이 내마가 실성의 실험으로부터 벗어나기 시작하는 결정적인 순간이다. 내마는 자신을 포옹하는 실성으로부터 벗어나 "저에겐 할 일이 남았"(1:164)다며 암살자가 있다는 실성의 충고에도 아랑곳없이 눌지를 찾아가 독대한다.

눌지는 자신이 왕좌에 있는 것은 "개인적인 욕심"이 아니라 조국의 현실이 자신에게 맡긴 일에 최선을 다할 뿐이라고 주장한다.(1:165) 현재의 국가적 위기와 혼란을 타개하기 위해 자신과 같은 강력한 카리스마를 지닌 지도자가 필요하다는 것이다.

눌지 나의 관심사는 말이요, 오직 조국이 처한 위기를 극복하는 것뿐이오. 다행히 사태는 나아졌오. 약탈도, 기근에 대한 우려도, 그리고 걷잡을 수 없던 혼란에 대해서도, 이젠 한숨 놓아도 좋게 됐오. 내마, 진실로 부끄러움 없이 묻겠는데, 나 아니면 누가 이 일을 해내겠오?(1:164-165)

눌지의 이런 입장은 표면적으로 막스 베버가 언급하는 정치가로서의 '책임윤리(Verantwotungsethik)'를 대변하는 것처럼 보이지만, 실상은 상황논리를 앞세워 자신의 권력쟁탈행위를 합리화하는 자기최면에 다름 아니다. 신념과 약속 등 인간이 지녀할 기본적인 덕목 즉 정치가가 함께 지녀야 할 '신념윤리(Gesinnungsethik)'[31]를 결여한 것이기 때문이다.

---

31) 막스 베버, 전성우 역, 『직업으로서의 정치(Politik als Beruf)』, 나남, 2007, 119-137쪽 참조.
베버는 정치가가 지녀야할 자질로 '책임윤리'와 '신념윤리'를 언급했다. 신념

칸트에 따르면, 도덕은 다수의 사람들에게 이로움이나 유용함을 지니기 때문에 가치 있는 것이 아니라, 그것을 뛰어 넘어 인간다움의 근본이기 때문에 그 자체로서 의미가 있는 것이며 삶의 목표가 된다.[32] 그러나 눌지는 공존공영이라는 목적을 위해 인간의 신성한 도덕법칙을 수단으로 삼는다. 그럴 경우 인간은 타협논리 속에서 쉽사리 인간성의 패악에 빠지게 된다. 눌지는 국내적으로는 경제적인 빈곤과 혼란의 극복과 국외적으로는 외적의 침탈로부터 조국을 지켜내기 위함이라는 명목으로 한때 믿었넌 신념이나 맹세를 저버리고 부당한 방법으로 권력을 장악하고, 현재의 질서와 효율을 위해 폭력을 활용하고 있는 것이다. 즉 빗장 뒤에 잠시 숨겨 둔 '칼을 든 귀족들'은 눌지의 권력 메커니즘을 작동시키는 은폐된 폭력성에 다름 아니다.

그러면서 눌지는 내마에게 정의를 지켰던 과거의 상징이나 미래의 이상으로 남아주기를 부탁한다. 현재에 관여하지 말고 과거나 미래를 위한 이데올로그로서 뒤로 물러나 있기를 요청하는 것이다. 만일 내마가 눌지의 요청대로 현재의 폭력적 현실에 침묵하면서 타협했다면, 눌지의 비호로 살아남았을 것이다. 마치 〈파수꾼〉의 소년 파수꾼처럼 인식한 자이지만 침묵하는 존재로 격리되어 살아갔을 것이다. 그러나 내마는 '인식하고는 있지만 행동하지 않는 존재'로 머물지 않는다. 그렇게 된다면 자신은 "한 토막, 그저 나무로 깎아 만든"(166쪽) 커다란 의수를 지닌 한낱 허상의 이데올로그가 될 것임을 직시한다. 그리하여 눌지의

윤리란 하나의 대의에 열정적으로 헌신하는 자질이고, 책임윤리는 자신의 행동의 결과로 일어난 일들에 대해 책임을 질 줄 아는 자질을 일컫는다. 베버는 이 두 윤리가 상보적이라 결론짓는다.

32) 백종현, 「〈실천이성비판〉연구」, 『실천이성비판』, 앞의 책, 374쪽 참조.

현실적 타협논리를 넘어서, 내마는 자신의 인식을 치열한 실천으로 옮기는 도덕적 주체로 나아간다.

2.3. 도덕적 주체의 실천: '내 위의 별이 빛나는 하늘과 내 안의 도덕법칙'

실성은 여러 단계를 점층적으로 설정하여 내마에게 "너도 나처럼 외로운가" 반복해서 질문한다. 그 질문의 핵심을 환언하면 다음과 같다.

> **실성** (종이별을 흔들며) 이때, 별은 하늘 위에서 홀로 빛난다. 무한한 공간, 그 아래 이 세상은 함정, 어두운 구덩이다, 내마, 넌 이 속에서 정말 아무렇지도 않느냐?(1:126)

『실천이성비판』의 결론에서 칸트는 "내 위의 별이 빛나는 하늘과 내안의 도덕법칙"[33]에 대해 경탄을 하고 있다. 존엄성을 지키며 도덕을 실천하는 인간은 별이 빛나는 하늘로 은유되는 절대순수의 진리와 그에 조응하는 자기 내면의 도덕법칙이 일치하는 순간을 체험할 수 있다는 것이다. 실성은 어두운 구덩이와 같은 이 세상 속에서 파괴되어 자신의 핵심과 조응을 이루지 못하고 세상의 어두움과 자신의 그림자에 함몰되어 있는 반면, 내마는 바로 자신 안의 도덕법칙을 실천해 나감으로써 별이 빛나는 하늘과 일치되어간다. 실성의 파괴와 폭력에 의해 귀족들이 허수아비가 되어가도 올바른 섭리에 대한 믿음을 잃지 않으며, 인

33) 임마누엘 칸트, 앞의 책, 271쪽.

간의 동물적 존재로서의 특성들을 가축시장에서 체험하면서도 끝까지 도덕법칙을 수호한다. 권력을 장악하고 있는 눌지와의 독대를 통해서 어떤 이유에서도 도덕적 주체로서의 인간은 수단이 되어서는 안 되고 목적 그 자체이며 현실적 타협논리를 넘어설 수 있는 신성한 존재임을 드러낸다.

일찍이 눌지에 의해서도 예견되었던 내마의 의미는 다음과 같다.

> **눌지** 대답을 산다고 질문이 사라지겠오? 오히려 질문을 소멸시키는 건 진정한 대답뿐이요. 내마에게 맡겨 둡시다. 어느 날인가, 그의 대답이 지켜야 할 마지막인 것마저 파괴되려 할 때, 그는 스스로 이 세상을 지켜낼 사람이요.(1:122)

내마는 그 스스로 '올바른 섭리'가 되어 그의 대답이 지켜야할 마지막인 것마저 파괴되려 할 때 이 세상을 지켜내기 위해, 목숨을 걸고 진실을 은폐하고 있는 빗장을 열어 제친다. 내마의 이 행위는 가슴 속의 도덕법칙을 실현하는 마지막 단계이다.

> (귀족들, 닫힌 문 안에서 문을 두드린다.「내마- 내마-」를 부르는 그들의 목소리가 들려온다.)
> (…중략…)

> **내마** 이 손으로 저 잠긴 문을 열겠습니다.
> **눌지** 그 문을 열지 마시오!
> **내마** 당신이 감춰두려는 현재는 바로 저렇게 문을 두드리고 있읍니다.
> **눌지** 그들은 당신을 죽이려는 사람들이요!
> **내마** 내 손이 진실로 정의의 손이라면, 그들 갇힌 자를 자유롭게 해

야 합니다.(1:166-167)

실성과 눌지의 경고에도 불구하고, 내마는 타협하여 살아남을 수도 있는 상황에서 허상의 이데올로그로서 남는 것을 거부하고 온전한 자유의지로 정의를 실현한다. 그로 인해 허울 좋은 현실을 받치고 있는 것이 폭력성임을 백일하에 드러낸다. 숨겨진 진실을 자유롭게 드러내기 위해 정의의 손으로 빗장을 벗기자 귀족들이 달려 나와 내마를 칼로 찔러 죽인다. 그들은 내마의 시신을 들것에 담아 퇴장하는데, 작가는 "내마의 커다란 손이 바닥에 질질 끌"(1:167)려 나간다고 묘사함으로써, 내마의 죽음을 영웅화하지 않는다. 그럼에도 불구하고 이강백은 눌지로 하여금 "내마!"를 반복해서 외치면서 슬퍼하게 한다든가, 실성으로 하여금 깊은 애도를 표하게 함으로써 내마의 중요성을 역설적으로 드러낸다. 특히 눌지에게 "그 친절했던 당신도 이 사람 하나 세상에 살려둘 수 없었오?"라고 실성이 언급하게 함으로써 내마라는 존재의 소중함을 강조한다. 화가는 내마가 눌지와 대립하며 자신의 인식을 실천하는 과정을 거리를 가지고 그림과 언어로 반복적으로 묘사하여 또 다른 차원에서 내마의 행위를 강조하게 된다. (**화가** (그림을 그리며) 내마, 그 얼굴과 그 손이 새하얗구나!, 1:166-167)

내마의 인식의 실천과정과 죽음은 칸트의 언급대로 동물적 피조물로서 그의 질료를 유성에게로 되돌려주고 인격성을 통해 한없이 높이는 과정이기 때문이다. 그리하여 내마는 도덕법칙에 의해 이승의 생의 조건들과 한계에 제한받지 않고 무한이 나아가는 존재자로서 승화된다.[34]

3. 실성이라는 그림자, 내마라는 빛

이강백은 젊은 날 자신을 세상으로부터 '제외된 자'로 인식하고 있었다. 어느 집단에도 속하지 않고 배제된 성 밖의 존재로서 성 안을 바라보며, 고독한 자신의 방에서 수많은 책을 읽고 스스로 글을 창조하는 문학청년의 삶을 살아가고 있었던 것이다. 그 당시 자기 자신과 세상에 대한 파괴력을 극대화하여 형상화한 작품이 〈내마〉이다. 극적 주체가 배제되고 격리되어 자신의 세계 안에 갇히게 되는 〈내마〉 이전의 작품과는 달리, 〈내마〉에서는 실성이라는 막강한 인물을 창조해냄으로써 고독한 자의 파괴력이 무대 중심을 장악하며 폭발하도록 이강백은 설정하고 있는 것이다. 실성은 극중에서 가장 강력한 힘을 지니는 마립간이기 때문에 다른 등장인물들을 마음대로 좌지우지할 수 있을 뿐 아니라, 극적 기능에서도 전지적 시점에 가까운 인물로 설정됨으로써 극의 사건을 주도할 수 있는 위치에 있게 된다.

그러나 그 대극에 강력한 도덕적 주체로서의 내마라는 인물을 설정하여 팽팽한 긴장을 이루도록 작가는 설정하고 있다. 그러

---

34) 임마누엘 칸트, 앞의 책, 271-272쪽.
"무수한 세계 집합의 첫째 광경은 동물적 피조물로서의 나의 중요성을 없애 버린다. 동물적 피조물은 그것으로 그가 된 질료를, (어떻게 그리된 것인지는 모르겠지만) 짧은 시간 동안 생명력을 부여받은 후에는, 다시금, 유성에게로 되돌려 줄 수밖에 없다. 이에 반해 두 번째 광경은 지적 존재자(예지자)로서의 나의 가치를 나의 인격성을 통해 한없이 높인다. 인격성에서 도덕법칙은 동물성으로부터, 더 나아가 전 감성 세계로부터 독립해 있는 생을 나에게 개시開示한다. 적어도 이것이 도덕법칙에 의해 이승의 생의 조건들과 한계에 제한받지 않고, 무한히 나아가는, 나의 현존의 합목적적 규정(사명)으로부터 추정되는 만큼은 말이다."

면서 극의 중후반까지 실성의 실험에 내마가 내던져짐으로써 실성이 주도적 힘을 지니는 것으로 구성된다. 그러나 내마가 모든 이들에게서 등 돌림 당하고 결국 외롭게 됨에도 불구하고 도덕원칙을 치열하게 수행함을 역설적으로 보여준다. 실성의 계획대로 내마가 점층적으로 어두운 고독의 수렁에 빠져드는 것 같지면 오히려 그 과정에서 역설적으로 도덕원칙을 차곡차곡 실현시킬 뿐 아니라, 결국 실성처럼 철저히 고독한 자가 되어서도 세상을 향한 파괴력을 행사하는 것이 아니라, 자신의 목숨을 던져 정의를 수호함으로써 도덕적 주체로서 개인의 존엄성을 실현한다. 실성과 내마의 대립적 인물구도에서 작가는 결말에 다가갈수록 내마에게 역설적인 빛을 부여한다. 내마는 실성이라는 그림자와 함께 있는 빛일 뿐 아니라, 권력의 표상이 된 눌지에게도 한때 동일시의 대상으로 설정된다. (눌지 "나는 당신이요, 또 당신은 나입니다", 1:130). 내마는 세 중심인물들의 핵심을 이루며 실성에게나 눌지에게 그립고 소중한 존재인 것이다. 그러기에 내마는 현실을 살아가는 독자와 관객 모두의 가슴 속에 빛나는 별과 같은 존재로 확대될 수 있다. 이로써 내마는 어두운 함정과 같은 세상 속에서도 칸트가 경탄해 마지않던 '별이 빛나는 하늘과 조응하는 내면의 도덕법칙을 지켜내는 실천이성의 존재자'로서 승화된다. 모든 것이 파괴되어도 어둠 속에 남아 있는 한줄기 빛이 바로 내마이다. 그러기에 내마와 같은 인물은 집단의 폭력 앞에서 실패나 좌절 그리고 죽음을 겪으면서 이 우주의 유성의 한 조각으로 환원되어 동물적 존재로서의 몸은 사라진다 해도, 그 인격성은 이생의 한계를 넘어 끊임없이 재생할 씨앗으로 남게 되는 것이다.

이강백은 27세 되던 해 〈내마〉라는 작품에서 자신의 그림자를 실성이라는 인물에게 투영하여 거리를 두면서 형상화함으로써 의식화하고, 정신세계의 핵심 즉 '자기'에서 울려나오는 소리를 내마라는 인물로 형상화하는데 성공한다. 실성이라는 그림자와 내마라는 빛, 이 대극을 형상화해냄으로써 이강백은 자신의 중심으로 나아가기 시작한 것이다. 세상의 어둠과 인간의 고독을 인식하면서도, 전존재를 던져 그를 승화시키는 내마라는 극적 주체의 탄생은 이후 이강백 작품세계의 질적 변화를 가져온다. 집단에 비해 한없이 미약한 존재인 '하나의 개인이 어떻게 우주를 품을 만큼 존엄한 존재'일 수 있을까 하는 '개인의 존엄성'에 대한 문제의식은 계속 변주되면서, 이후 그의 작품세계의 핵심적인 테마로 지속된다.

이강백은 이 화두를 잡고 고독하고 고통스런 20대를 딛고 30대로 넘어설 수 있게 된다. 또한 내마는 당대의 사회적 맥락에서 독재의 폭압과 불의에 목숨을 던져 저항하는 극적 주체로 받아들여지면서 사회적 공감대를 형성하게 된다. 이를 통해 이강백은 한국 연극계에서 정치적 현실을 의미심장하게 형상화해내는 비중 있는 극작가로 자리매김하게 된다.

제2부

'자기실현'과 깨달음의 도정에 있는 극적 주체들

"나는 이 중심을 자기das Selbst라고 불렀다….
그것은 '우리 안에 있는 하느님'이라고 말할 수 있을 것이다.
우리의 전체정신 생활의 여러 시발은 피할 수 없이
이 중심에서 뿜어 나온 것이다.
또한 모든 최상의 그리고 최후의 목표는
이 중심을 향하는 것 같다."
— 칼 구스타브 융

제1장

‘아니마’ 투사와 대면: 〈다섯〉, 〈보석과 여인〉, 〈맨드라미꽃〉*

이강백 초기 희곡에는 작가의 자아를 투영한 극적 주체가 자주 등장한다. 그들은 고독하고 격리된 존재로서 다양한 경계를 넘고자하는 열망을 지닌 채, 진실에 다가가는 자이다. 등단작인 〈다섯〉(1971)의 ‘인물 라’, 〈보석과 여인〉(1975)의 ‘그이’ 그리고 〈봄날〉(1984)의 ‘막내’가 바로 그러한 인물들에 속한다. 이강백 초기희곡에는 여성인물이 드물게 등장하는데, 등장할 경우에는 남성 주인공이 단번에 사랑에 빠지는 대상이자 삶의 의미가 된다는 점이 괄목할 만하다. 그런데 그 여성인물들은 추상적이거나 꿈속 인물처럼 형상화 된다는 사실도 독특하다.

그렇다면 왜 그의 초기희곡에는 여성이 결여되어 있거나 추상적이고 비현실적으로 형상화되고 남성주인공들은 그러한 여성에게서 갑작스럽게 삶의 의미를 발견하게 되는가? 이것이 이 장의 문제의식이다. 더구나 이 연구에서 대상으로 삼을 작품의 남성주인공들은 작가가 자신을 상당부분 투영하고 있기 때문에 그들이 사랑에 빠지는 대상인 여성인물들은 작가와도 심리적 연결

---

* 제1장과 2장에서는 본인의 논문 「이강백 초기희곡에 나타난 ‘아니마’상 연구. 〈다섯〉, 〈보석과 여인〉, 〈봄날〉을 중심으로」(『서강인문논총』 54, 2019)를 수정·보완·재구성하고, 이강백이 2005년에 발표한 〈맨드라미꽃〉까지 포괄하여 발전시켰다.

고리를 지니고 있다고 볼 수 있다.

이강백 희곡의 여성인물에 대한 본격적 연구로는 정우숙의 「이강백 희곡에 나타난 모성 이미지」[1]가 있다. 여기서 그녀는 페미니즘적 시각으로 이강백 희곡의 여성인물들이 존재불명이거나 가부장적 시각에 의해 왜곡된 점을 세밀하게 분석하였다. 그 외에도 김성희는 어머니 찾기 모티프에 초점을 맞춰 연구하였고,[2] 백현미는 〈봄날〉을 분석하면서 대리 모성으로서의 장남과 설화적 화해의 축으로서의 동녀에 대해 논의하였다.[3]

이 장에서는 기존연구에서 이강백 희곡에 나타난 여성성을 페미니즘적 시각이나 설화적 차원에서 분석해온 것과는 달리, 융 학파의 분석심리학을 바탕으로 그의 희곡에 나타난 '아니마'상에 착안하여 분석하려 한다. 이 시각에서 이강백의 여성인물들을 살펴보면 새로운 해석의 가능성이 열릴 것으로 기대된다. 왜냐하면 그의 희곡에 등장하는 여성인물들의 추상성은 작가 자신의 무의식에 있는 여성성과 깊은 연관성을 보이기 때문이다.

'아니마(Anima)'란 분석심리학에서 남성의 무의식에 존재하는 여성성을 의미한다.[4] 융은 "남성의 무의식 속에는 여성이라는 유전된 집단적 상이 존재한다"[5]고 명시한다. 이와 함께 여성의 무의식 속에도 남성성이 존재하는데 이를 아니무스(Animus)라

---

1) 정우숙, 「이강백 희곡에 나타난 모성 이미지」, 『이화어문논집』 14, 1996.

2) 김성희, 「이강백의 희곡세계와 연극미학-'환멸과 '어머니찾기 모티프' 작품군을 중심으로」, 『한국극예술연구』 7, 1997.

3) 백현미, 「이강백 희곡 〈봄날〉의 의미론적 구조」, 『이화어문논집』 16, 1998.

4) C.G. Jung, *Aion, GW 9/2*, Ostfildern: Patmos Verlag, 2011(1995), pp. 20-31 참조.

5) 칼 구스타브 융, 융 저작 번역위원회 역, 『융 기본 저작집 3. 인격과 전이』, 솔, 2003, 97쪽.

고 칭한다. 그리하여 남성과 여성 각각 그 무의식에는 아니마와 아니무스를 지니게 되는 것이다.[6] 이강백은 초기 작품에 자신의 자아를 투영하여 남성인물을 창조했을 뿐 아니라, 자신의 무의식에 존재하는 여성성을 그 남성인물과 짝을 이루는 여성인물로 형상화한 것으로 보인다.

이강백 희곡의 아니마상 연구는 광범위한 작업이 될 것이다. 이 장에서는 우선 이강백의 초기 희곡 〈다섯〉(1971년), 〈보석과 여인〉(1975년)과 비교적 후기작인 〈맨드라미꽃〉(2005년)을 중심으로 작가가 자신의 아니마를 여성인물로 형상화하여 투사를 거두어들이는 과정을 단계별로 분석해내고자 한다.

1. 불가해한 유사 구원자로서의 여성성, 〈다섯〉의 인물 '마'

이강백 희곡에서 작가의 자아가 투영된 인물의 짝은 모두 아름다운 여인이다. 우선 외모가 빼어난 여인들이다. 작가는 〈다섯〉에서 유일한 여성인물인 '인물 마'를 극의 초두 지문부터 아름다움을 부각시켜 형상화하고 있다.

> 남자들의 생김새는 그저 평범한 인상을 준다. […] 그중에서 **라**가 제일 키가 크고 **나**는 작은 정도이다. 남자들의 평범한 인상에 비하여 여자 마는 청초한 아름다움이 눈에 뛰어난다.[7]

6) 융, 위의 책, 94-125쪽 참조.

7) 이강백, 『이강백 희곡 전집 1』, 평민사, 1993(1982), 13쪽. "뛰어난다"는 "뜨인

'신탐라국'으로 간다는 배 밑의 음습한 창고실에 경보종이 울릴 때마다 각자의 통속을 수시로 들어갔다 나와야 하는 열악한 조건 속에 있는 밀항자들 사이에서 단 하나의 여성인물인 '인물마'는 군계일학처럼 '청초한 아름다움'을 지니고 있다. 암울한 분위기 속에서 짓눌리고 초라한 남성인물들과 대비된 그녀의 아름다움은 무대에서 빛을 발하게 설정되어 있다.

그런데 그녀의 주된 극적 행동은 다른 인물들을 '바라보'거나 날갯짓을 하는 것으로 차별화된다. 그녀는 남성 인물들이 자신들이 처한 위기 상황에 대해 갑론을박 하는 것을 반복해서 '바라보'기만 한다.[8] 남성인물들이 논란을 하다 대책이 없어 침묵하거나 그녀를 쳐다보면 그녀는 그저 손으로 '날갯짓'을 하는 것으로 반응한다. 남성인물들은 그녀에게 날개가 없으므로 "여신은 아니"(1:17)라고 규정한다. 낙원으로 간다고 해서 생명의 위협을 무릅쓰고 밀항을 하고 있지만, 지금 어디쯤 있는지 정말 그곳으로 가는지도 알지 못하는 이들에게 구원의 여신은 절실한 희망일 것이다. 그러나 인물 마는 여신을 흉내 내고 있기는 하나, 그저 손으로 날갯짓을 반복해서 할 뿐이다. 그것도 무기력하게 몇 번 하다 그만 둔다. 이러한 그녀의 주된 극적 행동은 구원자의 이미지를 희미하게 드러내고는 있지만 무기력하며 방관자적인 요소를 내포하고 있다.

괄목할만한 점은 그녀가 극의 처음부터 끝까지 한마디의 말도 하지 않는다는 사실이다. 그러므로 구체적으로 그녀가 무슨 생

다"의 잘못된 표기로 보인다. 이후 〈보석과 여인〉 작품인용은 (1:쪽수)로 밝힐 것이다.

8) 지문에서 인물 마가 남성인물들을 '바라본다'는 묘사가 반복해서 등장한다.(1:14, 18, 19, 21)

각을 지니고 있고 어떤 감정을 느끼고 있으며 왜 날갯짓을 하는지 다른 등장인물들도 독자도 이해할 수 없다. 단지 그녀의 행동을 통해 어렴풋한 추측이 가능할 뿐이다. 다른 인물들은 밀항하기 전의 상황이 그들의 대사로 밝혀지면서 그들의 과거와 삶의 방식이 구체화되는 반면, 그녀는 왜 이곳에 와 있는지 과거에는 어떤 삶을 살았는지 알 수 없다. 작가가 이 여성인물에게서 대사를 배제함으로써 그녀는 추상화된 알 수 없는 존재로 남게 된다.

작가는 이러한 인물 마와 가장 가까운 인물로 '인물 라'를 설정한다. 필자의 기존논의에서 이미 천착한 바와 같이, 인물 라는 고립되고 격리되어 있는 자이지만 권력의 보이지 않는 억압에 가장 예민하게 반응하고 그 경계를 넘어서려는 갈망을 가진 존재이다. 이강백은 인터뷰에서 명시하듯, 이 인물에 자아의 일부를 투영하여 형상화하고 있다.[9] 그러한 인물이 경보종이 울릴 때 몇 번 그녀의 상자에 들어간 것만으로 자신을 다 내던지는 사랑에 빠지게 된다는 사실에 주목할 필요가 있다.

> **라** 나는 지금 내 생애 중에 가장 행복합니다. 여러분들에게 내가 저 여자를 사랑한다는 것을 발표하지요. 내가 소금에 절인 정어리로 오해 받고선 내 통속으로 들어가고 싶지 않더군요. 그래서 저 여자의 상자 속으로 들어갔습니다. 저 여자는 나를 거절하지 않았어요. 마음씨 고운 여잡니다. 불안하고 초조롭게 경보종이 울리는 동안 우린 서로 껴안고 있었어요. 그 어두운 상자 속에서도 저 여자

---

9) 이강백·이상란 대담, 박상준 채록, 「이강백과의 3차 인터뷰」, 2017년 5월 16일, 서강대학교 정하상관 1119호. "1권에서부터 2권까지 내가 투사돼있는 그 인물들이 어떻게 변화하는지를 간략하게라도 조금 말씀을 드리고 싶은데요. 일단, 〈다섯〉에서 작가를 찾는다면. 이제 속지 마세요, 하하하하. 아무래도 가, 나, 다, 라, 마 중에 '라'겠죠."

의 몸은 부드럽고 따뜻했어요. (마에게) 당신도 나를 사랑하지, 여보? (마는 아무 말 없이 자기의 상자를 서너 번 두드리다가 그만 둔다.)

가 (라에게 악수를 청하며) 축하하오. 그런데 새 살림을 꾸미려면 그 좁고 어두운 상자 속에선 곤란하지 않겠소? 앞으론 아이들도 태어나겠구.

라 아무래도 아파트를 얻어야 하겠지요.

나 […] 아파트를 얻으시려면 햇볕 바른 언덕 위가 좋아요….

다 […] 강아지도 길러 봐요. 귀여운 놈으로 두 마리를.(1:26)

상자 안에 들어오는 것을 거절하지 않고 불안한 상황에서 서로 안고 있었던 것만으로 인물 라는 마가 자신을 사랑한다고 생각하고 그녀에게 "여보"라고 일방적으로 부른다. 이에 인물 마는 상자를 몇 번 두드리는 행위로 반응한다. 그 반응은 부정적인 것일 가능성이 크지만, 인물 라는 그녀의 마음을 전혀 확인하지도 않고 살림을 차릴 생각을 하며 환상을 계속 펼쳐나간다. 점입가경인 것은 다른 남성인물들이 호응하여 그 환상을 부추기며 대리만족을 한다는 사실이다.

라 (마에게 호소한다.) 당신의 사랑만 있다면 나는 모든 것을 기꺼이 포기하겠어. 선장에게 줘 버리겠어. 처음부터 끝까지. 난 처음으로 되돌아가고 싶지 않아. 낙원의 나라로 가는 것도 그만두겠어. 태양도 그이에게 주려는데, 낙원으로 가지 않는 것쯤은 아무렇지도 않아. 나는 행복한 사람이요. 여보, 다른 모든 것일랑 그이에게 돌려주고 난 당신의 사랑만 갖겠오.(1:29)

시각(청초한 아름다움)과 촉각(부드럽고 따뜻한 몸)으로만 인지되는 빈껍데기 같은 그녀에게 인물 라는 자신의 아니마를 투사하며 미친 듯이 집착하고 있는 것이다. 인물 라가 사랑을 고백하며 자신을 사랑해달라고 호소해도 마는 '날갯짓'으로 답하지만 "라는 그 날갯짓이 무엇을 의미하는 것인지 이해할 수 없"(1:30)다.

갑작스럽게 사랑에 빠져 그녀를 자신의 삶의 중심으로 받아들이고 자신을 사랑해 달라고 호소(강요) 하면서, 사랑만 있으면 그 무엇도 감수하겠다는 인물 라의 발언에 독자들은 당혹하게 된다. 필자가 강의시간에 학생들과 토론할 때 특히 여학생들은 인물 라의 이러한 돌발적인 반응을 이해하기 어려워서 작가의 여성인식에 문제를 제기하곤 하였다. 그렇다면 이 시기 작가는 왜 이렇게 여성을 아름답지만 불가해한 존재로 형상화하였을까, 그리고 그에 대응하는 남성인물의 사랑방식을 이렇게 묘사하고 있는 것일까?

이는 아니마 작용의 전형적인 예이다. 작가가 자신을 투영하고 있는 인물 라를 매개로 자신의 아니마를 불가해한 매혹적 여성인 인물 마에게 투사하고 있기 때문이다. 융 학파인 마리 루이제 폰 프란츠(Marie-Louise von Franz, 1915~1998)는 이러한 아니마 작용을 다음과 같이 언급한다.

> 아니마의 이 모든 면들은 우리가 그림자에서 관찰한 것과 똑같은 경향을 지닌다. 즉, 그것들은 투사될 수 있다. 그 남자에게는 아니마들이 어떤 특정한 여인의 여러 성질처럼 보인다. 남자가 어떤 여자를 보고 첫눈에 '바로 이 여자다'라는 느낌에 갑자기 사랑에 빠지도록 하는 것은 바로 아니마가 거기에 끼어들기 때문이다. 이런 경우에 그 남자는 마치 그가 이 여자를 원래부터 가까이 지내온 사람처럼 느끼고, 그가 너무나 절망적으로 그녀에 사로잡혀 있어 다른 사람들에게는 그가 완전히 미쳐버린 것처럼 보인다. '요정과 같은' 성격을 가진 여자들은

이런 아니마의 투사를 곧잘 끌어들인다. 왜냐하면 남자들은 거의 모든 것을 그렇게 매력적이고 붙잡기 어려운 알 수 없는 존재에 귀착시키고 그녀를 중심으로 여러 가지 환상을 계속 엮어 나갈 수 있기 때문이다.[10](밑줄 필자)

인물 라가 아니마의 작용을 의식하지 못하고 그에 절망적으로 사로잡혀 있고 환상을 계속 엮어 나가는 반면, 이강백은 인물 라의 그러한 행동과 희망이 좌절될 수밖에 없음을 묘사해냄으로써 아니마의 작용으로부터 거리를 취한다. 인물 라의 사랑의 호소에 마는 날갯짓을 하거나 "그녀의 상자 위에 앉아서 동상처럼 반응이 없"거나 침묵한다.(1:28) 인물 라는 경보종이 울릴 때 소리를 지르려 안간힘을 다하다 결국 좌절하고 인물 마의 상자 속으로 들어가려 시도한다. 그러나 그녀는 그의 시도를 거절한다.

경보종은 계속 요란하게 울린다. 신호등의 빨간 불빛이 점멸한다. [···] **라**는 몇 번이고 소리를 지르려 노력하지만 두려움 때문에 입만 벙긋거리다 그만 둔다. 이제 **라**에겐 소리를 지를만한 용기가 없어 보인다. 어깨를 늘어뜨리고 불안과 두려움에 떨더니 **마**의 상자 속으로 들어가려고 뚜껑을 열려 한다. 그러나 **마**의 상자 뚜껑은 단단히 닫혀 있어 열려지지 않는다.(1:31)

'부드럽고 따뜻한' 품으로 모든 것을 감싸 안아 줄 것 같은 인물 마는 남성을 무조건적 사랑으로 구원하는 여신이 아님이 드러난다. 비어 있고 알 수 없는 존재이기 때문에 인물 라가 자신

---

10) 마리 루이제 폰 프란츠, 「개성화과정」, 『인간과 상징』(칼 구스타브 융·마리 루이제 폰 프란츠 편, 이부영 외 역, 집문당, 2013(1983)), 201쪽.

의 아니마를 일방적으로 투사한 것임을 이 둘의 어긋남을 통해 작가는 거리를 두고 형상화해내고 있다.

여성인물의 형상화가 이토록 빈자리일 수밖에 없는 이유는 작가가 자신의 무의식에 있는 아니마상을 포착하여 그려내고는 있지만 그것을 아직 의식화한 단계는 아니기 때문이다. 그러기에 〈다섯〉의 인물 마는 청초한 아름다움과 부드럽고 따뜻한 몸으로 표상되는 에로스와 무기력한 여신의 이미지를 지닌 그러나 불가해한 존재로 형상화된다. 이는 작가가 아직 그것이 자신의 아니마상인지도 모르고 추상적으로 스케치한 여성상에 다름 아니다. 융의 언급처럼 아니마의 투사는 의식적인 것이 아니라 무의식에서 자동적으로 생성되는 것이기 때문이다.[11] 인물 마와 같은 이강백 희곡에 드러나는 여성인물형상화는 대부분 아니마의 투사에서 출발한다. 그러나 작가는 아니마의 투사에 머무는 것이 아니라 이것을 포착하여 일정한 거리를 두고 형상화해냄으로써 그 투사를 거두어들이는 계기를 마련한다.

2. 상처받은 여성성, 〈보석과 여인〉의 '그녀'

1975년에 발표된 〈보석과 여인〉은 한국 극작 워크숍의 결과물로서 "관객 100여 명 규모의" 소극장 까페 떼아뜨르를 염두에 두고 쓴 이강백의 초기 작품이다. 경영난으로 까페 떼아뜨르가

---

11) 칼 구스타브 융, 김세영 · 정명진 역, 『아이온. Untersuchungen zur Symbolgeschichte』, 부글북스, 2016, 29쪽 참조.

무산되자 공연이 취소되어 1979년에 강영걸의 연출로 창고극장에서 초연되었다고 한다.[12] 한국극작워크숍은 이강백의 고립된 문학청년의 삶에서 사회로 나오게 되는 계기 중 하나였다.[13] 즉 그는 약 3년간 지속된 극작가들과의 토론을 통해 고립된 삶에서 문학적 소통의 삶으로 나아가 사회적 자아를 획득해가고, 그 과정에서 이 작품이 탄생한 것이다.

이 작품에는 고전 작품에 대한 오마쥬도 발견된다. 괴테의 〈파우스트〉에서 전 생애를 학문에 헌신하고 늙은 파우스트가 어느 순간 생의 허무를 느끼듯, 〈보석과 여인〉에서는 보석세공에 온 삶을 던졌던 백발의 '그이'가 원하던 형태의 보석을 완성한 순간 탄식을 하며 절망한다. 그 보석을 바칠 사랑하는 여인이 없기 때문이다. 그 앞에 메피스토와 같은 '남자'가 등장한다. '남자'는 '그이'가 완전한 형태의 보석에 대한 갈망과 함께 완전한 사랑에 대한 욕망을 가지고 있음을 간파하고 젊음을 되찾아 줄 테니, 완전한 사랑을 원한다면 완전한 형태의 보석을 포기하라고 제안한다. 만일 사랑을 얻고도 다시 보석을 세공하려 한다면 즉시 재로 변하게 된다는 조건에 '그이'는 동의하여 계약하기에 이른다. '보석'과 '여인'은 우리 인생에서 종종 양자택일을 강요하는 상황을 연상시킨다. 온전한 수행을 위해 에로스적 사랑을 포기해야한다든가, 혹은 완전한 사랑을 이루기 위해 사회적인 성취를 포기해야한다든가 하는 등등. 그러나 이강백은 상처받은 여성성(여인)이 바로 보석 같은 존재라는 아이러니를 표현하려 했다는 것이

---

12) 이강백, 『이강백 희곡전집 2』, 평민사, 1992(1985), 4쪽.

13) 다른 계기는 그가 극작가로서 극단 가교에 참여하게 된 것이고 또 다른 계기는 크리스천 아카데미의 편집부에서 일하게 되면서부터라고 작가는 인터뷰에서 밝힌 바 있다.

다.[14] 즉 보석과 여인은 이분화된 존재가 아니라 그 자체가 하나임을 드러내고자 했던 것이다.

필자가 이 글에서 착목하는 부분은, '그이'가 어떤 여인을 어떻게 사랑하게 되는가 하는 부분이다. 그이가 남자와 계약하자 마법이 시작된다. 완성된 보석이 땅에 떨어져 불이 되어 타오르고 그 불이 다 사그러져 꺼졌을 때 그이는 청년이 된다.

> **남자** 감탄만 하고 있을 겨를이 없어요. 어서 나가서 사랑하고 싶은 여인을 만나십시오.
>
> **그이** 물론 난 나갈 겁니다. 이 오랫동안 닫아 놨던 문을 열어 젖히고 말입니다. 그런데 나는 어디로 가야 합니까?
>
> **남자** (잠시 무엇인가를 점치더니) 우선 역驛으로 가보시지요. 막 출발하려는 기차가 있을 겁니다. 당신은 차표 파는 남자에게 43번 좌석을 달라고 하십시오.[15]

'남자'가 '그이'와 '그녀'가 같은 43번 좌석표를 갖게 함으로써, 둘의 만남이 이루어지게 만든다. 그런데 '그녀'는 사랑하는 사람을 상실하고 우울증에 빠져 있는 여인이다.

> 그녀가 등장한다. 수심에 잠긴 모습. 43번 좌석의 번호를 확인하고 앉는다. 가련하게 한숨을 쉰다. 그이가 허겁지겁 들어온다. 좌석번호를 주욱 확인하며 다가온다. 드디어 43번 좌석을 발견한다. 손에 쥔 차표와 좌석 번호를 번갈아 대조한다.(2:21)(밑줄 필자)

---

14) 「이강백과의 3차 인터뷰」.

15) 이강백, 『이강백 희곡전집 2』, 평민사, 1992(1985), 20쪽. 이후 〈보석과 여인〉 인용은 (2:쪽수)로 본문에 직접 밝히겠음.

그녀의 외모와 행동은 위의 밑줄 친 내용과 같이 슬픔으로 가득 차 있는 것으로 변주되며 묘사된다. "그녀는 다시 침울해진 얼굴을 창밖으로 돌린다"(2:23) "더욱 야윈 모습. 커다란 검정색 숄울로 얼굴과 어깨를 가렸다."(2:28) 등에서 이를 확인할 수 있다. 그녀 스스로 자신의 불행과 그 이유를 명시적으로 드러내기도 한다.

그녀 저는 불행해요. (머뭇거린다. 의자에 주저앉는다. 고통스럽게 띄엄띄엄 말한다.) 사랑했어요, 한 사람을… 사랑하는 사람이 없는 이 세상의 풍경은 저에겐 아무 의미도 없다는 것을 말씀드리고 싶군요.(2:23)

그뿐 아니라 그녀가 기차를 탄 목적은 탄광으로 파헤쳐진 을씨년스러운 소도시에 있는 친척집에 들어가 나오지 않으려는 것이다. 상처투성이의 황량한 그 공간은 그녀의 내면풍경에 다름 아니다. 그녀는 그 안에 스스로를 감금함으로써 죽음과 같은 상황을 만들려는 의도를 가지고 있다. 이렇게 사랑의 상실로 인한 고통 속에 스스로를 가두고 나오지 않으려는 그녀의 심경이 대사, 외양묘사, 행동 그리고 공간묘사로서 형상화되고 있다.

상처받고 우울증에 빠진 그녀에 대한 '그이'의 반응은 어떠한가. 그이는 기차에서 그녀를 만나자 마자 마법처럼 사랑에 빠진다. 그리고는 그이는 그녀가 내리는 황량한 도시에 무작정 따라 내려 친척집으로 은둔해 버린 그녀를 하염없이 기다린다. '낙원여관'에서 그가 기다리고 있다는 소문이 그 도시에 파다하게 퍼져 더 이상 참을 수 없는 그녀가 3주 만에 찾아오자, 그이는 그녀와의 만남으로 세상을 처음 보게 되었노라고 고백한다. 그녀와 함께 보는 풍경은 느티나무로 시작된다. 아무런 의미가 없던 그이의 삶은 기차를 타고 우연히 한 여인을 만나 느티나무가 있는 자연의 풍경을 바라보면서 새로운 의미로 전환된다.

> **그이** 커다란 느티나무, 풀밭의 양떼들, 과수원의 보석 같은 과일들, 그리고 드높은 산을 당신이 처음 가르쳐 주었습니다. 믿지 않으실지 모릅니다만 그날 나에겐 이 세상이 처음입니다.(2:29)

요컨대 그이는 첫눈에 그녀에게 사랑에 빠지고 그녀와 함께 바라 본 세상이 처음이라는 의미를 지닐 만큼 그녀는 그이의 삶의 중심이 되어 버린 것이다. 이러한 현상은 2장에서 살펴보았듯이 남성들이 외부의 어떤 여성에게 자신의 아니마를 투사할 때 생기는 전형적인 현상이다. 그런데 여기서 더 괄목할만한 사실은 그녀는 상실의 고통 속에 있는 '상처받은 여성'이라는 사실이다. 그녀에 대해서 아무것도 모르면서 수심에 차 있고 이 세상에서는 이제 아무런 의미를 찾을 수 없는 우울증에 빠져 있는 여성에게 단번에 사랑에 빠져들어 삶의 전의미를 부여하고 있는 이 현상은 의미심장하다.

〈다섯〉의 인물 라가 여성 인물 마에게 빠져들 듯이, 〈보석과 여인〉에서는 그이가 그녀에게 첫눈에 반해 버린다. 전자가 불가해한 유사 구원자에게 자신의 존재의미를 발견한다면, 후자는 상처받은 여성에게 자신을 던진다. 작가는 '인물 라'에게 뿐 아니라 '그이'에게도 자신을 투영한다. 인터뷰에서 이강백은 보석을 세공하는 일은 작품을 쓰는 것과 같은 일이라고 하면서 자신과 그이를 동일시한다. 그런데 그이는 특수한 이미지의 여성에게 첫눈에 반해 버린다는 사실이다. 상처받은 여성상은 이강백에게 특별한 의미를 지닌다. 실제로 작가는 젊은 시절에 '상처받은 여인'에게 사로잡히곤 했다는 사실을 인터뷰에서 밝힌 바 있다. 〈보석과 여인〉은 실제 작가의 체험과 긴밀한 연관성이 있다고 한다.

이강백 그이, 이 보석 세공인이 어떻게 보면 작가라고 해도 틀린 말이 아니죠. 그러니까, 그 상처 입은 여자에게 굉장히 사랑을 느끼죠. 그러니까 상처가 없는 여자한테는 사랑이라는 것을 느껴보지를 못하는데, 오히려 뭔가 상처 입은 여자들에게 민감하게 이렇게 반응을 하는… 그리고 그 상처 입은 여자와의 사랑에서 그게 이루어졌으면 하는 그의 열망이 보석 깎기라는 행위로 전이되어서 나타나는데, 그것이 여자들에게는 받아들일 수 없는…. (…중략…) 사람을 사랑했다가 깊은 상처를 입은 여자한테는 그 여성성이 아주 화려하게 만개한 꽃처럼 보이는 거예요. (…중략…) 〈보석과 여인〉은 내가 정말 아끼는 작품이에요. 내 마음과 정말 가까이 연결돼 있는 작품이고 이걸 생각할 때마다, 그때 누군가 '당신 정신 차려'라고 말해줬을 때… 아 뭔가 홀연듯 깨달음이 있고, 그리고 그러한 어리석음을 반복하지 않기 위해서 여성들 앞에 이렇게 철문을 탁 걸어 닫았던… 그때의 기억이 떠올라서. (…중략…) 나로서는 완전한 사랑이라는 것은 그 상처 입은 여성성이 사실은 보석 같은 존재인 거죠. 하나 더 여기에 추가해야 될 것은 내가 상처 입은 남성이기 때문에 그럴 수 있어요. 그러니까 상처 입은 여자 앞에서 나는 '우리가 동등해졌어, 이제 당신이 우월한 것도 아니고 내가 우월한 것도 아니고….'[16]

---

16) 이강백·이상란 대담, 박상준 채록, 「이강백과의 3차 인터뷰」, 2017년 5월 16일, 서강대학교 정하상관 1119호.

작가의 위의 의미심장한 고백 속에는 다양한 내용이 들어 있다. 〈보석과 여인〉은 그의 초기 다른 작품들처럼 상당히 알레고리적이고 관념적인 작품으로 보이지만, 실제로는 작가의 개인적인 체험이 노정되어 있는 작품이다. 상처받은 여성이 그에게 다가와서 자신의 상처를 보여주면 그것이 만개한 꽃처럼 보여 매혹되어 사랑에 빠지고, 그리고 나면 그 여성은 떠나는 일이 반복되었던 젊은 날의 경험이 바탕이 되어 있는 것이다. 그러기에 보석세공인이 작가에 다름 아니라고 언급함으로써 남자주인공인 '그이'와 작가 자신을 동일시하고 있는 것이다. 상처받은 여성과의 사랑의 열망은 보석 깎기라는 행위로 전이되었다고 했는데, 이는 작가가 그러한 합일의 갈망을 글쓰기를 통해 이루려 했다는 말에 다름 아니다.

그렇다면 왜 작가는 상처 받은 여성에게 단번에 사로잡히곤 하였을까. 이미 언급했듯, 이는 아니마가 외부의 여성에게 투사될 때 나타나는 현상인 것이다. 아니마현상은 자율적인 무의식의 작용이어서 알 수 없는 이유로 맹목적으로 어떤 여성에게 사로잡히게 되는데, 이강백은 이 지점에서 어느 정도 의식하고 있다는 점이 주목할 만하다. 그는 자신이 상처 입은 남성이기 때문에 그와 같은 여성에게 동질성을 느끼며 보석 같은 존재로 여기게 된다는 점을 의식하고 있다. 그는 글쓰기를 통해 자신의 아니마현상을 관조하면서 그 사랑의 열망을 담아 〈보석과 여인〉을 창작하여 외부의 누군가에게 보여주었을 때, 냉담한 반응이 돌아오자, '홀연' 어떤 인식에 도달하였다는 것이다. 따라서 작가가 이 작품에 애착을 보이는 이유는 자신의 실제 체험과 진솔한 감정이 담겨 있고 반복되어 오던 아니마 투사의 고리를 끊어 되돌릴 계기가 되었기 때문인 것이다. 융 학파인 프란츠는 그러한 투사를 거두어들이는 방법으로 꿈의 분석이나 적극적 명상 이외에 '글쓰기'나 각종의 예술행위가 유효함을 언급한 바 있다.[17] 이강백의 경우는 〈보석과 여인〉이라는 작품을 써서 내보임으로써 상처받은 여성과 합일되려는 욕망을 실현하려 하였으나, 그 시도가 철저히 좌절되자, 그때까지 거듭되어 나타났던 부정적 아니마의 투사를 거둬들이게 되었던 것이다. 그는 이제 훼손된 상태의 아니마에 동질성을 느끼며 절망적으로 사로잡히는 대신에, 보석세공 즉 글쓰기를 통해 전인격의 중심에 다가가야 할 단계에 이른 것이다.

3. 의식화된 아니마와 순수한 사랑, 〈맨드라미꽃〉의 '주혜'와 '정민'

아니마 투사가 〈보석과 여인〉(1975)을 통해 완전히 철회된 것은 아니다. 그 현상에 대해 문제의식을 지니고 거리를 취하면서 봉인했다는 말이 더 정확할 것이다. 이강백이 58세가 되는 2005년에 창작하고 극단 골목길에 의해 초연된 〈맨드라미꽃〉에 오면 다른 형태로 아니마가 투사된 흔적을 찾을 수 있다. 여기서 주목할 것은 바로 그 진자운동이다. 투사를 거두어들이면서 부분적으로 의식화하고 아직 남아있는 부분은 강도가 조금 줄어든 형태로 다시금 떠오를 수 있다. 〈보석과 여인〉 이후 작가는 아니마 투사를 거둬들이고 있지만, 〈맨드라미꽃〉에 오면 그것이 상당히

---

17) 마리 루이제 폰 프란츠, 「개성화과정」, 앞의 책, 208쪽 참조.

절제되고 의식화된 형태로 다시 나타난다.

3.1. 의식화된 아니마, 주혜

자신 안에 있는 여성성을 형상화한 것이 바로 '주혜'라고 작가는 명시한다. 이강백은 『이강백 희곡전집 8』 서문에서 "등장인물 정민은 내 안에 있는 여성성女性性이 이상적으로 생각하는 남성男性"[18]이라 명시하고 있다. 남성 안에 있는 여성성이 아니마임은 주지의 사실이다. 따라서 이강백의 아니마를 형상화한 것이 주혜인 셈이다. 이쯤 오면 이강백은 아니마를 바깥으로 투사하는 것이 아니라, 아니마를 명백히 의식하고 있으며 동시에 그 아니마가 자신 안에 있음을 인식한다. 그러나 주혜 역시 〈보석과 여인〉의 '그녀'처럼 보답 받지 못한 사랑으로 상처받은 여성이라는 점이다.

이 작품에서 맨드라미꽃이 처음 부각되는 장면은 의미심장하다. 정민이 하숙집에 들어온 지 사흘 만에 주혜는 방문을 사이에 두고 정민과 대화를 나눈다. 그리고 바로 주혜는 지금까지는 없었던 맨드라미꽃을 발견한다.

(주혜, 밥상을 들고 우두커니 서 있다가 되돌아간다. 주방 겸 식당 앞, 주혜가 걸음을 멈추고 담 밑에 있는 맨드라미를 발견한다.)

주혜 어어, 맨드라미…. 저게 언제 있었지?

---

18) 이강백, 『이강백 희곡전집 8』, 평민사, 2015. 8쪽. 이후 〈맨드라미꽃〉 인용은 본문에 (8:쪽수)로 밝히겠음.

(주혜, 맨드라미꽃으로 다가간다.)

주혜 그 참 신기하네….

(주혜, 맨드라미꽃을 살펴보면서 노파를 부른다.)

주혜 할머니! 할머니! (…중략…)
여기, 없던 것 있어!(8:29)(밑줄 필자)

식사도 빨래도 거부하는 정민은 이미 절망으로 삶에 의욕을 상실한 모습이다. 그런 그와 마주하자마자 주혜는 없던 것을 발견한 것이다. 마치 〈보석과 여인〉의 '그녀'를 보고 '그이'가 한 눈에 사랑이 빠지듯. 정민을 향해 단번에 솟아나는 주혜의 사랑이 맨드라미꽃으로 은유된다. 주혜가 사랑하게 된 정민은 다른 여인과의 이루어질 수 없는 사랑으로 고통 받고 있는 존재이다. 즉 〈보석과 여인〉의 사랑으로 상처받은 여인을 사랑하는 '그'처럼, 주혜는 상처 받은 정민을 사랑한다. 주혜에게는 피 흘리고 있는 정민이 맨드라미꽃처럼 고혹적이다.

괄목할만한 것은 절망스런 사랑에 빠져 있는 정민을 바라보는 주혜의 시선이다. 주혜가 정민과 마주하자마자 그녀에 의해 발견된 맨드라미꽃은 정민의 고통의 크기가 커보일수록 그 수가 점점 많아진다. 주혜는 정민과 영민의 대화를 엿들으며 정민의 고통이 무엇인지 얼마나 절망스러운 정도인지 알게 된 후, 정민의 방을 돌아 사랑채에서 안채로 가려다가 줄지어 서 있는 맨드라미꽃을 발견하고 의아해 한다. 정민이 머무는 끝방 담 밑에서 사랑채 안채까지 확대되는 맨드라미꽃의 행렬을 주혜는 발견한다.(8:45)

맨드라미꽃은 수만 많아지는 것이 아니라, 키도 자란다. 비가 오는 날, 정민이 "내 마음 속에 눈물 흘리는 사람이 있습니다"(8:52)라고 고백하자 그 슬픔을 마음속으로 받아들인 주혜는 "슬픈 얼굴을 보니깐… 내 마음이 아파."(8:54), "비 맞더니 맨드라미가 자랐어!" "점점 더 커진다구!"(8:53)라고 한다. 그러니까 정민의 상처와 슬픔의 크기에 공감하는 주혜는 그 깊이를 알아갈수록 정민을 향한 사랑이 더 커지고 깊어간다. 주혜의 사랑이 깊어짐은 맨드라미꽃의 수가 많아지고 커지는 것으로 형상화된다.

주혜는 "나는 어떤 여자를 사랑하는 남자를 사랑"(8:55)한다고 노옹에게 고백한다. 이러한 주혜의 사랑은 젊은 날 이강백이 사랑에 상처받은 여성에게 사로잡히곤 했던 아니마 투사현상과 유사하다. 그때와 다른 점은 작가 자신을 투영하고 있던 남성인물이 아니마에 사로잡히는 것이 아니라 주혜라는 의식화된 아니마를 통해 투사현상이 형상화된다는 사실이다. 〈보석과 여인〉에서는 '그녀'는 사랑의 상실로 절망에 빠져 있는 상태로 등장하지만 그녀가 누구를 어떤 방식으로 사랑했는지는 드러나지 않는다. 그러나 〈맨드라미꽃〉에서는 주혜가 사랑하는 대상이 명시된다는 점이다. 〈맨드라미꽃〉에 오면 주혜가 사랑하는 남성의 사랑이 이상적으로 형상화된다.

정민이 죽자 이 작품의 핵심 메타포인 맨드라미꽃은 사라진다. 김성희는 '맨드라미꽃'은 "보답 받지 못하는 쓸쓸한 사랑을 상징하는 중심 메타포"[19]라고 언급하는데 이는 상당히 설득력 있다. 그것을 전체적인 이강백 희곡의 아니마상의 맥락에서 확대하여본다면, 이루어질 수 없는 사랑의 상처와 연결되어 있음

---

19) 김성희, 『한국 동시대 극작가들』, 박문사, 2015(2014), 135쪽.

을 확인할 수 있다. 그러기에 맨드라미꽃의 붉은 빛은 사랑의 상처에서 흐르는 피를 연상시킨다. 정민이 손목을 그어 피 흘리며 주혜의 품에서 죽자 맨드라미꽃은 무대에서 사라져 버린다. 한 번 정민이 자신의 방 앞 담 밑의 맨드라미를 주목하고(8:58), 나머지 대부분은 맨드라미꽃이 주혜에 의해 발견되고 확대되고 자라난다. 다른 이들은 아무런 관심도 없다. 어쩌면 다른 이들에게는 보이지 않았을지도 모른다. 정민이 죽고 문득 그 많던 맨드라미꽃이 없어졌다고 주혜가 말하지만 어느 누구도 기억하는 사람이 없다. 결국 그 맨드라미꽃은 상처 받고 피 흘리는 정민의 사랑이며 동시에 그를 향한 주혜의 일방적인 사랑에 다름 아니다.

3.2. 아니마를 경유한 이상화된 사랑의 결정체

주혜는 자신을 바라보지 않고 다른 여인을 사랑하는 남자 정민을 사랑한다. 정민이 사랑하는 대상은 무대에 한 번도 등장하지 않는 미란이다. 그리하여 그녀는 정민과 그의 동생 영민의 대화에 의해 묘사된다. 영민은 그녀가 "눈부시게 아름답"(8:42)다고 한다. 아름답고 순결한 미란은 영원히 정민만을 사랑한다는 마음을 편지로 전하고 있다. 그러나 정민 아버지와 미란 어머니가 전에 연인관계였던 이유로 이들의 사랑은 부모의 강력한 반대에 부딪친다. 미란은 어머니에 의해 집에 갇혀 있는 상태이고 정민을 위해 죽음까지 불사하는 여성으로 형상화된다. 영민은 미란이 정민의 미래를 위해 유서를 남기고 죽었다고 전한다. 그러나 유서를 보고 정민은 미란이 자신을 위해 죽음을 가장하든 진짜 죽음을 선택했든 "사랑은 내가 죽을지라도, 사랑하는 사람은 살아 있게 하는 것이"(8:79)라고 말하고 결국 사랑을 위해 죽음을 선택한다. 이렇듯 미란과 정민은 외부의 방해로 상처 받고 절망스러워하지만, 그들 스스로는 서로를 위해 목숨을 내놓는 사랑을 완성한다.

여기서 간과할 수 없는 점은 미란과 정민의 사랑이 가 닿을 수 없는 가망 없는 사랑으로 설정되어 있다는 사실이다. 성인 남녀가 진정한 사랑을 하는데 부모가 반대한다고 절망해서 죽음을 선택한다는 것은 독자에게 쉽게 납득되지 않는다. 그렇다면 작가가 상정하는 지순한 사랑 안에는 이미 불가능성이 내포되어 있는 것이 아닐까. 게다가 작가의 아니마인 주혜는 정민을 이상적 남성으로 여긴다는 점도 주목할 만하다. 결국 작가는 목숨을 건 절망적인 사랑을 지순함으로 여긴다고 볼 수 있다. 여기서 확인되는 바는 이강백이 젊은 날 사로잡히곤 했던 사랑의 방식이 주혜라는 의식화된 아니마에 의해 반복되고 있고, 그것을 자신과 동일시하던 남성인물이 아니라 여성인물을 통해 거리를 가지고 형상화하고 있다는 점이다. 그리하여 미란과 정민의 사랑은 주혜라는 아니마를 경유하여 이상화된 순수한 사랑의 결정체인 것이다.

이강백은 미란과 주혜를 자신 안에 있는 여성성(아니마)이라 칭하고 이들은 일란성 쌍둥이라는 의미심장한 언급을 한다.[20] 주혜가 극적 공간인 하숙집 주인의 딸로서 다양한 투숙객들과 가족들을 위해 상이한 노동을 하며 무대의 중심에 있는 구체적인 인물이라면, 미란은 정민과 그의 동생 영민의 대사에 의해 묘사되고 나머지는 그것을 바탕으로 관객의 상상 속에서 완성해야할 사랑의 표상이다. 미란의 비가시성은 그녀를 사랑 그 자체라는

20) 이강백, 『이강백희곡전집 8』, 8-9쪽.

추상적 난계에 머물게 한다.

이렇듯 〈맨드라미꽃〉에 오면 작가의 아니마는 둘로 분열되어 일부는 주혜라는 인물로 의식화되고, 일부는 미란이라는 인물로 무의식속에 남아서 언제든 다시 투사될 수 있게 된다. 미란과 정민은 지순한 절망적 사랑 자체이고 정민은 가 닿을 수 없는 이상화된 대상이기에 언제든 맨드라미꽃으로 다시 피어날 수 있을 것이다. 이강백이 10차 인터뷰에서 밝혔듯이 "지순한 사랑을 하지는 못하지만 그런 사랑을 하는 사람을 사랑하고 싶습니다."[21] 라고 언급한다. 이는 작가는 사랑 그 자체를 사랑한다는 말에 다름 아니다. 즉 〈맨드라미꽃〉에서 작가는 주혜라는 아니마를 통해 자신의 궁극적 사랑에 대한 열망을 의식화하여 드러낸 것이다. 그러나 지순한 사랑이란 미란처럼 추상적이며 정민처럼 가 닿을 수도 없어 영원히 반복되는 욕망의 표상으로 떠오르게 되고, 이강백은 그것을 다시금 희곡으로 형상화하게 되는 것이다.

---

21) 이강백·이상란 대담, 박상준 채록, 「이강백과의 10차 인터뷰」, 2018년 6월 19일, 서강대 정하상관 1119호.

제2장
자비와 생명의 여성성: 〈봄날〉

이강백은 〈내마〉(1974)에서 자신의 '그림자와 빛'을 실성과 내마라는 인물을 통해 승화시켜 형상화해내는데 성공한다. 〈보석과 여인〉(1975)에서는 자신의 아니마를 어느 정도 의식화하여 묘사해 낼 수 있게 된다. 그 후 그는 치열한 글쓰기를 통해 자신의 무의식과 대면을 해 나갔을 뿐 아니라, 한국 연극계에서 중심으로 부상하여 극작가로서의 입지도 확보하기에 이른다. 그러한 과정을 거쳐 이강백은 〈봄날〉(1984)에서 긍정적인 아니마상을 '신화의 나무'로 펼쳐보기에 이른다.

한국의 분석심리학자 이부영은 '그림자'와 '아니마'의 관계를 다음과 같이 언급한다.

> 마음의 구조에서 아니마 아니무스는 의식의 중심인 '나'(자아)의 무의식적 그림자와 '자기' 사이에 걸쳐 있다. 그래서 그것은 나와 자기를 잇는 다리와 같다고 한다. 그런데 '나'와 아니마 아니무스 사이에는 그림자가 있다. 그러므로 그림자를 의식화하지 않고는 아니마를 의식화하기 어렵다. 그림자가 아니마 아니무스를 감싸고 있어 그 모습을 볼 수 없기 때문이다. 그렇다고 실제 분석과정에서 그림자를 모두 의식화한 뒤에 아니마 아니무스의 의식화를 시작하는 것은 아니다. 두 가지 요소는 서로 교대로 등장하여 의식화를 촉구하게 마련이다.[1)]

의식세계의 중심에 '자아'가 있다면, 의식과 무의식 전체를 통합한 중심에는 '자기'가 있다는 것이 분석심리학의 입장이다. 융은 우리 인생의 목표가 개성화 즉 자기실현임을 언급한다. 끊임없이 자신의 무의식과 대면하면서 그것을 의식화하여 자기다움에 이르는 것이 자기실현인 것이다.[2] 그런데 자기실현의 첫 단계가 바로 자아의 열등한 측면이 무의식의 표층에 축적되어 있는 그림자를 의식화하는 과정이다. 그림자가 어느 정도 의식화되면 남성의 경우는 자신 안의 여성성(아니마)—여성의 경우는 자신 안의 남성성(아니무스)—의 의식화를 시작할 수 있다고 한다. 이부영의 위의 언급처럼 그림자를 모두 의식화한 후에 아니마 아니무스를 의식화할 수 있는 것이 아니라 이 두 층위의 의식화가 진자운동처럼 진행된다는 것이다. 극작가 이강백은 〈봄날〉에서 한편으로는 그림자를 의식화하여 형상화하면서 다른 한편으로는 아니마를 승화시켜 표현하기에 이른다.

1. '그림자'로 압도되어 있는 내면에 피어난 생명의 씨앗

〈봄날〉의 무대에 현동화되는 공간은 이분화되어 나타난다. "무대 중앙과 후면은 아버지와 자식들이 거처하는 집의 공간이고, 전면은 노래·그림·소설·영화 등이 표현되는 공간이다."[3]

---

1) 이부영, 앞의 책, 33-34쪽.

2) 융, 앞의 책, 75쪽.

3) 이강백, 『이강백 희곡전집 3』, 평민사, 1994(1986), 205쪽. 이후 〈봄날〉 작품 인용은 (3:쪽수)로 본문에 밝히겠음.

즉 아버지와 자식들의 집이 극의 주된 사건이 진행되는 공간이고, 전면은 차남부터 육남까지의 등장인물들이 때때로 자기 배역에서 나와 다양한 매체를 통해 극적 사건에 대한 논평을 실현하는 공간이다. 청계산과 그 속의 백운사 그리고 갈마재는 등장인물들의 대사나 간접적인 시청각 효과로 형상화되는 무대 밖 공간이다.[4] 무대에 현동화된 아버지와 자식들의 집은 남성성으로 가득한 장소이다.

〈봄날〉의 무대는 남성의 마음 구조와 닮아 있다. 막내가 의식의 중심에 있는 자아라면, 자아의 부정적이고 열등한 측면인 그림자가 아버지로 나타난다. 극의 초반에서 중반까지 아버지는 무대 전체를 압도하는 힘으로 작용한다. 집안의 모든 소유물은 아버지의 것이고, 집안의 어느 누구도 그의 허락 없이는 집안 어느 것도 마음대로 사용할 수 없다. 그러기에 장남의 어머니는 '아버지의 담배'를 몰래 피웠다고 혼쫄이 나 뒤뜰 감나무에 목매달아 죽었고, 차남의 어머니는 '아버지의 닭'을 잡아먹었다고 쫓겨나고, 막내의 어머니는 '아버지의 쌀'을 백운사 스님들에게 시주했다고 쫓겨났다. 그렇게 어머니들은 이 집안에서 죽거나 축출당하고 일곱 아들만 남아 있으며 그들은 부재하는 어머니는 그리워하면서, 어머니들을 내쫓은 아버지에 대한 반감을 지니고 있다. 이렇게 그림자는 무의식의 표층에서 여성성을 부정하고 내몰 뿐만 아니라 무의식에 있는 다양한 정동들을 억압하고 있다. 그에 온건한 회유로 변화시키려는 장남과 차남에서 육남에 이르는 강한 저항력 등이 역동적으로 작용하면서 변화를 이끌어

4) 극의 후반에서 장남과 아버지가 무당집에 다녀오는 장면에서 갈마재의 일부가 현동화되는 경우를 제외하고는, 갈매재는 무대 밖의 공간으로 머문다.

낼 수 있는 가능성으로 존재하는 것이다. 극의 초반에서 중반까지는 자아가 전체인격의 중심에 이르는 길을 그림자가 강력하게 방해하며 뒤덮고 있는 상태이다. 그리하여 막내는 숨을 헐떡이며 고통스러워하는 것이다.

아버지와는 대조되는 위치에 병약하고 아무런 힘이 없는 막내가 위치한다. 그는 삶과 죽음의 경계를 오가며 고통스러워하는 존재로 그의 동선은 주로 방안이나 마루에 제한된다. 이렇게 등장인물 중에서 막내는 가장 무기력해 보이는 존재로 등장한다. 그러나 면밀히 살펴보면 그는 다른 어떤 등장인물보다도 치열하게 자신과 대면하고 있고 그에 예민하게 감각하고 반응하는 인물임을 알 수 있다. 그는 봄만 되면 '꽃가루' 때문에 숨이 막혀서 아무것도 먹을 수 없다.(3:210) 이렇게 그는 생명의 계절인 봄의 작용에 가장 예민하게 반응하고 있고, 그 예민함이 숨 막힐 정도로 고통스럽게 하고 있는 것이다. "숨을 못 쉬니깐 가슴 속이 불붙는 듯 뜨거워" "가슴 속의 이 불 안 끄면 시커멓게 타 버릴 거야. 저기 저 청계산 산불처럼…"(3:211) 그는 기침하고 숨을 헐떡이면서 불타는 청계산과 자신을 동일시하고 있다. 여기서 불타는 청계산은 무대 밖 공간이지만 무대 위 사건에 핵심적인 전환점들을 마련하는 중요한 공간이다. 막내는 그 청계산과 자신을 동일시하며 끊임없이 주시하고 있다. 이는 그의 무의식의 공간에 다름 아니기 때문이다. 막내는 청계산을 바라보고만 있는데 무대 밖으로 멀리 돌아다닐 수 있는 다른 인물보다도 청계산에 대한 정보를 많이 가지고 있는 것은 우연이 아니다. 그런데 그 청계산은 평화롭고 정지되어 있는 상태가 아니라 불타고 있다. 위험하고 역동적인 변화가 일어나고 있고 그 안의 백운사 스님들이 굶어죽은 것처럼, 막내는 어쩌면 자신도 죽을 수도 있다고 생각한다. 삶과 죽음의 경계에서 그는 해결해야할 그 무엇이 있음을 예감하고 그것에 치열하게 대면하고 있는 것이다. 그것이 불타는 청계산을 끊임없이 지켜보는 것으로 형상화된다. 그리고 자신에게 다가오는 현상에 막내는 마음과 감각들을 총동원하여 반응한다.

막내 저기 청계산 산불을 바라봐. 저렇게 훨훨 타버리면 무엇이 남을까?

장남 재가 남지.

막내 재는 바람에 흩어져….

[…]

막내 여기 형님 곁에 누워서 산불이나 보구 있지.

(사이)

막내 무슨 소리지?

장남 (귀를 기울이며) 글쎄….

막내 점점 가까이 다가오구 있잖아?

(사이)

막내 이젠 똑똑히 들리지?

장남 그래, 스님들이 목탁 치는 소린데….

막내 (벌떡 몸을 일으켜서 앉으며) 우리 집 문 앞에서 멈췄어.

(사이)

막내 스님들이 가지 않구 있어.

[…]

소리 2 어느 해 봄날, 백운사 불당 앞에 버려진 핏덩이 있어 소승들이 거둬 키웠소.

소리 3 이제는 더 거둘 여력이 없어 이 댁에 맡기고자 하니, 부디 한 혈육처럼 잘 보살펴 주시오.

장남 데리고 가십시오. 저희 아버지가 역정 낼까 두렵습니다.

소리들 부디 자비를 베푸시오.

(어둠 속 목탁 치는 소리가 들려오는 쪽에서 고깔을 쓴 동녀가 한 걸음 두 걸음 걸어와 마당에 엎드린다.)

막내 형님, 목탁 치는 소리가 들리지 않아.

장남 스님들이 가셨어.

막내 저 아이는?

장남 가만있어. 아버지한테 물어보구….

막내 형님은 어머니야.(3:215-217)

잘 들리지 않아도 예민하게 소리를 포착하고, 보이지 않아도 소리만으로도 볼 수 있는 예지력을 지닌 자가 바로 막내이다. 그는 '불'에 훨훨 타고 남은 재가 '바람'에 날려 흩어지고 나서도 아직도 남아 있는 그 무엇의 접근을 감지하고 가장 먼저 발견하는 자이다. 융의 언급에 따르면 '불'과 '바람'은 심혼(Seele)의 상징이라고 한다. 바람은 생명을 생산하는 것이며 불은 심혼의 불로서 정화하고 태우고 불 밝히는 변환의 동력이라는 것이다.[5] 재를 뒤집어쓰고 이들의 집 마당에 엎드려 있는 '동녀'는 그림자를 태워 정화시키고 남은 '현자의 돌 Lapis'[6]이며 생명의 씨앗에 다름 아니다. '어둠 속에서 들려오는 소리'는 액면 그대로는 백운사 스님들의 목탁소리와 목소리이지만, 이는 또한 무의식의 심연에서 들려오는 '자기'의 소리라고도 할 수 있다. 전인격의 중심에서 들려오는 소리는 재속에 담긴 생명의 씨앗을 받아들여 혈육 즉 제

5) C.G.Jung, *Von Wurzel des Bewußtseins*, Zürich: Rascher Verlag, 1954. p.22.

6) 프란츠, 앞의 책, 232쪽.

몸처럼 잘 보살피라 요청하고 있는 것이다. 막내는 걱정하고 두려워하는 장남을 설득하면서 불과 바람의 조화에 의해 진주처럼 남은 존재를 아무런 두려움 없이 전격적으로 받아들인다. 막내는 이 존재의 발견과 적극적 수용을 통해 자기실현의 계기를 마련하게 된다.

2. 자비의 보살로서의 아니마상

이강백은 동녀를 그 스스로의 대사와 행동을 통해 자신의 생각과 느낌을 표현하도록 하기도 하지만 외부의 시선으로 묘사하여 입체적인 이미지를 형상화한다. 그는 자신의 희곡에서 여성성이 중요한 요소이지만 의식적인 작업이라기보다는 무의식적으로 형상화하고 그런 여성성을 찾으려 했던 작품에서 개인적으로 기쁨을 느낀다고 인터뷰에서 밝힌 바 있다.

이강백 지금 이야기한 어머니 모티브, 아마 특별히 어떤 의식을 하고 어머니, 모성성 여성성을 쓴 것을 아닐 거예요. 그러니깐, 어떤 무의식의 세계가 의식의 세계보다 더 깊고 그리고 끊임없이 거기에서 저 깊은 바다 밑에서 이렇게 수포가 올라오듯이 무의식 속에서 끊임없이 뭔가 올라오는 것들이 작품의 주제, 소재 이런 것인데. (…중략…) 그 깊은 어떤 무의식 속에서는 끊임없이 어머니 찾기를 하고 있나 봐요, 내가. (…중략…) 작품이 완숙한 작품이냐, 이런 만족도를 떠나서 그게 완숙하지 않다 할지라도, 은연중에 나한테 기쁨을 주는… 내가 쓰고도 나한테 기쁨을 주는 작품들은 역시 어머니 찾기

작품인 것 같네요.[7]

깊은 바다 밑에서 수포가 올라오듯이 떠오르는 무의식의 상 그것도 여성의 상들은 분석심리학에서 주목하고 있는 아니마상이다. 이강백은 이 아니마상을 형상화하기 위해 〈봄날〉에서는 동녀에 대한 다각도의 입체화를 시도하고 있다. 작가는 우선 동녀를 등장시킨 후 백운사 불당 벽에 걸려 있던 한 탱화를 코러스로 분한 차남, 삼남, 사남, 오남이 들고 나와 묘사하게 하여 동녀의 이미지와 결합시킨다.

차남 (관객들에게 그림을 설명한다.) 이 그림은 백운사 불당 벽에 그려져 있던 탱화입니다.

삼남 푸른색 연못 가득히 분홍색과 백색의 연꽃들이 만발하게 피어 있고, 그 연꽃 위에 부처님이 살포시 앉아서 미소를 짓고 있습니다.

사남 못된 심뽀를 가진 놈의 눈이라서 그런 걸까요? 우리들 눈엔 이 부처님 모습이 너무 곱고 고운 여인으로만 보입니다.

오남 어떤가요? 우리들 말을 듣고 보니깐 이 그림 속의 부처님이, 백운사 스님들이 밤중에 맡겨 놓고 간 그 여자 같단 생각이 들지 않아요?(3:217-218)

연꽃 위에 앉아 자비로운 미소를 짓고 있는 부처의 모습에서 이들은 아름다운 여성성을 발견하고 그것을 동녀와 연결시킨다. 이들에게는 이 집안에 결핍되어 갈망의 대상이던 여성성

7) 이강백·이상란·권미란 대담, 박상준 채록, 「이강백과의 인터뷰 4」, 2017년 5월 30일, 서강대학교 정하상관 1119호.

을 동녀에게서 느끼게 되는 것이다. 뿐만 아니라 뒤뜰에서 장남과 함께 동녀를 목욕시키던 막내는 "가슴에 능금이 두 개 매달린 듯"(3:222)한 모습을 보고 "복사꽃 마냥 불그스레"(3:221) 얼굴이 물들었을 뿐 아니라 숨이 막혀서 뒤뜰에서 나온다. 재를 털어내고 깨끗한 물로 정화된 동녀는 에로스와 신성성을 동시에 지닌 자비의 보살로서의 아니마상으로 피어난다.

여기서 주목할 부분은 〈봄날〉의 동녀는 지금까지 살펴본 〈다섯〉이나 〈보석과 여인〉의 아니마상과 현격한 차이가 있다는 점이다. 추상적이거나 가 닿을 수 없는 상처받은 여성성이 아니라 상당히 구체적이며 그 스스로 온전하고 신성한 여성성을 지니고 있다. 그리고 외부에 투사된 존재가 아니라, 집안 즉 마음의 내부에서 발견된 여성성이라는 점이다. 그러기에 방해꾼으로서의 '그림자' 즉 아버지가 "계집은 흉물이"라며 동녀를 집에서 내쫓으려 하자 막내는 사력을 다해 저항한다.

막내 (숨이 막혀서) 안 돼요, 아버지, 내쫓으면… 안 돼요!(3:222)

외부로 투사되던 아니마 현상이 이 작품에 이르면 자신의 내부에 있는 요소가 되어간다는 점이 중요하다. 왜냐하면 분석심리학적 관점에서 보면 남성의 경우 아니마가 자신의 내부에 있는 여성성임을 인식하는 순간 아니마의 투사를 되돌려 의식으로 통합할 수 있기 때문이다.[8]

막내는 자신의 아니마를 발견하고 그에 통합되고자 하는 강렬한 열망을 지니게 되지만, 아버지는 다시금 더욱 강한 방해꾼으

---

8) 융, 『인간과 상징』, 38쪽 참조.

로 작용한다. 아버지는 회춘을 위해 동녀를 자신의 방에 들이게 한 것이다. 집안에 압도하는 그림자로 작용하는 아버지를 저지할 수 있기에는 아들들의 힘이 아직 미흡한 상태에서 막내는 봄밤의 두견새처럼 슬피 운다. 동녀가 아버지의 방에 들어간 밤, 장남은 자신도 젊은 날 사랑하는 사람과 함께 살고 싶었는데 아버지의 반대로 그 열망을 실현할 수 없었고 고통스러워 바늘로 자신의 허벅지를 찌르며 참았노라고 막내의 고통에 공감하며 위로하지만, 막내는 "난… 못 참아…"라며 피를 토한다.(3:231) 이렇게 막내는 병약하지만 자신의 열망을 위해 목숨을 던질 정도의 단호한 의지가 있음이 선명히 드러낸다. 막내의 강력한 의지와 고통에 장남과 다른 아들들의 연대가 이루어진다. 다음날 아침 밤새 아들들은 막내의 고통에 공감하며 잠들지 못했음을 토로한다. 장남은 막내에게 공감하고 위로함으로써 그를 돕고, 다른 아들들은 아버지의 일그러진 욕망에 저항하고자 한다. "저놈의 구렁이, 딱 때려잡았으면!"(3:232)이라고 할 정도로 저항의 의지는 극대화된다. 결국 그들은 아버지의 회춘에 대한 욕망을 역이용하여 송진을 끓여 눈과 얼굴에 바르게 하고 구렁이 끓인 물을 마시게 하여 옴짝달싹 못하게 하고서는 아버지 방의 항아리를 모두 꺼내 그 속에 든 돈을 나누어 갖고 집을 떠나버린다. 아버지는 한편으로는 자신이 동녀에게 더 욕심을 내면 죽어버릴 것이라는 갈마재 무당의 말에 힘이 빠져 버리고 다른 한편으로는 자식들에 의해 소유물 대부분을 강제로 빼앗겼을 뿐 아니라 아들들 자체를 상실함으로써 무장해제되어 버린다. 결국 막내의 순정한 의지에 장남과 다른 아들들 그리고 갈마재 무당까지 조력하는 구조를 만들어냄으로써 이강백은 막내가 '에로스와 신성성을 내재한 자비의 보살로서의 아니마'에 다가갈 수 있도록 형상화하고 있다.

3. 생명의 중심 '세계수世界樹'로 승화된 '동녀'

아니마로서의 동녀는 자비의 보살의 이미지뿐 아니라 세계를 떠받히는 나무로서 무대의 핵심적인 기호가 된다. 이강백 초기 희곡 〈셋〉에서도 이미 푸른 느티나무, 그 안에 다섯 개의 하얀 알을 품은 새의 둥지가 있는 나무가 자기실현의 이미지로 등장하였다.[9] 〈보석과 여인〉에서도 '그이'가 세상에 나와 마주하는 감동적인 자연도 느티나무로 시작된다. 〈봄날〉에 오면 나무는 단순한 나무가 아니고 세계의 기둥으로 하늘과 땅을 잇는 신화적인 생명의 나무로 승화되면서 그것이 동녀의 이미지와 연결된다.

아버지가 장남과 함께 갈마재 무당집에 간 사이, 아들들은 청계산 산불이 집에 옮겨 붙었다고 소리를 질러 아버지 방속에 있던 동녀를 마당으로 뛰쳐나오게 한다. 이들은 동녀에 대한 호기심으로 놀리려고 하나 막내는 또 다시 피를 토하며 그 장난을 저지한다. 차남부터 육남은 마당에 흙을 파내고 동녀의 발을 나무뿌리처럼 심고 팔을 벌리고 있으라고 하면서 '꼬깔나무'에서 물이 오른다며 곧 나무에서 잎이 돋고 꽃이 필 것이라며 사립문으로 퇴장한다.

나무가 된 동녀 그리고 막내, 이 단 둘의 만남이 마당 가운데

9) 이상란, 「이강백 초기 희곡에 나타난 '고독'의 미학」, 『한국극예술연구』 58, 2017, 266-267쪽.

서 이루어진다. 이 부분은 작품의 절정으로 관객에게 깊은 인상을 남기게 된다. 막내가 흙을 파헤쳐 동녀의 발을 꺼내려고 하자 동녀는 그렇게 해서 몸이 점점 따뜻해진다고 내버려 두라고 한다. 이는 단순한 나무가 아니라 엘리아데의 언급처럼 이 집의 중심 즉 '세계의 중심'인 '우주목宇宙木'[10]으로 확장되는 순간이다. 이제 이 집은 생명을 잉태할 수 있는 어머니들을 모두 내쫓아버린 텅 빈 우주가 아니라, 지하와 지상 그리고 천상의 삼계를 잇는 우주목으로서의 동녀라는 존재가 있어 생명의 중심이 살아나는 우주로 변화된다.

밤새 열을 빼앗은 아버지가 밉지 않으냐고 막내가 묻자 동녀는 자신의 열기를 가져가 좋아하니 밉지 않다고 한다. 이 지점에서 동녀는 '동녀풍속'의 착취당하는 불쌍한 소녀에서 불교의 『대보적경大寶積經』에 등장하는 깨달음의 길을 가는 '동녀'의 이미지로 전환된다. 그녀는 "나쁜 친구에 대하여도 결코 노여운 마음을" 가지지 않고, "항상 자비심을 가지고 사람을 대"[11]하는 보살의 마음을 지니고 있음이 드러난다. 기실 처음 이 집에 재를 뒤집어쓰고 던져졌을 때부터 이미 그녀는 아버지의 욕망 즉 그림자에 일시적으로 가려질 수 있을지라도 결코 그림자에게 먹힐 수 있는 존재가 아니었음이 이 지점에서 명백해진다. 그녀는 그림자를 인식해서 통합해내기만 하면 빛처럼 드러날 아니마이기 때문이다. 막내가 자신을 다 던져 무의식에 순정하게 대면함으로써, 관용으로 모든 허물을 감싸는 자비로운 보살이자 생명의 나무인 동녀의 존재 즉 아니마가 선명히 드러난다. 그리하여 동

---

10) 미르치아 엘리아데, 이재실 역, 『이미지와 상징』, 까치, 1998, 51-52쪽 참조.
11) 대당 삼장법사 보리류지 한역, 송성수 번역, 『대보적경大寶積經』 e-book, 98권, 30. 묘혜동녀회妙慧童女會, 2809쪽.

녀와 막내는 일체감을 확인하는 대화를 나눌 수 있게 된다.

동녀 스님들은… 아무것도… 안 가르쳐 줘. 내 마음에 없는 건 가르쳐 줘도… 내가 모른대. 그러니깐 가만히 있으래…. 그냥 가만 있어도… 내 마음이 알 거는 다 안대….
(사이)
막내 (동녀의 발밑에 주저앉아서 한숨을 쉬며) 아… 네 마음이 내 괴로움을 알까?
동녀 내 마음 속에 네 괴로움이 있으면 알지.
막내 그럼 잘 찾아봐. 네 마음속 어딘가에 내 괴로움이 있는지….
(사이)
막내 있어? 없어?
(사이)
막내 없으면… 없으면… 나는 죽어.
동녀 (부끄러워서 얼굴을 가리며) 있어. (3:239-240)

침묵과 축약된 말로 이루어지는 이 둘의 대화는 불교의 '일체유심조一切唯心造'[12]의 사상을 깨달은 자들의 것이다. '이 세상 일체는 오직 마음으로 지어졌다'는 『화엄경』의 중심사상이 이 어린 두 남녀에 의해 함축적으로 드러난다. 막내의 목숨을 건 사랑의 고통을 동녀는 자신의 마음속에서 발견할 수 있음을 고백함으로써 이 둘의 사랑과 일체감이 시적으로 형상화된다. 막내의 신성한 아니마에 대한 헌신과 그 헌신을 깊이 가슴 속에 품어 내는 동녀의 응답은 '대극의 합일 즉 융합의 비의(Mysterium Coniunctionis)'[13]를 상징적으로 나타낸다. 막내와 동녀는 자신 안

---

12) 법정 편역, 『화엄경』, 동쪽나라, 2003(2002), 210쪽.
13) C.G. Jung, *Mysterium Coniunctionis, GW 14/2,* Ostfildern: Patmos,

의 아니마와 아니무스를 알아채서 의식화하여 자기실현의 길로 나아가는 것이다. 이강백은 아니마를 세계수世界樹의 이미지와 결합시킴으로써 신화적 원형으로 승화시켜 대전환의 순간을 마련한다. 그는 김열규의 『한국의 신화』를 인용하면서 나무의 모습을 한 동녀 옆에서 아들들은 "양손에 꽃과 잎을 들고 나무처럼 서"서 나무의 이미지를 확장하게 함으로써 관객의 상상력을 최대로 끌어올린다.

사남 (관객들에게 말한다.) 신화 속에서 나무는 세계를 떠받들고 있는 기둥이죠. 나무는 하늘과 지상과 지하 삼계를 이어주고 있을 뿐만 아니라, 대지의 중심부, 곧 대지의 배꼽에서 솟아나 하늘의 배꼽인 북극성에 닿아 있어요. 따라서 나뭇가지는 천상 높이 펴져 있어 세계의 여러 영역을 두루 덮고 있고, 그 뿌리는 지하계의 바닥까지 뻗쳐지는 것이지요. 대지의 여신이 이 나무속이 아니면 뿌리에 살고 있고, 장차 인간들의 애기가 될 영혼들이 새처럼 깃들이고 있고, 해와 달 또한 그 보금자리를 나무에 틀고 있어요.(3:240)[14]

동녀는 막내와 융합의 비의를 이룸으로써 메마르고 황폐해진 이 집안을 변환시킬 나무일 뿐 아니라, 대지의 중심에서 땅속 깊숙이 뿌리를 펼치고 천상으로는 북극성까지 닿아 하늘 높이 펴져 나가 세계의 중심에서 무한히 뻗어나가는 생명의 나무로 승화된다. 그 나무는 생명의 영혼들이 보금자리를 틀고 있는 자기실현의 장소가 된다. 그리하여 동녀는 지혜와 생명의 아니마로

2011(1995), p.228.

14) 김열규, 『한국의 신화』, 일조각, 1976, 43쪽. 〈봄날〉에서 이강백은 김열규의 책의 내용을 어미만 변주하여 그대로 인용하고 있음.

서 자신의 무의식에 치열하게 대면하고 있는 막내를 전체인격의 중심에 이르도록 안내할 수 있을 뿐 아니라 그 스스로 막내와 결합하여 대극의 합일을 이루어내는 것이다.

그러기에 극의 결말에서 그녀가 마당의 우물에서 "시리도록 흰" 그 순결한 팔목으로 '살림살이'를 수행하고 생명을 잉태하고 있는 것(3:251-252)은 앞으로 이 공간이 생명의 보금자리로 전환될 것임을 예고한다. 숨도 쉴 수 없어 집안에만 있던 막내는 이제 동녀에게 줄 살구를 따러 산으로 들로 활보하기에 이른다. 그는 고통스런 그림자를 의식화하고 아니마와 통합되어 자기실현의 길로 나아가 이 집을 새로운 생명의 보금자리로 변환시킬 주체가 될 수 있음을 보여준다.

이강백은 〈봄날〉에서 막강한 힘을 가진 아버지와 병약하여 집안에서 숨도 못 쉬고 고통스러워하는 막내를 대극에 위치시킨다. 그러나 극이 진행되면서 집안을 압도하던 그림자로서의 아버지는 이미 언급했듯 막내의 치열한 자기대면과 장남의 지원 그리고 차남에서 육남에 이르는 직접적인 저항에 의해 무력화되고, 자식들까지 상실하고 회환과 그리움으로 한숨짓는 노인으로 변화하여 생명의 흐름에 통합된다. 반면에 막내는 그러한 그림자를 인식해가고 전인격의 중심에서 들려오는 소리에 귀 기울여 아니마를 의식화함으로써 극의 중심으로 부상하는 역동적 인물로 형상화된다.

그러한 막내의 형상화에는 이강백 자신의 과거의 모습이 상당 부분 투영되어 있다. 그는 인터뷰에서 자신이 청소년기에 반복되는 병마와의 투쟁 속에서 삶과 죽음의 경계를 오갔음을 밝힌 바 있다.[15] 뿐만 아니라 그는 이 작품의 분위기가 자칫 남성들의 폭력성으로 기울어질 가능성이 있는데, 병약한 막내가 피를 토하며 자신을 던져 막아냄으로써 그러한 경향으로부터 작품을 구제해낸다고 언급한다. 이렇게 작가는 병약함 자체의 역설적 기능을 강조하며 그에 자신을 동일시한다.[16] "작고 소외된 존재들과의 연대"가 바로 이강백이라는 작가의 정체성임을 확인하게 하는 인물이 이 작품의 막내이다. 그러한 막내가 동녀를 만나 대극의 합일을 이루는 과정은 작가가 희곡을 써나감으로써 자신과 대면하고 아니마를 의식화하는 과정과 닮아 있다.

작가는 〈봄날〉에 이르러 아니마의 투사를 되돌려 긍정적인 최고의 아니마상을 형상화해 내는데 성공한다. 융이 언급하는 아니마상에는 네 단계가 있는데 첫 번째 단계는 본능적이고 생물학적 관계를 나타내는 이브상이고 두 번째 단계는 낭만적이고 미적 수준의 인격화이며 세 번째 단계는 에로스를 영적 헌신의 극치에까지 올리는 상이며, 네 번째 단계는 가장 성스럽고 순수한 것조차 초월하는 지혜인 사피엔치아(Sapientia)가 그것이다.[17] '동녀'를 통해 드러나는 아니마상은 세 번째와 네 번째를 결합한 에로스와 불교적 자비와 깨달음까지 포괄하는 사피엔치아로 승화되어 형상화된다. 이 이미지는 융이 인용하고 있는 중세의 신비적 경서 『떠오르는 새벽의 빛(*Aurora Consurgens*)』에 닿아 있다.

> 나는 들판의 꽃이요, 골짜기의 백합이다. 나는 아름다운 사랑의 어머니, 인식, 그리고 거룩한 희망…. 나는 아주 아름답다. 그리고 전혀 흠이 없는 몸…. 나는 각 요소들을 서로 화합하게 하는 매개자, 더운 것은 식히고 마른 것은 적시며, 굳은 것은 부드럽게 한다.[18]

---

15) 「이강백과의 1차 인터뷰」.
16) 「이강백과의 4차 인터뷰」.
17) 프란츠, 『인간과 상징』, 207-208쪽 참조.

동녀는 나무이며 꽃으로서 아름다운 사랑의 어머니이며 불교적 깨달음의 지혜를 지니고 있는 존재이다. 그녀는 충돌하는 것들을 화합으로 유도하는 매개자이며 피폐하게 메마른 곳을 부드럽고 촉촉하게 적시는 생명의 물이기도 하다. 〈봄날〉의 핵심주체의 하나인 동녀는 막내뿐 아니라 집안 전체를 사랑으로 적셔주고 그를 바라보는 관객의 가슴에게도 그 온기를 전달하는 존재가 된다.

18) 이부영, 『아니마와 아니무스』, 108쪽에서 재인용.

제3장

'일곱 개의 산'으로 승화된 아니마: 〈칠산리〉

세계수 즉 우주목宇宙木으로 형상화된 〈봄날〉의 '동녀'처럼, 〈칠산리〉에서는 '어미'가 우주산宇宙山의 모습으로 승화되어 나타난다. '우주산'이란 엘리아데에 의하면 고대인들의 의식 속에 세계의 중심에 위치하여 천상과 교류하는 성스러운 산을 의미한다.[1] 원래는 수직적 상승개념을 지니고 있는 우주산은 인간이 각 단계를 오를 때마다 특수한 능력을 부여 받게 되며 최종적으로는 하늘에 올라 신과 함께 거주하며 신비로운 자신으로 거듭 태어날 수 있는 정화작용을 누릴 수 있다고 한다.[2] 이러한 지상 존재의 신성성 회복을 가져다 줄 수 있는 우주산의 이미지가 이강백의 〈칠산리〉에는 한국의 문화적 맥락과 한국전쟁이라는 역사적 맥락에서 새롭게 변주된다. 즉 수직적 일곱 층위의 이미지 대신 수평적 일곱 산으로 펼쳐진다. 이 장에서는 어미의 이미지가 어떤 방식으로 일곱 산으로 확장되고 동일화되어 지상의 존재들을 품어 안을 수 있는 대모신大母神으로 형상화되는지 천착해내려 한다.

---

1) 미르치아 엘리아데, 이재실 역, 『이미지와 상징』, 까치, 1998, 49-50쪽 참조.
2) 배강원 외, 「엘리아데의 신화적 공간론에 입각한 한국적 신화원형공간에 관한 연구. 수직축과 천.지.인 합일의 구조를 중심으로」, 『디자인학연구』 103, 2012, 110쪽.

1. 어미에 대한 회상과 어미의 현존: 겹시공간 기법 및 공명효과

이강백은 작품을 시작하면서 "과거와 현재를 한 무대공간에서 교차하도록 구성하였다"(4:88)고 명시한다. 그러면서 과거의 장면은 어미 중심으로, 현재는 자식들을 중심으로 진행되며 과거와 현재의 연결을 코러스처럼 자식들이 맡을 것을 지시한다. 작가는 과거의 어린 자식들에게 앳된 소년소녀의 얼굴 형태인 반가면을 쓰게 하고(4:88), 현재 성장한 자식들은 맨얼굴로 연기를 하게 함으로써, 자식들이 과거와 현재를 가로지르는 역동적 코러스로 작용하게 한다. 무대에서 과거는 어미가 스스로 등장하여 그 존재를 드러내고, 현재는 그 어미에 대한 회상을 하는 자식들의 노래, 언급 등으로 이루어져 있다. 그리하여 관객은 어미의 재현과 현존을 공감각적으로 체험하게 된다.

극적 현재는 어미를 다각도로 회상하는 장면들이다. 자식들의 언급을 통해 그리고 그들의 노래를 통해 어미가 재현되다 그에 머무르지 않고 다양한 계기로 과거 속으로 들어가 그 속의 어미를 직접 등장시킨다. 현재와 과거의 상호 틈입은 두 시간대를 연결시키는 의미의 연상작용이나 청각효과 등으로 이루어진다.

이강백은 이 시기 '겹시공간효과'[3]를 그의 희곡에서 본격적으로 실험한다. 그 대표적인 작품이 바로 〈칠산리〉이다. 이 효과는 현재의 사건에 역사적이고 심리적인 깊이와 두께를 부여하게 된

3) 이에 대해서는 작가 자신이 작품집 서문이나 인터뷰에서 직접 언급하였을 뿐 아니라 이영미를 위시한 기존 연구자에 의해 반복적으로 논의되었다.

다.[4] 무대에는 모든 등장인물이 빙 둘러 앉아 있고 극적 현재가 진행될 때는 칠산리 면사무소를 중심으로 성인이 된 자식들과 면장, 늙은 형사와 젊은 형사가 일어서서 무대 중앙으로 나가서 칠산리 면사무소에서의 사건을 형상화한다. 그리고 극적 과거는 칠산리 마을의 어미의 집과 그 근처 그리고 산속이 주요공간을 중심으로 어미, 할미, 간난이, 마을 아낙네들, 어린 자식들, 이장과 군인들이 일어나 사건을 현동화한다. 결국 무대에는 항상 현재와 과거가 공존하면서 번갈아 어느 시간대가 현동화되는 구조로 진행되는 것이다. 현재가 중심이 되고 과거가 등장인물의 대사로 간접적으로 형상화되는 것이 아니라, 오히려 현재는 과거의 어미를 생생하게 불러내기 위한 기반으로 작용한다. 현재 자식들의 회상 장면에 이어 과거가 소환되고 그 속의 어미가 직접 등장하여 그녀의 언어와 몸짓이 강렬히 부각된다. 이를 통해 그녀의 사랑의 마음과 몸은 점점 무대공간 전체를 압도하는 감각으로 발전한다. 그리하여 극 전체의 구조는 극중극처럼 이루어져 있다. 극적 내화는 어미가 현존하는 한국전쟁 당시의 과거로 이루어져 있고, 극적 외화는 성장한 자식들과 면장, 형사들이 등장하는 현재로 이루어져 있다. 그리하여 관객은 이 두 시간대의 사건을 일정한 거리를 두고 관찰할 뿐 아니라 극이 진행되면서 점점 어미를 공감각적으로 체험하게 된다.

현재 성인이 된 자식들이 칠산리에 있는 어미의 분묘 이장 문제로 등장하여, 극한 상황에서 자신들을 위해 헌신하고 목숨까지 희생한 어미에 대해 끊임없이 노래하고 이야기하고, 과거 어미와 함께 했던 시절로 돌아가서는 그 어미를 공감각적으로 반

4) 이강백 · 이상란 대담, 박상준 채록 정리, 앞의 책, 183쪽.

추하며 관객에게 각인시키는 역할을 하는 것이다. 따라서 현재는 어미에 대한 감각을 도입하는 외피이며 무대의 핵심으로 들어갈수록 과거의 어미의 현존이 강화되어 현동화되는 방향으로 진행된다. 그러기에 과거 어미가 등장하는 장면들이 더욱 생생하고 감각적으로 부각된다.

무대가 열리면 자식들이 등장하여 어미에 대해 노래함으로써 청각을 통한 어미의 이미지를 형상화하여 관객이 이들의 정서적 연대에 참여하기 시작한다.

> **자식들** 어- 어이- 어이.
> 어- 어어-
> 어머니, 어머니, 우리 어머니
> 열두 명의 자식을 둔 우리 어머니
> 배고픈 놈 먹이고
> 헐벗은 놈 입히느라
> 뼈 빠지게 일만 하다 숨을 거뒀네.
> (…중략 …)
> 칠산리 골짜기에 묻어 놓고서
> 슬피 울며 자식들은 흩어졌었지.[5]

자식들은 그리스 비극의 코러스처럼 〈칠산리〉의 사건의 전사前史를 이 노래 하나로 축약하여 전달하고 있다. 현재 칠산리에 묻힌 어미의 무덤 이장 문제로 모인 자식들과 그들의 어머니의 관계가 이 노래 하나를 통해 충분히 전달되는 것이다. 온 정성

---

5) 이강백, 『이강백 희곡전집 4』, 평민사, 1992, 89쪽. 이후 〈칠산리〉 인용은 (4: 쪽수)로 밝히겠음.

을 다해 자식들을 길러내고 목숨까지 희생한 어머니에 대해 자식들이 어떤 마음을 가지고 있는지도 이 노래에 담겨 있다. 열세 명의 자식들에게 그녀는 단순한 어머니가 아니라 "어- 어어- 어어- 어- 어어 어머니"인 '대모大母'인 것이다.

그 어머니는 한 번의 호명으로 등장하지 않는다. 과거를 회상하는 첫 번째 장면이 어미의 등장으로 바로 이어지지 않는 이유도 더욱 깊숙한 핵심이미지를 전달하기 위한 방법이다. 그 첫 번째 회상 장면에는 칠산리에서 가장 무섭다는 할머니가 등장하여 "어미야, 어미야, 어디 있냐!"고 외치면 그 소리가 일곱 산의 산울림으로 확성되던 것을 자식들의 소리로 "어어미미야야, 어어미미야야, 어어디디있있냐냐!"(4:94)로 외쳐 '어미'가 청각적 물질성이 되어 무대를 가득 채운다. 할미의 성난 외침과 그것을 산울림으로 확장한 "어미야!"라는 호명은 자식들의 회상 속에 있는 과거의 이미지가 아니라 '지금, 여기' 관객이 있는 시점에 어미를 소환하여 현존하도록 예비하는 것이다. 이로써 객석에서는 어미에 대한 궁금증과 기대감이 상승한다.

어미에 대한 호명으로 시작된 과거의 장면에서 할미와 간난이의 대화로 어미는 겨울 식량을 준비하기 위해 산속에 도토리 주우러 갔으며 아비는 전쟁에 참여하기 위해 집을 떠난 상태이며, 어미는 자식을 낳지 못해 아비가 간난이를 주워왔다는 정보들이 관객들에게 보고된다. 그리고 관객은 산속에는 도토리처럼 생명을 이어줄 수 있는 식량만 있는 것이 아니라 죽음도 함께 있음을 알게 된다. 그래서 할미가 산에 갔다는 어미를 그토록 성이 나서 찾고 있는 것이다.

과거에서 현재로의 순간이동은 간난이의 새를 쫓는 "훠이여, 훠여- 난리 났다!"가 전쟁의 이미지로 연결되며 현재의 '총소리'와 오버랩되고, 할미와 간난이가 무대 위 객석으로 회귀함으로써 이루어진다.(4:96) 극중에서 대부분 현재의 어떤 이미지나 효과가 과거로 플래시 백(Flash Back) 되는 효과로 사용되는 반면, 이 장면에서는 과거의 전쟁이미지로부터 현재의 총소리로 오버랩되도록 구성되어 있다. 이는 과거 한국전쟁의 상처가 현재 칠산리 주민들의 삶의 방식으로 여전히 생생하게 남아 있음을 강조하는 효과를 준다. 늙은 형사의 대사로도 명시된 바, "총이란 쏘지 않고서는 못 배기는 물건인데, 더구나 난리를 치렀던 곳에 사는 사람들의 함부로 총 쏘는 버릇은 고칠 수가 없습니다. 바로 여기가 그런 곳."(4:108)이라는 극적 현재의 상태가 전달된다.

현재에서 과거로 전환되는 지점에 활용되는 청각효과는 성장한 자식들이 회상해 내는 과거 칠산리 이장의 목발의 "삐거덕… 삐걱…"(4:129) 소리로도 나타난다. 토벌대가 빨치산을 소탕하면서 그에 관련된 사람들을 찾아다니는 와중에 그들의 자식이 어미의 집에 숨어 있다고 이장이 밀고하여 토벌대와 함께 등장했던 순간이다. 과거 마루 밑에 숨어 있던 자식들에게 그 소리는 자신들에 대한 혐오로 공포에 질리게 했던 위험천만한 순간의 기억을 환기한다. 빨갱이의 자식들이라 위험한 존재로 여겨져 배제당하는 일은 과거 한국전쟁 당시에만 해당하는 것이 아니라 현재까지도 지속되는 이들의 고통이다. 이들의 고통은 사회적 '똥' 즉 다른 이데올로기에 대한 혐오에 다름 아니다. 동족상잔의 상처는 빨갱이의 자식들에게만 해당하는 것이 아니라, 한반도 전체에 아직도 남아있는 '독'이며 깨끗이 청산해야만 할 사회적 오물인 것이다.

극적 현재로 돌아와 사남이 시골장터의 약장수로서 칠산리의 약초로 숙변을 제거하는 약을 제조하여 판다는 사실과 오래된

'똥'을 배설하면 건강해질 거라는 이야기를 하다가 다시 과거로 돌아간다. 그 똥은 현재와 과거를 연결하는 연상 이미지 역할을 한다. 칠산리 산속의 똥은 죽음과 연결되고 이는 한국전쟁의 상처와 직결된다. 똥은 산속에 숨어 있는 빨치산들의 흔적이고 결국 이들은 산속에서 죽음을 맞아서, "일곱 산골짜기마다 누군지도 알 수 없는 시체들이 가득"(4:102) 하므로, 칠산리 아낙들은 똥을 무서워하는 것이다. 이 장면에서 청각효과로 무대를 가득 채웠던 어미가 처음 직접 등장한다. 가을의 칠산리 산속에서 "검붉은" 조명 속에서 죽음을 무서워하는 칠산리 아낙네들과 함께 어미는 무겁고 "커다란 망태기"를 짊어지고 도토리를 줍는 모습으로 관객 앞에 현존한다. 그녀는 무섭더라도 참으며 "아직은 살아 있구, 살아 있으면 먹고 지낼 준비는 해둬야" 한다며 누구보다 도토리를 줍는 일에 열중하고 있다. 죽음에 대한 공포에도 불구하고 살아있는 순간에 충실한 어미의 모습이 무대에 생동감 있게 체현되기 시작하는 것이다. 이로써 어미는 '지금. 여기' 관객의 눈앞에 현존하게 된다.

이처럼 극적 현재에서 과거로, 과거에서 현재로의 순간이동은 청각효과와 이미지의 연상작용 등으로 전광석화처럼 이루어진다. 또한 등장인물들이 무대 위에 둥그렇게 둘러앉아 있다가, 각각의 시간대에 일어나 투입되어 연기를 하다 그 장면이 끝나면 다시 무대 위 관객으로 전환되고 거기에 조명의 전환이 순간적으로 이루어짐으로써 겹시공간 기법을 효과적으로 형상화하게 계획되어 있다. 현재와 과거의 겹침은 거울 속의 거울과 같이 사건이 과거부터 현재까지 반복될 뿐 아니라 미래까지 이어질 것임을 드러낸다. 이로써 시간은 영원성 속에 놓이게 된다.

겹시공간효과는 영원성과 다성성多聲性을 생산해낸다고 한 작가의 말[6)]은 이러한 맥락에서 나온 것이다. 여기서 다성성은 자식들이 내는 산울림효과와도 긴밀한 연관을 갖는다. 자식들은 과거에도 늘 산의 메아리를 닮아 같은 말을 상호양산하며 공유하고 확장시켰던 경험을 축적하고 있을 뿐 아니라 헤어져 살아온 동안에도 서신이나 전화 등의 매체를 이용하여 모든 소식을 전달하고 공유해 왔다고 보고한다. 극적 현재에 등장해서도 이들은 과거의 모습을 여전히 재생하고 있다.

장남 (마치 옛날 일이 눈앞에 보이는 것처럼) 그랬지, 막내와 우리는 똑같이 살고 싶다는 생각을 했어. 그래서 우리는 다함께 칠산리 마을을 향해 목이 터져라 외쳐댔었지. (두 손을 입에 모으고 외친다.) "우린 살고 싶어요!"

자식들 그러자 칠산리의 일곱 산이 따라 외쳤지. (손에 입을 모으고 메아리 흉내를 낸다) "우우린린 살살고고 싶싶어어요요!"(4:119)

차남 (창밖을 바라보며) 면장님이, 자전거를 타고 가는군. 그런데, 어디로, 가는 것일까?

자식들 그런데, 어디로, 가는 것일까?

차남 오, 그렇지! 총 쏘는 곳으로, 간다구 했어.

자식들 오, 그렇지! 총 쏘는 곳으로, 간다구 했어.(4:97)

과거와 현재를 역동적으로 가로지르는 자식들의 코로스 역할도 두 시공간의 겹침이 영원성으로 열리게 한다. 뿐만 아니라 자식들의 산울림 효과는 다양한 소리가 상호 공명하며 다성성으로 확장되게 한다. 또한 그 다성성은 감각적으로 무대를 수행성의

---

6) 이강백·이상란 대담, 박상준 채록 정리, 앞의 책, 183쪽.

공간으로 역동화하고 그 효과를 관객석으로까지 확장시킨다. 이는 어미가 죽어가면서 산속 생명의 먹거리를 나열하는 장면에서 극대화된다.

어미 봄이 되면 저 일곱 산에 먹을 게 많지. 쑥, 냉이, 원추리, 취나물, 칡뿌리, 고사리, 모두들 나를 따라 말해 보렴….

자식들 쑥, 냉이, 원추리, 취나물, 칡뿌리, 고사리.

어미 (목소리를 높이며) 칼나물, 잔대잎, 씀바귀, 산달래, 보재기 나물, 장대나물, 햇순과 어린잎은 다 먹을 수 있다!

자식들 (점점 높아지는 목소리로) 칼나물, 잔대잎, 씀바귀, 산달래, 보재기나물, 장대나물, 햇순과 어린잎은 다 먹을 수 있다!

(…중략…)

어미 가을엔 일곱 산에 먹을 게 더 많지! (한 마디씩 힘을 주며) 밤! 고염! 감! 배! 머루! 산오디! 도토리! 잣! 나, 무, 에, 열, 린, 건, 다, 먹, 는, 다!

자식들 밤! 고염! 감! 배! 머루! 산오디! 도토리! 잣! 나, 무, 에, 열, 린, 건, 다, 먹, 는, 다!(4:142-143)

마지막 남은 힘을 다해, 어미는 춥고 배고픈 겨울을 참고 견디면, 봄, 여름 그리고 가을에 산이 내어줄 생명의 먹거리를 하나하나 일러주고, 자식들은 그 말을 그대로 따라하며 그 희망을 전수받는다. (목소리를 높이며) (점점 높아지는 목소리로) (한 마디씩 힘을 주며) 등의 지문이 명시하듯 이 산울림은 어미와 자식들의 생명의 외침이 일곱 산으로 확장되는 효과를 점층적으로 수행한다. 죽음을 밀어내는 생명에 대한 희망은 산울림으로 공명되며 자식들에게 확신이 되고 어미와 자식 그리고 칠산리의 일곱 산이 일치를 이루고 그것은 마침내 객석까지 이르게 된다.

2. '텅 빈 허공'에서 일곱 개의 산으로

〈칠산리〉의 모성형상화는 이강백이 한국전쟁 당시 피난생활에서 경험한 어머니들의 따뜻함에서 출발한다. 자신의 아이뿐 아니라 이웃의 아이들까지 거두었던 어머니들이 있었기에 피난 시절 아이들이 살아남을 수 있었다는 것이다.[7] 〈칠산리〉 마을 아낙네들의 언급처럼 "내 자식 귀한 줄 아니깐 남의 자식 귀한 줄도 알아서 자꾸만 마음이 아이들에게 쏠(4:120)리는 것이 모성 확대의 출발점이다. 그러나 이 작품에 등장하는 아낙네들은 음식을 나누는 작은 나눔까지는 행할 수는 있지만 더 나아가기는 어려운 상황이다. 자신이 낳은 아이를 보호하는 것이 더 우선인 생물학적 모성애에 머물기 때문이다.

반면 이강백은 〈칠산리〉의 '어미'라는 인물을 평범한 마을 아낙네의 모성을 넘어서는 인물로 확대시킨다. 자신이 낳은 아이에 대한 사랑은 자신의 분신 즉 자신을 사랑하는 것에 다름 아니다. 이 본능적인 차원의 사랑은, 자신의 아이와 남의 아이를 동시에 지키기 어려운 위급한 상황에서는 이기적인 선택을 하게 마련이다. 이에 이강백은 더 큰 모성을 형상화해내기 위해 '어미'라는 인물의 생물학적 모성성을 지워 버리는 것으로 출발한다. '텅 빈 허공'으로 명시된 그녀의 불모성은 아카페적 사랑으로 승화되는 발판이 된다.

어미 뭐 빼놓은 것도 없어. 처음부터 내 뱃속엔 든 것이 없었으니깐….

---

7) 이강백 · 이상란 대담, 박상준 채록 정리, 앞의 책, 179쪽.

(웃으며) 든 것이 있었으면 낳았을 거야. 그게 뭐든지…. 하지만 내 뱃속은 텅 빈 허공이야. 어찌나 텅 비었는지, 칠산리 산 일곱을 다 집어넣어도 끄떡없을걸.(4:104)

뱃속이 텅 비어 있음으로 해서 그 공간은 역설적으로 산 일곱을 다 집어넣을 수 있는 곳으로 확대된다. 그 산은 "도토리나무"처럼 음식을 내어주는 생명의 근원이 있을 뿐 아니라 죽은 "시체"들도 품고 있다. 자타가 공인하는 텅 빈 허공으로서의 배, 불모의 자궁은 결핍 그 자체이지만, 그렇기 때문에 생명과 죽음 모두를 품을 수 있는 신성한 '우주산'으로 확대될 수 있는 가능성을 갖게 된다. 그러기에 "어서들 도토리나 주워. 해 저물고 어두워지면, 내 뱃속도 캄캄해져."(4:104)라며 어미는 칠산리의 일곱 산을 자신과 동일시한다. 어미의 자기언급으로 드러나는 일곱 산과의 동일시는 자식들의 노래라는 타인언급으로 다시 한 번 명시된다.

자식들 어머니 어머니 우리 어머니
오장육부 다 빠진 우리 어머니
어머니 뱃속은 하도 넓어서
칠산리 산 일곱이 그 속에 있고
올망졸망 자식들이 그 속에 있네.
해야, 해야, 지지 마라!
우리 어머니 뱃속이 캄캄해진다.
해야, 해야, 지지 마라!
칠산리 산속이 무서워진다.(4:104-105)

이렇듯 자식들은 자신들을 품고 있는 칠산리의 일곱 산을 어머니가 뱃속에 품고 있음을 묘사하고 있다. 이러한 이중의 포유는 어미와 일곱 산의 동일시 뿐 아니라 이미지의 확장을 유도한다. 그리고 그 안에 자식들이 어우러져 살고 있음이 그 이미지에 생명력을 불어 넣는다. 그리고 자식들은 어떻게 그 안에 어우러져 살게 되었는지 무대에 펼쳐 놓는다. 어미의 자식들은 한국전쟁 말기 남한군의 공격으로부터 피하기 위해 칠산리 산속으로 숨어든 빨치산의 자식들이다. 그들의 어머니들은 두려움에 집을 떠났고, 아버지인 빨치산들은 목숨을 건 항전을 위해 자식들을 버렸다. 그리하여 결국 아무런 죄 없는 아이들만 산속에 남겨진 것이다. 그 아이들을 거둔 것은 자식을 제 몸으로 낳아본 아낙네들이 아니라, "정말 어미가 되고 싶"은 어미였다. 그녀는 텅 빈 뱃속에 칠산리 흙으로라도 채워 넣고 열 달을 품고 품어 진정한 어미가 되고 싶은 열망을 지녔던 존재이다. 어미는 다음과 같은 퍼포먼스로 그 열망을 체현한다.

> **어미** 그래, 난 정말 어미가 되고 싶다! 자기 뱃속으로 자식을 낳아야만 어미가 되는 거라면, 그까짓 못할 것도 없지! (저고리를 훌훌 벗어서 땅바닥에 펼쳐 놓고, 손가락으로 흙을 파서 담는다.) (…중략…) (흙을 가늠하여 담은 저고리를 둘둘 말아 치마 속의 복부에 묶는다.) 하지만 아가야, 난 기쁘구나! …중략… 아가야, 뱃속의 아가야, 너를 낳는 날 난 칠산리가 떠나가게 소리 지를 테다! 보아라, 나도 어미가 됐다!(4:123)

이강백은 여성의 욕망의 근원을 지우고, 그러한 '텅 빈 공백' 자체에 집중한다. 위의 어미의 말과 행위는 흙을 생명으로 전환시키는 기독교의 창조주의 것과 유사하다. 그러나 창조주는 이성적으로 흙을 빚어 사람을 '만들고' 거기에 숨을 불어넣는 일회적인 행위를 하는데 반해, 어미는 피와 땀을 쏟으며 온몸으로 생명을 거듭거듭 '낳는다'. 흙을 기쁘게 열 달을 품고 품어 "칠산리 산 일곱이라도 뱃속에 넣고서, 해마다 하나씩, 어느 해엔 쌍둥이로 둘씩, 온몸에 더운 땀을 흘리며, 붉은 피를 쏟으며, 바락바락 악을 쓰며, 천지가 무너져라 발버둥치며 낳아서는, 가슴에 부둥켜안고 내 자식으로 키워"(4:125-6) 내고 싶어 한다. '땀', '피', '악을 씀', '발버둥', '부둥켜안음' 등은 어미의 몸의 수행을 강조하는 물질성과 행동묘사이다. 어미는 생명을 말로 만드는 것이 아니라, 온몸의 수행으로 인식하고 있다. 그녀는 출산으로만 끝내지 않고 양육까지 하려 한다. 어미의 출산은 권미란의 언급처럼 "골짜기를 가득 메운 시체더미의 핏빛 강에서 죽어간 생명을 구출하는 행위"[8]이기 때문에 더욱 심층적 의미를 지닌다. 마치 마고할미가 치마에 흙을 담아 내놓으니 산과 섬이 되는 것처럼,[9] 어미는 일곱 산의 생명과 죽음에 제 몸의 살과 피를 섞어 생명을 낳고자 한다. 이렇듯 어미의 자궁은 생물학적 차원에서 나아가, 역사적이고 신화적 몸으로 확대된다.

칠산리 일곱 산을 품어 아이로 탄생시키길 바라던 어미의 열망은 간난이의 중재로 산속에 버려진 빨치산의 아이들을 자신의 자식으로 받아들이는 것으로 실현된다. 이 작품에서 빛나는 절정은 바로 간난이가 데려온 아이들을 어미가 하나하나 품는 장면인데, 이는 축제처럼 형상화된다. 칠산리 산속 흙을 담았던 어미의 저고리를 장대에 달고 간난이가 아이들을 데리고 내려오는 장면이 다음의 지문으로 묘사된다.

---

8) 권미란, 「이강백 희곡 연구. 주체와 공간의 상관성을 중심으로」, 서강대 박사논문, 2015, 86쪽.

9) 한국민속대백과사전, https://folkency.nfm.go.kr/kr/topic/detail/5344.

(무대 조명, 아침햇살처럼 밝아진다. 산으로부터 자식들이 줄을 지어 내려온다. 행렬의 선두에 간난이가 어미의 저고리를 높이 매단 장대를 들고 있다. 그들의 동작은 춤으로 변화한다. 어미는 자식들을 맞이한다. 한 명씩 어미는 껴안는다.)(4:126)

"눈부시게 빛나는 아침"이라는 시간과 조도는 이 극 전체에서 가장 빛나는 순간을 마련한다. 거기에 마고할미의 치마와 같은 어미의 저고리를 매단 장대를 들고 간난이를 필두로 열두 명의 아이들이 춤추고 노래하며 어머니를 향해 행진한다. 아이들은 지금까지의 "어둠은 물러가고, 빛은 오"(4:126)는 사랑의 주체와의 합일을 꿈꾸며 그들은 하나하나 어미에게서 희망의 생명으로 다시 태어난다. 땀과 피를 흘리며 온몸으로 거듭 생명을 낳고 싶어 했던 어미는 간난이가 데려온 아이들을 하나하나 가슴에 품어 사랑으로 재탄생시키는 것이다.

"세상에서 제일 좋은"(4:126) 어머니에게서 간난이와 열두 명의 아이들은 사랑 속에 살아가게 된다. 이로부터 어미의 진정한 어머니 되기의 과정이 수행된다. 어미는 온갖 헌신으로 자식들을 키워낸다. 한국전쟁 중 빨치산의 자식들은 생계의 위협뿐 아니라, 언제든 표적이 될 수 있는 위험천만한 상황에 놓이게 된다. 남한군의 토벌대가 빨치산의 자식들이 숨어있다는 어미의 집에 와서 모두 수용소로 데려가겠다고 하자, 어미는 어차피 집에는 먹을 것이 없으니 그곳에서 자식들을 잘 먹이고 입힐 수만 있다면 자신도 같이 가겠다고 따라나선다. 이로써 어미는 자식에 대한 소유욕이 아니라, 잘 키울 수만 있다면 어떤 헌신도 가리지 않는 의지를 지니고 있음이 드러난다.

추운 겨울 먹을 것이 떨어져 가자 자신은 먹지 않고 자식들의 생명을 지켜준다. 작가는 한겨울이라는 기후 메타포를 활용하여 생명의 죽음을 은유한다. 그리고 그 죽음으로부터 자식들을 보호하려 자신의 생명까지 소진하는 어미의 희생을 팥죽 한 그릇이라는 오브제를 통해 그려낸다. 굶어 뼈만 앙상하게 남은 어미에게 이웃아낙들은 팥죽 한 그릇을 가져다주며 혼자 먹으라고 한다. 그러나 그녀는 먹고 싶다고 고백하면서도 자신은 먹지 않고 그 팥죽을 한 숟가락씩 아이들 입에 떠 넣어준다.(4:142) 이 한계상황에서는 먹는 행위 자체가 생명과 직결되므로, 팥죽을 한 숟가락씩 자식들의 입에 넣어 주는 것은 자신의 생명을 나누어 주는 의식에 다름 아니다.

그리고 그녀는 겨울을 지나 봄 여름 가을이 되면 일곱 산이 내어 줄 수많은 먹거리를 나열하며 아이들에게 죽음의 겨울을 인내할 희망을 가르친다. 이미 언급했듯 이는 어미가 겨울을 견뎌낼 힘을 아이들에 전수하는 과정이다. 어미는 자신의 생명을 나눠주면서 생명에의 희망을 점층적으로 자식들에게 확산시키고 그 에너지가 무대를 가득 채워 일곱 산에 가 닿기를 바란다. 이는 또한 일곱 산에게 어미의 역할을 위임하는 퍼포먼스에 다름 아니다.

어미 얼마나 먹을 게 많으냐! 이 겨울을 참고 견디면, 봄부터는 저 일곱 산이 너희들을 먹여 줄 거야! 울지 말구 가만히들 있어. 겨울 동안만이라도… 나는 너희들의… 어머니가 되고 싶었는데…. 하지만 봄부터는 저 일곱 산이 너희들의 어머니다. (…중략…) 가엾은 내 자식들아… 너희는 일곱 산을 어머니 삼아… 행복하여라.(4:142-143)

이렇듯 그녀는 살아서는 온 생명을 다해 아이들을 살려내고,

죽으면서 일곱 산에 어미의 역할을 위임한다. 그리고 죽은 후에는 칠산리에 묻혀 흙이 되어 일곱 산과 하나됨으로써 큰 어머니로 승화된다.

어미의 목숨을 내놓는 숭고한 사랑을 자식들은 순백의 눈으로 기억한다. 새하얀 눈은 세상의 빨강 파랑 노랑이라는 모든 구분과 차별을 지우고 무차별적으로 세상을 감싸 안는 어미의 사랑으로 은유된다. 이로써 전쟁의 상처와 그로 인한 배제의 작용 모두를 지우고 칠산리의 일곱 산이 순백으로 정화된다. 그리하여 하늘과 땅의 경계마저도 지우고 세상을 하나로 포근히 감싸게 된다.

자식들 어머니와 함께 보낸 그 해 겨울은
하얗게, 새하얗게, 눈이 내렸네.
빨강색을 지우고
파랑색을 지우고
노랑색을 지우고
이 세상의 모든 색을 지우고
하얗게, 새하얗게, 눈이 내렸네.

어미 고개를 들고 산을 바라보렴! 칠산리 일곱 산이 새하얗게 되니깐 보기 좋구나! 하얀 눈이 내리는 하늘을 고요하구, 하얗게 눈이 덮이는 땅은 아늑하구나!(4:140)

춥고 배고팠을 그 해 겨울을 자식들은 어미의 절대적 사랑을 체험했기 때문에 하얀 눈으로 포근히 감싸졌던 때로 기억해낸다. 그 경험은 한국전쟁 이래 현재까지 전쟁의 상처와 그로 인한 배제의 고통으로 점철된 그들의 삶을 지탱해온 원동력이었을 것이다. 극의 내화는 자식들의 기억 속에 회상되는 어머니를 현동화시키는 과정이다. 그것을 추체험하며 자식들은 어머니 사랑의 참의미를 깨달아가는 극 속의 관객인 셈이다. 그리하여 장남의 다음의 언급은 어머니를 체현한 전 과정 끝에 도달한 깨달음인 것이다.

장남 우리가 모두 어머니의 자식이듯이, 어머니가 계시는 곳은 세상 어디든지 그곳이 칠산리야. (…중략…) 우리가 어머니를 화장해서, 각자 나눠 갖고 동서남북으로 흩어지면, 그곳이 모두 칠산리가 되는 것이지.(4;146)

어머니 자체가 칠산리라면, 그녀가 있는 곳 모두가 칠산리라는 깨달음인 것이다. 이로써 자신들의 어머니는 작은 차원의 모성이 아니라 훼손되고 상처 받은 한반도 그 자체이며 그것은 다시금 우주와 연결되는 신성한 대모였음을 인식하게 된 것이다. 그리하여 자식들은 어머니가 무소부재의 존재이며 사랑 그 자체임을 성찰하게 된다.

이러한 깨달음은 자식들 이외에 극의 외화에 존재했던 무대위 관객 중 하나인 면장의 인식으로 확산된다. 면장은 극적 현재에서 칠산리 마을사람들을 대표하는 시각을 지니고 있다. 한국전쟁의 여파로 칠산리 사람들이라면 무조건 빨갱이로 인식하는 세상 사람들이나 자식들 모두로부터 거리를 취하고 있다. 그러면서 자식들이 마을사람들에 대한 세간의 부정적 인식을 키우고 칠산리 마을의 발전을 저해하는 요인이라는 마을사람들의 생각을 대변한다. 칠산리 마을사람들은 무대에 등장하지 않지만, 관객은 면장의 언급으로 마을의 여론을 간접적으로 알 수 있게 된다.[10] 그러나 면장은 극 내화에서 어미의 현존을 경험하는 동안 자식들에게 어미가 어떤 존재인지를 알게 된다. 그리하여 "당신들의 심정은 알겠습니다. 당신들을 위해서 굶어죽은 어머니, 그 어머니에 대한 애착이 대단하겠지요."(4:144)라는 이해에 도달한다. 그러나 어미 이장에 대한 입장은 변하지 않는다. 그러다 자식들이 어머니를 화장하여 나누어 갖고 칠산리를 떠나겠다고 하자, 협조자로 전환되는 것이다.

면장 그들의 어머니를 옮겨갈 수 있도록 도와 줄 생각입니다.(수화기를 내려놓고 잠시 하늘을 바라본다.) 눈이 점점 더 쏟아지는군. 어머니가 세상을 뒤덮듯이…. 세상이 온통 새하얗게 되는군.(4:147)

무대 위의 관객인 면장의 인식전환은 어미 사랑의 세계에 관객들을 깊이 관여시키는데 기여한다. 극 초반부터 자식들과 심리적으로 가깝게 있던 이상적 관객들은 점점 자식들의 깨달음의 과정에 동참하게 될 것이다.

이렇게 하여 자식들이 어미의 시신을 화장해서 동서남북으로 헤어져 극적 현재의 사건이 해결되는 결말에 눈의 이미지가 다

---

10) **면장** 지금 칠산리엔 양순한 주민들만 남아 있습니다. 그런데도 빨갱이 소굴이었다면서 칠산리 출신이라면 혼삿길이 막히고, 출셋길이 막히고, 살길마저 막힙니다. 실제로 취직을 하려고 해도 신원조회에 걸려 안 되거든요. 사실은 난리를 일으킨 건 칠산리 사람들이 아닌데, 온갖 피해는 그들이 당하고 있는 셈이죠. (…중략…) 칠산리 주민들은 그런 빨갱이의 자식들을 싫어합니다. 그들 때문에 피해만 입고 있기 때문이죠. 칠산리 골짜기엔 그들 어머니의 무덤이 있어서 찾아오곤 하는데, 주민들은 그들이 오는 것마저 꺼려해요. 그래서 다시는 오지 못하도록, 이번엔 자동차 길을 내는 기회에 그 무덤을 옮겨 달라는 것이 주민들의 의견입니다.(4:108-109)

시금 오버랩됨으로써 과거로부터 현재로 이어지는 이념의 갈등과 그로 인한 배제와 상처가 큰 어미의 사랑으로 포근히 감싸짐으로써 치유될 수 있음을 보여준다.

3. 신화적 모성으로 확대된 아니마, 연극의 이상

어미는 아무런 힘이 없어 보이는 작은 존재가 어떻게 우주를 가득 채우는 존재로 확대될 수 있는지 보여주는 대표적인 예이다. 〈칠산리〉에서는 동족상잔이라는 한계상황 속에서 이데올로기를 뛰어넘어 모든 존재를 품을 수 있는 가장 높은 단계로 승화된 아니마가 무대를 압도한다. 결국 모든 것을 구원하는 것은 자신의 목숨마저 희생하여 칠산리의 흙으로 돌아가는 모성애임을 극대화하여 보여준다. 그러기에 공산주의 이념을 위해 싸웠던 빨치산들도 결국 죽음 앞에서 찾은 것은 그들이 실현하고 싶었던 이데올로기가 아니라 '어머니'였음을 장남의 언급으로 다음과 같이 드러낸다.

> **장남** 결국 우리가 판단한 아버지들은 철저하게 사상 무장을 한 집단은 아니었어요. 오히려 아버지들의 체취에서 다분히 감상적인 이상주의자들의 냄새가 납니다. 이쪽의 모리배와 악질들이 판을 치는 현실에 거부감을 느끼고, 부자도 가난한 자도 없이 평등하게 살 수 있다는 저쪽의 이념에 현혹된 된 사람들이었습니다. 그러나 우리 아버지들이 토벌대에게 죽음을 당할 때에 최후로 외쳤던 말은 저쪽의 만세가 아니라 어머니였다고 합니다.(4:138) (밑줄 필자)

장남의 언급을 통해 이강백은 어떤 이념도 뛰어넘을 인간의 근원적 그리움으로 '모성'을 신화화하여 표현하고 있다. 이렇듯 훼손된 가이아가 상처받은 모든 존재들을 품어 안는 이미지로 이강백의 아니마는 확장된다.

이강백은 "어머니, 어둠, 산, 마을, 굶주림… 나는 이런 이미지들이 우리 한국인의 마음속에 불러일으키는 특별한 반응이 있다고 생각한다"(4:4)고 언급한다. 이는 작가가 〈칠산리〉의 어미를 통해 개인적 차원의 아니마를 넘어서 한국문화에 축적되어 있는 집단원형으로서의 신화적 모성과의 연결고리를 형상화하려 했음을 확인하게 한다. 엘리아데의 개념에서는 우주산이 샤먼의 존재론적 상승의 근거지가 된다면, 이강백의 〈칠산리〉에서는 대모大母가 그 스스로를 해체하여 일곱 산으로 녹아들어 모든 생명들을 무차별적 사랑으로 품는 존재로 승화된다. 전쟁으로 인해 갈라지고 찢기고 훼손된 큰어미는 제 생명을 희생하여 상처받고 배제 당해온 모든 존재들을 끌어안는 사랑 그 자체로 형상화된다.

이념갈등으로 찢겨진 상처가 아직도 아물지 않은 한반도의 역사를 치유하는 순정한 모성은 이강백의 연극적 이상과도 연결된다. 〈칠산리〉는 이강백이 독일 여행(1987,1988)에서 자극을 받아 쓴 것으로, 독일 연극에서 그려내고 있는 모성과 대비하면서, 한국연극의 지향은 '어미'와 같이 모든 상처받은 존재들을 품어 치유하는 것이어야 함을 다음과 같이 명시한다.

> "인간이 갖고 있는 파괴력을 경고하는 것이 독일연극이라면, 한국연극은 인간이 파괴당한 상처를 치유하는 역할이어야 한다는 것이 내가 얻은 소박한 결론이다."(4:4)

〈칠산리〉의 어미가 지나치게 이상화된 여성성을 형상화한다는 비판[11]이 있어왔다. 그러나 이강백 작품에서 절대 희생의 사랑은 여성인물에만 부여한 특성이 아니다. 아니마를 경유하여 이상화된 순수한 사랑의 결정체는 〈맨드라미꽃〉의 정민이라는 남성으로도 형상화된다.[12] 이렇듯 그가 이상화하는 사랑의 순수한 결정체에는 여성 남성이라는 이분법을 넘어서 목숨까지 내놓는 절대 희생의 숭고함이 전제되어 있다.

---

11) 정우숙, 「이강백 희곡에 나타난 모성이미지」, 『이화 어문논집』 14, 1996, 248쪽/ 박명진, 김민주, 「이강백 희곡에 나타난 '몸'의 재현 양상」, 『국제어문』 79, 2015, 496쪽.

12) 이는 제2부 1장 참조.

제4장

대극의 합일, '물속의 불타는 집': 〈즐거운 복희〉*

〈즐거운 복희〉의 중심인물 복희는 호수로 은유되면서 무대를 가득 채우는 물질성으로 형상화된다. 이미 분석한 〈봄날〉의 동녀는 무대에 만개한 신화의 나무로 〈칠산리〉의 어머니는 모든 생명을 감싸 안는 일곱 개의 산으로 거대한 이미지를 형성한다. 그 이미지들이 신화적인 상상력의 세계나 기억의 세계를 동원한 방식으로 무대를 포용하였다면, 〈즐거운 복희〉의 복희는 아주 구체적인 물질성으로 관객에게 다가오는 생생한 여성인물이라는 점이 주목할 만하다.

더구나 이 작품은 이강백이 오년간(2009-2014)의 공백기를 거치면서 일곱 번이나 수정하면서 갈고 닦아 내놓은 작품이라는 점은 주목할 만하다. 〈맨드라미꽃〉, 〈황색여관〉, 〈죽기살기〉라는 작품에 대해 관객들이 "왜, 이 작품을 썼어요?"[1]라고 반응하자 소통의 벽에 부딪친 작가가 작품을 발표하지 않고 침묵하는 동안에 이 작품을 제일 먼저 썼다는 것이다.[2] 그것도 숙고와 절차

---

* 제4장은 본인의 논문 「이강백 〈즐거운 복희〉에 나타난 '페르조나'와 '자기실현'과정」(『드라마연구』 51, 2017)을 이 책의 전체적인 개념에 맞게 수정·보완한 것임.

1) 이강백·이상란 대담, 박상준 채록 정리, 앞의 책, 381쪽.

2) 2014년에 세 개의 작품 〈챙!〉, 〈즐거운 복희〉, 〈날아다니는 돌〉을 공연한다. 공연순서는 〈챙!〉이 맨 처음이지만 창작한 순서는 〈즐거운 복희〉이 먼저이다.

탁마를 거치면서 마치 조각가가 작품을 완성하듯 이강백은 복희라는 인물을 비가시적으로 형상화하기 위해 각고의 노력을 했다고 한다.

이강백은 왜 비가시성에 그토록 집중을 한 것일까. 그가 평생 드러내고 싶었던 것이 '보이지 않는 세계'의 아름다움과 가치이기 때문이리라. 그는 복희라는 인물을 통해 보이지 않는 세계의 아름다움이 관객의 상상 속에서 다양한 이미지로 피어나길 바랐을 것이다. 그러나 작품 창작 초기의 제목이기도 했던 '하나를 둘러싼 여섯'의 방식, 즉 복희를 무대에 등장시키지 않고 다른 인물들의 언급으로 형상화하고 빈 여백은 관객의 머릿속에서 완성시키려던 계획은 이루어지지 않는다. 그런 방식으로는 복희의 존재감이 명확해지지 않자 막간극에 결국 그녀를 등장시키기에 이른다. 그리하여 복희는 호수라는 무대와 복희를 둘러싼 인물들의 언급 그리고 막간극에 실제로 등장하는 복희 자신을 통해 입체적이고 역동적인 인물로 형상화된다.

그렇게 하여 긴 침묵의 시기에 고치고 고쳐 완성시킨 복희가 남성인물이 아니라 여성인물이라는 점은 작가론적인 관점에서 의미심장하다. 이강백의 초기작에서 고독한 남성인물이 온 존재를 던져 진리를 향한 꿈을 실현하려 했다면, 60대 후반의 작가의 작품에 드디어 복희와 같은 여성인물이 무대 전체를 통해 빛을 발하는 존재로 부상한다. 작가는 의식적으로 복희를 전면에 내세웠다기보다는 보이지 않는 세계의 이미지를 그녀에게 부여하였던 것이다. 무의식에서 솟아오르는 물거품과 같은 여성성의 이미지는 이미 1991년에 창작하고 공연된 〈물거품〉에서 형상화

『이강백 희곡전집 8』, 17쪽.

되었다. 연못과 동일시되는 '그녀'라는 인물은 '그'를 자기로 이끄는 아니마로서 미학적으로 승화되어 무대화되었다.[3] 그로부터 13년 후 〈즐거운 복희〉에서 여성성은 남산 드라마센터의 무대를 가득 채우는 호수와 동일시되는 복희로 심화되고 확대된다는 점도 괄목할 만하다.

2014년 8월 26일부터 9월 21일까지 남산예술센터에서 이성렬 연출로 극단 백수광부에 의해 초연된 〈즐거운 복희〉에서 박이도라는 등장인물은 "인간은 이야기를 만들고 이야기는 인간을 만든다는 것입니다."[4]라고 극의 중요한 지점에서 발화한다. 그의 말대로 인간은 살아 있는 한 끊임없이 이야기를 만든다. 셰에라자드가 죽음을 밀어내기 위해 천 하루 동안 매일 밤 이야기를 하여 천일야화를 남긴 바와 같이, 이야기는 인간의 살아있음의 증표가 되기도 하다. 그렇게 발화된 이야기들은 그러나 그 스스로 생명력을 가지고 계속해서 증식해나가고 심지어 인간을 만들게 된다. 그러다 결국 인간은 만들어낸 이야기 속에 갇히게 될 경우가 많다. 〈즐거운 복희〉의 주인공 복희가 바로 그러한 예이다.

모든 인간은 세상과 타협하여 살아남기 위해 실제 자기와는 다른 다양한 모습과 이야기들로 구성된 '페르조나(Persona)'[5]를 쓰고 살아간다. 이강백은 『이강백 희곡전집 8』 서문에서 다음과 같이 언급한다.

---

3) 이는 제5장 1절에서 상세히 다루겠음.

4) 이강백, 〈즐거운 복희〉, 『이강백 희곡전집 8』, 평민사, 2015, 357쪽. 이후 〈즐거운 복희〉 작품 인용은 (8:쪽수)로 밝히겠음.

5) '페르조나(Persona)'는 융 분석심리학의 주요 개념 중 하나로 일반적으로 '페르소나'라고도 쓰이나, 융 저작번역위원회의 『융 기본 저작집』 번역에 '페르조나'로 통일하여 사용하고 있다. 이 글에서는 융 기본 저작집을 인용하고 있기 때문에 용어의 일관적 사용을 위하여 '페르조나'라고 명명한다.

> 인간이 모여 사는 곳에서 '나'라는 존재는 나 혼자 만든 것이 아니다. 부모를 비롯한 가족의 기대가 만든 존재이기도 하고, 학교라든가 회사 등 사회적 요구에 의해 만든 존재이기도 하고, 국가의 정책이 만든 존재이기도 하다. 그렇게 만들어진 내가 '나' 자신과 갈등이 크지 않다면 즐겁고 행복할 수 있다. 하지만 갈등이 너무 크면 '나'는 괴롭고 슬픈 불행한 삶을 살게 된다.[6]

이렇게 이강백은 자아를 구성하고 있는 요소 중에 페르조나의 차원을 명백히 밝히고 이를 복희의 인물형상화에서 의식적으로 구현하고 있다. 〈즐거운 복희〉에서는 복희가 외부로부터 요구되는 페르조나들을 받아들이며 자아를 형성해가지만, 외부로부터의 요구가 압도적이 되고 그 안에 갇히게 되자, 결국 그 모든 것으로부터 벗어나 진정한 자기에 도달하려는 지난한 과정을 거치게 된다. 한 인간이 사회적인 요구와 시선에 대면하여 한편으로는 그와 타협하여 살아남으면서 동시에 그와 동일시하지 않고 자신의 내면의 소리에 귀 기울이며 '자기(Selbst)'를 찾아가는 과정을 칼 융은 '자기실현(Selbstverwirklichung)'이라 명명하며 그것이 삶의 목표라고 언급한다.[7] 그만큼 인간에게 자기실현이 중요하다는 것이다. 따라서 이 논문에서는 융학파의 분석심리학을 응용하여 복희라는 인간을 둘러싼 페르조나의 형성과 기능을 분석하고, 자신의 페르조나를 직시하고 그에 저항하여 '자기'에 도달하려는 복희라는 인물의 역동성에 초점을 맞춰 분석하려 한다.

융은 페르조나에 대해서 다음과 같이 언급하였다.

---

6) 이강백, 『이강백 희곡전집 8』, 평민사, 2015, 17쪽.

7) 칼 구스타프 융, 융 저작 번역위원회 역, 『인격과 전이. 융 기본 저작집 3』, 솔, 2003, 75쪽.

페르조나는 개별적 의식과 사회 사이의 하나의 복잡한 관계 체계이며, 일종의 가면이라고 하는 것이 적절할 것이다. 그것은 한편으로는 다른 사람에게 어떤 특정한 인상을 주기 위해 궁리된 것이며, 다른 한편으로는 개인의 참된 본성을 가리기 위해 궁리된 것이다. 참된 본성을 가지는 것이 불필요하다는 주장을 하는 사람은 페르조나와 동일시하여 자기 자신을 알지 못하는 사람뿐이다. 다른 사람에게 인상을 주는 것이 불필요하다고 하는 사람은 자기 이웃의 참된 본성을 의식하지 못하는 사람뿐이다. 사회는 각자 개인에게 주어진 일정한 역할을 가능한 한 완벽하게 해낼 것을 기대한다.[8)]

위의 언급처럼 인간은 살아가기 위해 사회에서 요구하는 다양한 틀을 수용하면서 거기에 어울리는 가면을 쓰게 되는데, 이를 융은 그리스 비극의 페르조나라는 용어를 사용하여 설명하였다. 그리스 비극의 배우들이 일인다역을 소화해내기 위해 한 배우당 다수의 가면을 번갈아 사용하면서 연극을 하였듯이, 인간들은 사회 속에 살아가기 위해 여러 페르조나를 활용할 수밖에 없다는 것이다. 개인들은 그것을 사회화과정에서 습득해야 사회와 타협을 하면서 타인들과 관계를 맺고 살아갈 수 있게 된다. 그러기에 융도 일정 정도의 페르조나는 사회 속에서 살아가기 위해 필요하다고 인정한다. 그러나 그는 인간이 자기 자신을 페르조나와 동일시하거나 아예 페르조나 없이 살아가려는 두 양극단을 문제시한다. 페르조나와 자신을 동일시할 경우에는 무의식의 보복이 뒤따른다. 무의식은 의식과 보상관계에 있으며 늘 균형을 유지하려는 경향이 있는데, 의식이 페르조나에 지나치게 치우치게 되면, 균형을 이루기 위해 무의식은 페르조나에 균열을 일으

---

8) 칼 구스타프 융, 앞의 책, 100쪽.

키는 것이다. 예컨대 지나치게 경건한 페르조나와 동일시하는 인간은 내면적으로는 분위기에 쉽사리 좌우되는 짜증 많은 어린 아이 같은 상황일 때가 많다고 한다. 반면 페르조나를 무시하고 살아가는 인간은 사회로부터 배척을 당하기 때문에 문제가 된다고 한다. 왜냐하면 사회는 개인에게 각각의 역할을 수행해낼 것을 요구하기 때문이다.[9] 그러므로 분석심리학에서는 인간이 한 편으론 페르조나를 활용하여 사회와의 타협점을 찾고, 다른 한 편으로는 그로부터 거리를 취하면서 '자기'에 도달해야 한다고 보는 것이다.

이러한 융의 페르조나에 대한 인식에 대해 최근 연구자 디슬러(Werner A. Disler)는, 그렇기 때문에 융의 심리학이 출발점부터 사회비판적인 시각을 내포하고 있음을 강조한다.

> 그림자와 페르조나라는 개념은 예컨대 개인의 심리적 구조가 어린 아이의 아직 인정되지 않는 잠재성 상태에서부터 이미 사회적으로 변형되고 파편화되고 억눌린 존재로 발전해야함을 명시한다. 그리하여 인간은 사회적 공공성 안에 심지어 가정 내에서조차 가면을 써야함을 배워야만 한다. 사회적 공공성은 가면 없는 인간을 참지 못하고 가면 없는 어떤 그림자도 참지 못한다. (…중략…) 따라서 그림자의 투사는 자신의 것인데 알지 못하는 주변의 얼굴로 변화한다. 사회심리학자 사이에서 융의 이론은 그 당대뿐 아니라 바로 지금 여기 우리에게 적합한 것으로 인정된다.[10]

9) 융, 위의 책, 101쪽 참조.

10) Werner A. Disler, *C.G. Jungs Kritische Theorie. Die bisher unreflektierte implizite Gesellschaftskritik im Werk C.G. Jungs*, Berlin: Pro Business(IKTS, Zürich), 2015, p.12.

한 인간의 심리구조가 이미 어린 아이 때부터 사회로부터 막강한 영향을 받으며 변형되고 파편화되어 형성된다는 점이 〈즐거운 복희〉의 복희라는 인물에서 잘 나타나고 있다. 이 작품은 이제 막 성인이 되려는 한 여성이 사회로부터 방패 역할을 해주던 아버지를 갑자기 잃음으로써 막강한 외부의 영향력 아래 놓이게 되는 것으로 출발한다. 그리고 그들의 시선과 요구에 대면하면서 타협하고 고통스러워하다 결국 자기 자신을 발견해 나가는 과정이 형상화되고 있다.

분석심리학자 칼 융은 '자기실현(Selbstverwirklichung)'을 다음과 같이 설명한다.

> 개성을 우리의 가장 내적이며 궁극적인 비길 데 없는 유일한 것으로 이해하는 한, 개성화란 본래의 자기(selbst)가 되는 것이다. 그러므로 우리는 개성화를 '자기화'나 '자기실현'이라고 번역할 수 있을 것이다.[11]

융은 '자아'와 '자기'를 구분한다. 인간의 정신은 의식과 무의식으로 이루어져 있는데, 사람들이 의식세계에서 '나'라고 인식하는 것을 '자아'라고 하고, 의식세계 밑의 무의식의 핵심에는 의식과 무의식을 통합하는 전체정신으로서 '자기'가 존재한다고 한다. 무의식을 의식화하여 의식과 무의식을 통합하면 그것이 자기가 되는데 그러한 진정한 자기가 되는 과정을 융은 '개성화(Individuation)' 혹은 '자기실현(Selbstverwirk- lichung)'이라 일컫는다. 그리고 그것이 인간의 삶의 가장 중요한 목표로 간주한다. 이

---

11) 칼 구스타브 융, 『인격과 전이. 융 기본 저작집 3』, 75쪽.

부영은 "인식이란 지적인 인식일 뿐 아니라 감정적인 통찰이라는 점에서 의식화는 우리말의 '깨달음'에 가까운 뜻"[12]이라고 해석한다.

이 장에서는 분석심리학의 '페르조나'와 '자기실현'의 개념을 활용하여 복희라는 인물의 다층성과 역동성을 천착해내고자 한다.[13]

1. 복희를 향한 시선들

애초 이 작품을 쓸 때 작가의 계획대로 라면, 복희라는 주인공은 주변 인물들의 간접묘사로 형상화되고 나머지는 관객의 상상력에 의해 채워지는 신비롭고 불확정성이 큰 인물이 되었을 것이다. 그러나 이강백은 작품을 써갈수록 그것이 어려워 결국은 막과 막 사이에 복희가 등장하는 모노드라마 형식에 막간극을 삽입함으로써 그녀 스스로 자신을 드러내게 한다. 그리하여 복희의 현존과 그를 둘러싼 묘사 사이의 갈등과 균열이 관객에게 제시되어 관객의 머릿속에서 변증법적 합일을 이루도록 인물형상화가 입체화된다. 이렇게 〈즐거운 복희〉에서는 복희 주변의 다양한 시선들과 복희 자신의 내면의 갈등이 극 전체의 구조를 형성하게 된다. 1장에서는 복희를 향한 다층적 시선을 드러내는 등

---

12) 이부영, 『자기와 자기실현』, 한길사, 2003(2002), 96쪽.

13) 연구대상은 『이강백 희곡전집 8』에 실린 희곡 〈즐거운 복희〉와 남산예술센터에서 2014년 8월 26일부터 9월 21일까지 공연된 초연이다. 보조 자료로는 9월 3일에 녹화된 공연 영상자료를 활용하려 한다.

장인물들과 그 작용을 분석하여 복희의 페르조나 형성과정을 밝히고 그것이 내면의 중심에서 울려나오는 소리와 어떻게 길항작용을 일으키는지 분석하고자 한다.

1.1. 페르조나에 갇힌 인물들의 복희를 향한 시선

전체 5막과 에필로그는 펜션 타운에 사는 복희 이외의 인물들이 등장하여 다양한 시선으로 복희에 대해 묘사하는 것으로 형성되어 있다. 복희는 이 부분에는 등장하지 않고 다른 등장인물의 언급에 의해 형상화되는 인물로 존재한다. 피스터가 언급한 바와 같이 한 인물이 다른 인물의 언급에 의해 형상화될 때에는 발화하는 인물의 주관적 관점에 의해 굴절되어 나타난다는 특징을 지닌다.[14] 예컨대 복희와 나팔수 재섭의 사랑에 대해서 박이도와 화가의 입장이 상반되는 것처럼 말이다. 즉 화가는 "분명한 건 따님(복희)이 나팔수를 죽기 전에도 사랑했으며, 죽은 후에도 사랑하고 있다"고 묘사하는 반면, 박이도는 복희가 "누구를 더 사랑하거나 누구를 덜 사랑하지 않"(8:341)는데 "바보 같은 나팔수가 자기만 더 사랑한다고 착각한 거"라고 주장한다.(8:341) 이렇게 복희라는 인물은 전체 5막과 에필로그에서는 비가시적 인물로서 다양한 시선에 의해 각각의 프리즘으로 굴절되어 묘사됨으로써 중층적으로 형상화된다. 이 부분에서는 복희는 무대 뒤에서의 청각효과나 담장너머보기기법 등을 통해 간접적으로 드러난다. 예컨대, 1막에서는 장군의 임종 시에 장군의 침실로 상정되는 무대 뒤에서 들려오는 울음소리로 그녀의 존재가 부각되

14) Manfred Pfister, *Das Drama*, München: W.Fink, 1982, p.252.

고, 2막에서는 장군묘소에 참배하는 모습이 담장너머보기 기법으로 형상화된다.

(트럼펫 소리가 들려온다. 화가, 손목시계를 본다.)

화가 언제나 정확하군. 아침 9시, 군악병이었던 남자가 나팔을 불어. 이제 따님이 언덕 위의 장군 묘소에 가는 시간이니, 모두 나오라는 신호야.
(…중략…)
조영욱 저기 지나가요!
화가 오늘도 검정 상복을 입었군.
조영욱 매일 검정 옷이죠.
화가 하얀 꽃다발을 들었어.
(…중략…)
조영욱 이젠 지나갔어요.(8:314)

나팔수의 장중한 나팔소리가 청각효과로 들려오는데, 조영욱과 화가가 무대 뒤를 바라보며 장군의 묘소를 향해가는 복희의 모습을 묘사함으로써, 복희는 관객에게 보이지 않지만 다른 두 인물의 발화를 통해 관객에게 보고된다. 이렇게 다른 인물들을 통한 묘사나 무대 뒤의 청각효과 또는 담장너머보기기법을 통해 형상화되는 부분에서 관객들은 복희라는 비가시적 인물을 각자의 상상력으로 머릿속에서 완성시키게 된다.

이 작품에서는 복희를 제외한 모든 등장인물들이 복희를 묘사하기 위해 설정된 인물들이라 해도 과언이 아니다. 호숫가 펜션타운에 모여 있는 등장인물들은 이 마을에 오기 전의 사회적 기능을 극 전체에서 일관되게 수행한다. 김봉민은 레스토랑을 경영하던 사람으로 이 마을에서도 펜션을 어떻게 경영해야 이율을 창출할 수 있는지 골몰한다. 그가 가지고 있는 박하사탕은 극이 진행되면서 남진구, 박이도, 화가 등에게 전달되면서 달콤한 위무제로 활용된다. 그는 펜션 타운을 대규모 레저타운으로 확장시켜 나아가기 위한 경영전략을 실현해가면서 박하사탕이란 오브제를 위기 상황마다 등장인물에게 넘겨주어 그의 전략에 동참하도록 유도한다. 그렇게 하여 박하사탕은 자본의 달콤한 유혹이라는 의미로 작용한다. 남진구는 전직 수학교사로서 경영의 결과를 통계화하면서 김봉민의 경영을 보좌하는 잡다한 일을 담당한다. 박이도는 자서전 대필가로서 이제는 자신의 자서전을 쓰려하지만 결국은 복희의 자서전 대필가로서 역할을 하게 된다. 스스로를 백작이라 일컫는 인물은 복희의 생성되는 이야기를 관객 앞에서 구술하는 연기자로서 역할을 한다. 화가는 호수를 그리다 결국 복희를 그리게 된다.

이렇게 그들은 복희를 펜션 경영에 이용하기 위해 이야기를 만들어 내거나 그 이야기를 연기하거나 이야기를 이미지화함으로써 복희라는 인물을 외부에서 묘사하는 역할을 수행한다. 그러면서 동시에 각자 이익을 보려는 세속적인 욕망을 그들 스스로 재현한다. 복희의 아버지인 장군과 오랜 친분을 가지고 있는 화가는 비교적 복희의 입장을 옹호하는 듯하고 김봉민의 선동에 늦게 반응하지만, 결국 이익을 위해서는 다른 등장인물의 결정에 합류하게 된다. 이들은 이렇게 기능의 편차와 입장의 차이는 있으나 모두 자기 자신의 내면에 대해서는 시선을 거둔 채 복희만을 바라보며 그녀를 묘사한다.

그들은 자신을 페르조나와 동일시하면서 그에 대한 성찰이 결여되어 있는 인물들이다. 이들은 스스로 페르조나에 갇혀 있을 뿐 아니라, 초미의 관심인 복희에게도 자신들의 이익을 위해 '슬픈 복희'로 살아갈 것을 강요한다. 처음에는 아버지를 잃은 슬픔을 지속할 것을 강요한다. 그러다 복희가 애인인 나팔수와 마을을 떠나려하자 가로수를 쓰러뜨리면서까지 길을 막아 떠나지 못하게 한다. 육로가 차단되자 복희와 재섭은 배를 타고 마을을 탈출하려다 배가 침몰하여 재섭이 익사하게 된다. 복희의 비탄과 간곡한 부탁에도 불구하고 마을 사람들은 복희를 마을에 잡아두기 위해 한편으로는 나팔수의 시체를 건져내지 않고, 다른 한편으론 비련의 이야기까지 날조해내면서 관광객들을 유치해 이익을 보려 한다. 날조된 이야기 속에서 복희는 이중삼중으로 '슬픈 복희'의 심화된 이미지로 굳혀진다.

김봉민 무척 아름답고 감동적인 이야기죠. 물론 이야기란 사실과는 좀 달라요. 따님과 나팔수가 탔던 배는 돛이 세 개나 달린 요트이며, 폭풍우가 몰아치던 밤, 파도에 휩쓸려 침몰하였고, 칠흑 같은 어둠 속에서 나팔수는 온힘을 다해 사랑하는 장군의 따님을 구하고 죽었다…. 그런데 그것만이 아닙니다. 나팔수가 죽은 다음부터, 호수를 향해 귀를 기울이면, 깊은 물속에서 나팔 소리가 들린다고 합니다. 죽어서도 따님을 못 잊는 나팔수가 호수 속에서 온종일 나팔을 부는 것이지요.

(…중략…)

김봉민 각자 한 마디씩 했던 말이 모여 이야기가 됐으니까요. 호수속에서 나팔 소리가 들린다는 건 따님의 말입니다. 돛이 세 개나 달린 요트는 백작의 말이구요, 화가 선생은 따님과 나팔수가 서로 사랑한다고 말했어요. 폭풍우 몰아치는 밤은….

남진구 그건 내가 했던 말입니다. 읍내 가는 길목의 나무들을 쓰러뜨렸는데 폭풍우가 그랬다고 둘러댔거든요.(8:343-344)

이렇게 복희의 이야기는 그녀를 둘러싼 사람들에 의해 사실이 왜곡되거나 미화되어 형성되어간다. 복희는 처음에는 아버지를 잃은 슬픔을 지닌 처녀에서 시일이 지나도 슬픔을 연기하는 퍼포먼스를 지속해야하는 존재이다가 점점 더 비극적인 이야기가 첨가되어 '슬픈' 복희로 고착되어가고 마을을 떠나고 싶어 함에도 불구하고 갇혀 있어야 하는 존재로 변화해간다. 이 과정은 인간을 둘러싸고 있는 사회적 환경이 그 사회의 이익을 위해 각각의 개인에게 다양한 규범과 틀을 요구하며 개인들을 주조하게 되고, 개인은 자신이 속한 사회 안에 살아가기 위해 사회적 규범과 틀을 내면화하게 됨을 보여준다. 복희를 바라보는 시선을 지닌 인물들은 복희 외부의 존재이면서, 그것이 복희의 내면에 반복되어 영향을 미치고 복희 스스로도 그것을 받아들여 내면화하기에 이른다. 이강백이 '나'라는 존재가 나 혼자 만든 것이 아니라 부모 학교 회사 등의 사회적 요구에 의해 만들어졌다는 인식[15]을 다양한 등장인물들의 시선으로 구체화한 것이다. 이들은 독자적인 등장인물이면서, 동시에 복희의 내면세계를 구성하고 있는 페르조나들이자 그림자인 것이다.

1.2. 보이지 않는 것을 '보는 자', 조영욱/ 보이지 않고 '들리는 나팔수', 재섭

무대 위에 등장하는 인물들이 모두 자기 자신의 내부를 향한 시선을 지니지 못한 채, 복희를 향한 시선만을 지니고 있다는 점은 이미 언급한 바이다. 시선이 복희에게 집중되어 있는 인물이

---

15) 이강백, 『이강백 희곡전집 8』, 17쪽.

라는 점에서 조영욱도 예외는 아니다. 그러나 그는 다른 인물들과는 다르게 그 자신과 복희의 페르조나만을 바라보는 것이 아니라, 좀 더 본질적인 질문을 지닌 인물로서 등장한다.

복희를 바라보는 인물들은 대부분 그들이 전에 종사했던 직업이나 사회적 위치로 타인에 의해 그리고 그 스스로에 의해 규정된다. 식당경영자, 수학교사, 자서전 대필가, 화가 등. 심지어 백작의 경우는 고종황제가 증조할아버지에게 내린 작위를 지금까지 자신의 동질성으로 받아들이며 가문에서 내려오는 페르조나에 고착되어 살아간다. 이들에 비해 조영욱은 그 모든 사회적 기능을 거부한 채 자신을 '건달'이라 규정한다.

박이도 자넨 상상력이 풍부하군, 혹시 소설가인가?
조영욱 아뇨.
박이도 시인?
조영욱 아뇨.
박이도 그럼 뭐지?
조영욱 난 그냥 건달이에요.(8:305)

박이도는 인간을 사회 속에서 어떤 기능을 수행하는 자인가로 규정한다. 그는 상상력이 풍부한 인간은 그에 어울리는 직업을 지니고 있어야 한다는 전제를 지니고 있다. 그러기에 상상력을 활용한 직업인 소설가나 시인을 나열하다 조영욱이 모두 부정하자, 그러면 당신은 '무엇'이냐고 묻는다. 인간 자체에 대한 관심은 없고, 단지 사회 속의 기능 즉 '무엇'인가에 대한 질문만을 지니고 그것으로 인간을 규정하려는 시각이다. 이는 박이도뿐 아니라, 1.1항에서 다룬 인물들 모두의 공통된 시각이다.

이에 반해 조영욱은 사회가 요구하는 기능을 거부한 채 스스로를 '건달'이라 규정한다. 이는 자신과 페르조나를 동일시하지 않으려는 시도이다. 그리고 무대 위에서 광대처럼 랩을 하거나 춤을 추는 등 자유로운 모습으로 등장한다. 그는 자신을 페르조나로부터 떼어 놓고 바라볼 수 있을 뿐 아니라, 자신을 둘러싼 극적 환경에 대해서도 있는 그대로 바라볼 수 있는 사람이다. 그는 극의 중요한 지점에서 어느 누구도 보지 못하는 광경들을 엉뚱하게 발설하는데 극이 진행되면서 그것이 현실화되어 '예지력'을 지닌 인물임이 증명된다. 그는 어수룩한 건달이나 어릿광대의 모습으로 무대 위에 등장하지만 순간순간 진실을 '보는 자'(혹은 미리 인식하는 자)임이 반복해서 입증된다.

그가 맨 처음 무대 위에 등장하여 "내가 봤어요!"(8:304)라는 대사를 랩의 어조로 발설한다. 그는 장군의 임종에 임박하여 모여든 사람들 틈으로 뛰어 들어와 자신은 이미 '임종'을 보았다는 것이다. 그것도 아침 임종, 낮 임종, 저녁 임종, 밤 임종 등 네 번이나 보았다고 주장한다. 어눌한 어조로 게다가 놀이를 하듯 랩으로 이야기하지만 그의 말 속에는 진실이 담겨 있다. "가만히 서서 호수를 바라보았죠. 호수는 커다란 거울 같아요. 바라보면 바라볼수록 흐릿했던 것이 또렷하게 보이거든요."(8:304)라고 그는 말한다. 어떤 사회적 틀로 재단하지 않고 대상 자체를 바라볼 수 있는 힘을 지닌 자가 바로 조영욱이기 때문이다. 그러기에 장군의 임종 전에 그것을 미리 바라보는 자가 될 수 있는 것이다.

2막에서는 백작이 호수에서 보트를 발견하여 가져와 그것을 세척하여 단장하라고 하자 조영욱은 거절한다. 그리고 "배안에" "젊은 남자의 시체"(8:318)가 있는 것을 보았다고 말한다. 처음에는 이 역시 그의 상상력이 자아낸 환시처럼 여겨지지만, 3막에

가면 복희호와 함께 재섭이 침몰함으로써 조영욱의 예지였음이 확인된다.

심지어 그는 소리조차도 '보는 자'이다. 재섭이 호수에서 익사한 후에 호수에서 나팔소리가 들려온다는 복희의 이야기를 김봉민은 확대 재생산한다. 이 과정에서 김봉민은 다른 등장인물들에게 "나팔소리가 들리"냐고 확인한다. 그러나 다른 등장인물들이 처음에는 들리지 않는다고 하다 차츰 들려야한다는 자기 확신을 가져야 함을 김봉민이 주지시키자, 다른 인물들은 거짓으로 들린다고 한다. 그러나 조영욱은 실제로 들린다고 답한다. 그러나 소리로서가 아니라 호수 위에 이는 크고 작은 파문들로 그 '소리를 본다'는 것이다.

나아가 조영욱이 보이지 않는 것을 '보는 자'임은 이 극의 핵심 이미지인 '물속의 불타는 집'을 호수에서 보았다고 이미 2막에서 말함으로써 그 절정을 이룬다. 이는 복희가 네 번째 막간극에서 자신의 펜션에 불을 지름으로써 실현된다. 이렇게 조영욱은 작가가 '가면을 쓴 진실'[16]의 역할을 부여한 어릿광대이다. 겉으로는 어수룩한 건달처럼 행동하고 그의 말은 앞뒤가 맞지 않은 부조리한 것 같지만, 누구도 보지 못하는 진실을 미리 '인식하는 자'인 것이다. 그는 복희의 내면세계를 상징하고 있는 호수를 가장 명징하게 바라보는 자이면서 동시에 그 스스로 거울처럼 그것을 관객에게 되비추어주는 역할을 한다.

그러한 조영욱은 복희를 사랑한다. 다른 등장인물들이 복희에게 '슬픈 복희'라는 페르조나를 씌움으로써 자신들의 이익을 추

---

16) Michel Foucault, *Die Ordnung des Diskurses*, Übersetz. v. Walter Seitter, Frankfurt a. M.: Fischer, 1991, p.12.

구할 때, 그는 복희를 있는 그대로 바라보고 사랑한다. 심지어 자신이 아닌 재섭을 사랑하는 복희를 슬프지만 있는 그대로 받아들인다. 다른 이들이 펜션 고객 유치를 위해 장군의 묘소를 현충원이 아니라 펜션 타운에 만들어야한다고 주장할 때, 그는 유일하게 "따님에게 먼저 물어봐"야 한다고 주장한다.(8:310)

그의 등퇴장도 예사롭지가 않다. 펜션의 현관으로 드나드는 것이 아니라 "테라스에서 실내"로 갑작스레 뛰어들거나 테라스로 나가는 경우가 많다. 공연에서 인물들의 그룹짓기를 보면 김봉민을 중심으로 한 다른 등장인물들이 둥그렇게 모여서 복희를 펜션 운영에 이용하려는 궁리를 하는 동안에 그는 종종 테라스나 호숫가를 형상화는 무대 가장자리의 계단 위에 앉거나 서서 거리를 가지고 멍하니 바라보고 있는 것으로 차별화된다. 다른 등장인물들이 김봉민이 제공하는 박하사탕에 길들여져 가는 반면, 그는 재섭을 구하지 못한 자신을 자책하며 절망에 빠져 있는 순간에도 받았던 사탕을 결국 토해내고 만다.

그는 복희가 자신의 펜션에 불을 지르고 죽으려는 사실을 미리 볼 뿐 아니라, 실제 그 일이 일어나는 5막에서는 심리적 차원에서 복희에게 동일시하는 수준을 넘어서 일치된 감각을 지닐 정도이다.

조영욱 내 몸이 불처럼 뜨거워요.

화가 자넨 돌아가서 잠이나 푹 자게.

조영욱 쿵쾅쿵쾅, 심장은 터질 것 같고…. 그런데 여기 오다가…. 호수를 봤어요…. 호수 속에 불타는 집이 있어요.

화가 예전에도 봤었잖나?

조영욱 네…. 지금 또 봤어요. 따님이 불타는 집 안에 있어서…. 어서 밖으로 나오라고 소리쳤지만…. 따님은 나오지 않아요.

(조영욱, 털썩 주저앉는다.)

(멀지 않은 곳에서 외치는 소리가 들려온다.)

사람들 불이야! 불!

화가 이게 무슨 소리지…?

사람들 장군의 펜션에 불났다! 불이야! 불!(8:359-360)

조영욱은 불타는 펜션 속의 복희가 느낄 그 뜨거움을 그대로 자신도 느끼면서 마음의 눈으로 보이는 현실 속에서 복희를 불러내려는 노력을 동시에 한다. 이는 그가 사실은 복희의 분신이나 다름없는 존재임을 명시하는 부분이다. 조영욱이 복희에게 불타는 집에서 나오라고 외치듯이, 네 번째 막간극에서 복희를 바라보는 또 하나의 복희가 "복희야, 아직도 늦지 않았어! 펜션이 불타기 전에, 닫힌 문을 열고 나가!"(8:351)라고 촉구한다. 이 두 외침의 일치는 우연이 아니다. 그는 복희 밖에서 복희와 복희의 내면세계를 상징하는 호수를 정밀히 바라보며 자극하는 존재이고, 복희 내면의 중심에서 울려나오는 소리를 복희의 의식세계와 연결시켜주는 아니무스이기 때문이다. 동시에 그는 복희의 바깥에서 복희의 의식과 무의식을 통찰하는 시선으로서 관객에게 복희의 내면세계를 거울처럼 비추어주는 존재로 작용한다. 따라서 조영욱은 작가가 설정한 내포작가이면서 동시에 관객이 공유하도록 계획된 시선에 다름 아니다. 관객들은 어릿광대처럼 등장하는 조영욱을 처음에는 웃으며 바라보다가 주변의 이야기에 휘둘리지 않고 본질을 보려는 그의 시도들이 반복되면서 점점 그의 시선에 동화되기에 이른다.

그리고 다른 등장인물들이 복희의 관(복희의 주검이 담기지 않을 가능성이 농후한)을 들고 장례행렬을 따라 무대를 퇴장하고도, 조영욱은 최후까지 복희의 초상화를 들고 수직 조명을 받으며 무대에 남아 관객에게 강한 인상을 남긴다. 이로써 계속될 앞으로의 이야기의 날조 및 그에 따른 페르조나의 강화에 문제를 제기하는 존재로서 복희의 내면세계와 관객을 잇는 역할을 담당하게 되는 것이다.

조영욱과 대척점에 있는 복희의 또 하나의 아니무스는 나팔수 재섭이다. 조영욱이 복희 외부에서 복희 내면의 중심에서 나오는 소리를 복희와 관객들에게 '보여주는' 역할을 한다면, 재섭은 관객에게 보이지 않는 무대 뒤 깊숙한 곳에서 나팔소리로써 관객에게 복희의 내면의 소리를 관객에게 '들려준다'. 재섭은 2막에서 복희의 장군묘소 참배에 동행하며 트럼펫소리로 관객에게 처음 인식된다. 그러다 두 번째 막간극에서 "슬픔과 기쁨이 절묘하게 뒤섞인"(8:323) 색소폰 소리로 복희의 내면의 소리를 관객에게 전달한다. 그는 열두 가지 나팔로 복희에게 자신의 내면에 슬픔 뿐 아니라 기쁨 등 다양한 감정이 함께 있음을 깨닫게 해준다. 이렇게 그는 무대 위에 한 번도 등장하지 않지만 상이한 나팔로 복합적인 복희의 내면세계를 표현해낼 뿐 아니라, 복희 스스로가 내면의 소리에 귀 기울일 수 있도록 자극한다. 아니무스는 여성의 무의식에 내재한 남성성으로서 의식의 보상작용을 하는 역할을 담당하여 균형을 맞추고, 때로는 전체성의 상징인 '자기'의 사신으로서 자기의 소리를 의식세계에 전달하는 역할을 하며 때로는 '자기' 그 자체이기도 하다.[17] 의식 세계의 중심인

---

17) 마리 루이제 폰 프란츠, 「개성화과정」, 앞의 책, 223쪽 참조.

복희의 자아에게 그녀의 내면 깊숙한 곳의 소리를 전달해주는 재섭은 그러기에 복희의 아니무스인 것이다. 그의 나팔소리는 복희뿐 아니라 다른 등장인물들의 정서에도 작용한다. 그가 신나는 군가를 연주하면 무대 위 등장인물들은 흥에 겨운 춤을 추고, 애잔한 음악으로 무대를 압도하여 그 분위기를 관객에게 전달하기도 한다. 비가시적 인물이면서도 재섭은 복희와 등장인물들의 다양한 정서를 전달하며 극 전체의 분위기를 조율하는 존재로 작용한다.

나팔수 재섭은 복희의 자기실현과정에서 결정적인 역할을 하기 때문에 3장에서 좀 더 본격적으로 논하려고 한다. 이 장에서 미리 그를 언급하는 이유는 조영욱과 복희 그리고 나팔수의 전체적인 지형도를 밝히기 위함이다. 표면적으로 보면 조영욱은 복희의 외부에서 복희를 바라보고 짝사랑하는 어릿광대이고, 재섭은 복희와 사랑을 나누는 신비로운 음악가로 보이지만, 면밀히 살펴보면 조영욱과 재섭은 복희의 내면세계에 존재하는 상이한 아니무스로서 짝패를 이룬다.[18] 이는 〈맨드라미꽃〉의 미란, 정민, 주혜처럼, 시선이 닿지 않는 곳에 있는 재섭을 지고지순하게 사랑하는 복희, 그리고 그러한 복희에게 매혹된 가시적 인물 조영욱이 등장하는 것이다. 영욱은 '보는 자'로서, 재섭은 '들리는 자'로서 복희 내면의 양면성을 형상화하고 복희가 자기 자신을 '보고 들을 수 있'게 하여 자기인식에 이르도록 돕는 조력자

18) 이러한 인물구도는 이강백의 〈맨드라미꽃〉에서도 드러난다. 주인공 정민이 사랑하는 비가시적 인물인 미란과 정민을 사랑하는 가시적 여성 주혜를 작가는 일란성 쌍둥이라 언급한다. "시선이 닿지 않는 곳에 있는 여성을 지고지순하게 사랑하는 남성에게 매혹된 가시적 여성"(『이강백 희곡전집 8』, 9쪽)이라는 구도는 〈즐거운 복희〉에서 성을 바꾸어 데칼코마니처럼 포개진다.

들인 것이다. 그러기에 네 번째 막간극에서 복희를 바라보는 '또 하나의 복희'가 호수 속에서 들려오는 나팔소리는 "이곳을 떠나"라는 것임을 알아차리고 복희의 행동을 촉구하고, 조영욱은 불 속의 복희에게 "닫힌 문을 열고 나"오라고 외침으로써, 복희의 '자기'와 조영욱 그리고 재섭의 일치가 이루어지는 것이다.

2. 복희의 페르조나와 자기실현과정

이강백은 막간극이라는 또 하나의 층위를 마련함으로써 복희의 현존성을 구체화하기에 이른다. 막간극은 복희의 모노드라마로 형성되어 있어, 그녀 스스로 자기 자신을 드러낸다. 여기서는 그녀의 몸과 말로 드러나는 그녀의 현존 자체가 관객에게 제시된다. 대사도 대부분 독백으로 이루어져 있기 때문에 그녀의 내면세계가 관객에게 직접적으로 전달된다.

네 개의 막간극의 주요공간인 호수는 극이 진행되면서 점점 복희의 내면세계의 상징으로 강화된다. 그리하여 무대전체가 복희라는 인물을 형상화는 복합적인 기호가 되고, 그곳에 복희의 현존이 겹쳐짐으로써 인물의 내면까지 드러나게 된다. 이 장에서는 인물을 형상화하는 입체적인 기호를 분석하여 복희가 자신에게 부여되고 내재화된 페르조나를 인식하고 그와 대결하면서 어떻게 자기실현을 이루는가에 초점을 맞추어 분석하려 한다.

2.1. 복희의 페르조나와 그 균열

복희가 직접 등장하는 네 개의 막간극의 공간은 세 번째까지 호수로 이루어져 있고, 네 번째는 복희(장군)의 펜션이지만 그 안을 호수의 어둠과 차가움이라는 물질성으로 채움으로써 '호수와 집'이 하나로 겹쳐져 극의 중심 메타포를 형상화한다. 〈즐거운 복희〉 초연에서 김창국 무대디자인의 공간은 극의 처음부터 호수와 집을 하나의 공간에서 실현할 수 있도록 구체화한다. 대리석 질감의 검은 무대바닥은 펜션이면서 동시에 거울처럼 비쳐서 호수의 물을 표현해낼 수 있는 이중성을 지닌다. 무대 후면을 가리고 있는 이중의 파티션은 앞면이 펜션의 벽을 그 뒤의 파티션들은 호수의 안개와 나무들을 묘사하고 있어 '집'과 '호수'의 이중성을 효과적으로 형상화한다. 무대 가장 자리의 나무 계단으로 이루어진 타원형의 장치는 호숫가이면서 동시에 펜션의 테라스로도 활용되었다. 이러한 이중성이 네 번째 막간극에 오면 집과 호수를 물질성으로 동일화시킨다.

첫 번째 막간극은 "무대 가득 일렁이는 푸른 빛"으로 호수를 연상시키는 공간에서 시작된다. 그곳에 "검은 상복을 입은" 복희가 등장한다. 그녀는 아버지를 여읜 슬픔으로 가득하고 검은 상복을 입고 있어도 일렁이는 푸른 빛 같은 아름다움을 지닌 존재로 작가는 지시문에서 명시한다. 이렇게 첫 번째 막간극부터 작가는 호수의 일렁이는 푸른 물결에 복희의 모습을 오버랩시킴으로써 복희와 호수 사이의 은유적 고리를 제시한다. 일반적으로 호수와 물 등의 이미지는 여성성을 상징하기 때문에 독자와 관객들은 쉽게 호수와 복희의 친연성을 받아들이게 된다. 그러한 복희에 대해 내포작가의 시선은 "어여쁘고, 애처롭다"(8:311) 등의 연민과 애정이 담긴 언어로 형상화됨으로써, 수용자의 감정 이입을 유도해내기 시작한다.

그렇게 형상화된 복희는 주변에서 요구하는 '슬픈' 복희의 페르조나를 일부 동의하고 받아들이면서도 그에 덧씌워진 과도한 부분들에 대해 거리를 드러낸다. 그녀는 장례식에 온 사람들의 숫자를 잊어 분장실의 남진구에게 알려달라고 한다든가 대사를 잊었으니 읊어 달라고 함으로써 자신이 하는 이야기가 전부 내면의 소리와 일치하는 것이 아님을 낯설게하기 기법으로 드러낸다. 초연에서 전수지가 분한 복희도 이 장면에서 비장한 모습이 아니라 때때로 웃거나 슬픔을 '연기'하는 것을 의도적으로 드러냄으로써 자신의 배역에 거리를 취한다. 또한 남진구 역을 맡은 박완규가 대사를 불러주는 것을 전수지가 따라 하여 두 개의 목소리가 무대 위에 공존함으로써 이 둘의 거리가 명시된다. 이렇게 외부에서 요구되는 역할을 복희가 받아들이고는 있지만 사회적 환경이 요구하는 페르조나와 내면의 소리 사이의 분열을 유희하듯 무대에서 형상화한다. 복희는 남진구가 불러주는 대사를 따라하다 결국 그것을 멈추게 함으로써 페르조나와의 거리를 명백히 드러낸다.

유복희 (…중략…) 그런데 어떤 분들은 나에게 물었죠. 장군 아빠를 영광스런 현충원의 장군 묘역에 묻지 않고, 왜 이런 외딴 곳에 묻느냐구요. 난 아빠가 원하셨던 거라고 대답했어요. (남진구를 향해 대사 읽기를 멈추라고 손짓한다.) 이젠 읽지 마세요. 그 다음은 나 혼자 하겠어요.

(남진구, 무대 안으로 들어간다.)

> 내 기억에는…. 아빠가 이곳에 묻어 달라고 하신 적이 없어요. 그런데도 이곳을 원하셨다고 대답한 건…. 읽어 준대로 따라한 거예요…. (…중략…) 아직은 내 힘이 약하고 뭘 할 줄 몰라 친절한 분들의 도움을 받고 있지만, 언제까지나 그분들에게 의존해서 살지는 않겠어요.(8:312)

이처럼 복희는 이미 첫 번째 막간극에서부터 현재는 아직 힘이 약해서 외부의 요청대로 살아가고 있지만, 언젠가 나름의 길을 갈 결심을 드러냄으로써, 자신에게 부여된 페르조나로부터 거리를 두면서 동시에 잠재성과 가능성을 드러내고 있다. 배우 전수지는 특히 "언제까지나 그분들에게 의존해서 살아가지는 않겠어요"라는 마지막 대사를 입에 두 손을 대고 외침으로써 자신의 결심을 강조한다.

두 번째 막간극에 이르면 복희는 자신 속에서 슬픔뿐 아니라 기쁨도 함께 있음을 발견하기에 이른다. 호수 수면에 떠 있는 보름달과 "그녀가 입은 하얀 옷이 그 달빛을 받아 화사하다"(8:323)는 내포작가의 묘사를 통해 호수와 복희의 은유적 연결고리를 강조한다. 거기다 "슬픔과 기쁨이 절묘하게 뒤섞인"(8:323) 색소폰 소리라는 음향효과는 복희 내면풍경을 뒷받침해준다. 그리고 이어지는 그녀의 대사 "난 내 마음속에 슬픔만 있는 줄 알았어요. 그런데 이제는 기쁨도 있다는 걸 알아요."(8:323-324)로 명시된다. 마음속의 기쁨을 끌어낸 존재는 바로 나팔수 재섭이다. 복희와 동행하며 열두 가지 나팔로 복희의 형형색색의 마음을 표현해내고 그녀가 말하지 않아도 모든 것을 아는 재섭은 복희의 분신에 다름 아니다. 재섭은 무대 위에 한 번도 등장하지 않는 비가시적 인물로 다른 등장인물의 보고나 그가 연주하는 나팔소리로 형상화되는 추상적인 존재임은 의미심장하다. 이러한 존재를 융은 여성 속의 남성성 즉 아니무스라고 칭한다. 아니무스는 의식과 무의식의 중심인 '자기'에서 파견된 사자이며 복희가 자기에 이르도록 조력하는 기능을 행한다.[19] 재섭은 나팔수로서 복희 스스로도 알지 못했던 자신의 내면세계를 알도록 자극하고 자기의 중심에 이르도록 조력하는 존재라는 점에서 복희의 내면에 자리한 아니무스의 역할을 하는 것이다. 사회가 요청하는 페르조나와 무의식의 표층인 그림자에 균열을 내면서 빛을 끌어내도록 조력하는 복희의 아니무스 재섭은 추상적인 존재이기 때문에 무대에 한 번도 등장하지 않아도 문제되지 않는다.[20]

이렇듯 재섭은 복희의 아니무스로서 페르조나의 이면에 감추어져 있는 '자기'의 소리를 전달해주는 역할을 하고 복희가 자기 자신과 대면하도록 조력한다. 재섭과의 조화로운 만남을 통해 아니무스를 의식화하여 복희는 이제 "내가 슬프면 울고, 내가 기쁘면 웃는 그런 진실한 삶을 살고 싶"다고 외친다.(8:326) 그러자 그녀는 페르조나의 균열 틈으로 "복희야, 망설이지 말고 이곳을 떠나렴!"이라는 '자기'로부터 우러나오는 소명을 듣게 된다. 따라서 재섭과 함께 마을을 떠나겠다는 결심을 한다. 이는 페르조나로부터 해방되어 자기의 소리의 귀 기울이며 중심을 향해 떠나겠다는 복희의 결단에 다름 아니다.

---

19) 이부영, 『자기와 자기실현』, 한길사, 2003, 293쪽.

20) 이강백은 등장인물 목록에도 '재섭'을 기록하지 않는다. 『이강백 희곡전집 8』, 298쪽 참조.

2.2. '자기'를 향한 여정의 장애물과 절망

제 3막에서는 화가의 보고로 복희가 나팔수와 함께 이 마을을 떠나려한다는 것이 알려진다. 그러자 김봉민을 비롯한 남진구, 박이도, 백작이 힘을 합해 그들을 떠나지 못하게 막으려 한다. 남진구는 읍내로 가는 길목의 나무들을 전기톱으로 잘라 길을 막아버렸다고 보고한다. 사회로부터 요구되는 페르조나를 거부하는 일은 이렇게 강력한 거부와 제지를 받게 마련이다. 그러자 복희와 재섭은 호수 쪽으로 가서 복희호를 타고 건너려 시도한다. 분석심리학에 의하면 꿈이나 환상에서 "물을 건너"는 행위는 삶의 전환점을 상징한다고 한다.[21] 탄탄대로가 아니라, 위험을 무릅쓴 길 떠남은 신화에서 모든 영웅들이 새로운 삶의 단계에 도달하기 위해 선택하는 길이다. 길 떠남이 사회적인 바리케이트에 저지되자 복희는 자신의 아니무스인 재섭과 더불어 위험스러운 항해를 감행한 것이다.

호수에서 갑자기 떠내려 온 보트를 백작이 발견하여 가져오고 이를 세척하고 하얀 칠을 하고서 '복희호'라고 부르게 된 일은 2막에서 이루어진다. 왜 갑자기 배가 떠내려 오고 거기다 김봉민을 중심으로 한 인물들이 복희호라 명명하게 되었는지도 의미심장하다. 그리고 그 배에 바닥이 구멍이 나 있는 상태인 점도 그러하다. 호수가 복희의 내면세계를 상징한다면, 보트는 재섭처럼 복희의 자기에서 떠내려온 사자일 것이다. 그러나 그것이 온전한 것이 아니라 이미 결핍을 지니고 있는 것으로, 위험을 감수해야만 중심에 이를 수 있음을 나타내고 있다. 이렇게 무의식과의

---

21) 프란츠, 앞의 책, 222쪽 참조.

대면은 거대한 위험을 동시에 함축하고 있다. 그러기에 신화 속의 영웅은 그 위험을 무릅쓰고 길을 떠난다. 그 과정에서 영웅들은 치명적인 상처를 입을 수도 있고, 죽음에 이를 수도 있다.[22] 복희는 재섭과 함께 불완전한 보트를 타고 호수를 건너려다 목숨을 잃을 지경에 이른다. 이때 복희는 조영욱에 의해 구출되지만 자신의 조력자인 아니무스 재섭을 잃게 된다.

세 번째 막간극에서 복희는 찢겨진 옷을 입고 물에 흠뻑 젖어 떨면서 절망과 슬픔으로 절규한다. 호수와 복희의 은유적 연관성은 여기에 이르러 하나로 겹쳐진다. 위험을 무릅쓰고 무의식에 대면하려다 무의식에 먹혀 버릴 뻔한 상태인 것이다. 복희는 위험을 무릅쓴 자기를 향한 여정에서 난파하여 상처투성이가 되어 절망의 바닥에 이른다.[23]

---

22) 융, 『융 기본 저작집 3. 인격과 전이』, 72쪽.

23) 이러한 신화적 원형이 희곡생산에 강력한 영향을 미쳤을 뿐 아니라, 공연생성과정이 이루어진 2014년의 사회적 맥락에서 특수한 의미를 획득한다. 세월호 사건으로 우리나라 전체가 집단 우울증에 걸려 있던 당시에 관객은 남산예술센터에서 이루어진 〈즐거운 복희〉의 초연에서 '침몰' 이미지에서 강렬한 자극을 받게 된다. 작품의 구조와 무대 전체가 복희라는 인물에 초점을 맞추고 있고, 더구나 모노드라마 형식의 막간극은 복희라는 인물의 내면에 관객들을 동참시키는 구조를 가지고 있다. 그러기에 관객들은 쉽게 복희에게 감정이입을 하게 되는데, 그녀의 분신인 나팔수 재섭의 침몰은 당시의 관객의 감정에 깊이 조응했다. 배우 전수지는 세 번째 막간극에서 "제발 그이를 꺼내 주세요! 마른 땅에서 편히 잠들 수 있도록, 저 호수 속의 그이를 꺼내 주세요! 어서요, 어서! 제발 부탁이에요! 단 한 시간이 급해요! 누구라도 그이를 꺼내 주신 분께, 내가 가진 모든 걸 드리겠어요! (8:339)"라는 대사를 절규하며 반복하고 거기에 천둥소리 폭풍우 소리가 몰아쳐서 그녀 슬픔은 극대화되었다. 2014년 4월 16일에 세월호가 침몰했고, 수색 인양 작업이 11월 11일까지 이루어진 그 사이 8월 26일부터 9월 21일에 공연된 〈즐거운 복희〉에 담겨 있는 침몰의 이미지에 관객은 깊이 공명했다. 작가는 세월호 사건 전인 2013년 9월에 초고를 완성했다니,(김옥란, 드라마터그의 글, 공연안내서) '복희호'의 침몰은 세월호를 염두에 두고 쓴 것은 아니다. 그럼에

그러나 무엇보다 중요한 것은 무의식과의 대면에서 순전하게 자신을 헌신한다는 것 자체가 중요하다. 다 내던지고 절망의 바닥에 엎드려 본 자만이 구원에 이를 수 있다. 그곳에서 복희는 호수 바닥에 가라앉은 재섭의 나팔 소리를 듣는다.

복희 내 귀에 들려요. 재섭 씨의 나팔 소리가…! 저 호수의 깊은 물속에서 그이는 나팔을 불어요! 낮에도 불고, 밤에도 불고, 하루 종일 쉬지 않고 온갖 나팔을 불어요! (8:339)

재섭은 호수 바닥으로 가라앉았지만, 복희에게 나팔소리로 계속 신호를 보내는 것이다. 그는 복희의 자기에서 파견된 아니무스로서 동행하지 못하는 상황에서라도 소리로서 방향을 제시하고 있다. 복희는 결국 절망의 심연에서 들려오는 아니무스의 지남력(Orientation)을 상징하는 나팔소리를 듣는 것이다. 재섭이 한 번도 무대 위에 등장하지 않고 다른 등장인물에 의해 묘사되거나 그가 부는 나팔소리로서 관객들에게 인식되었던 것을 상기할 필요가 있다. 그는 다양한 나팔소리로 복희의 슬픔을 표현하거나 그 슬픔이 기쁨과 긴밀히 연결되어 있음을 드러내었다. 그러던 그가 호수 밑으로 침몰하였지만 그럼에도 불구하고 복희가 무의식과 대면하여 의식과 통합시키도록 자기를 향한 여정을 자극하고 있는 것이다. 그러나 아직 복희는 그 소리의 의미를 모르

도 불구하고 공연생성과정과 공연의 사회적 맥락에서 침몰의 이미지는 특별한 공감대를 형성했다. 복희의 위의 대사는 느낌표의 연속이고 그녀가 물과 눈물에 젖어 호소하는 위의 대사는 팽목항에서 발을 구르며 고통스러워하던 세월호의 유가족의 마음과 유사하고 그를 바라보고 있던 관객들의 마음과도 겹쳐지면서, 공연은 당시의 잔혹한 사회적 분위기와 강한 연상고리가 형성되었다.

는 불완전한 모습 그대로 상처를 안고서 중심에 이르는 길을 찾아내야한다.

2.3. '물속의 불타는 집': 대극의 합일

복희의 자기실현과정은 주변의 사회적 환경에 의해 강력한 저항에 부딪치고 그에 의해 복희는 치명적인 상처를 입는다. 복희의 내면세계를 상징하는 호수는 더 이상 푸른빛으로 일렁이는 아름다운 곳이 아니라 비바람이 거세게 일고 파도가 치는 곳이다. 4막의 지문은 "비가 쏟아지고 바람이 분다. 천둥이 울린다." 고 하여 복희 내면의 절망을 무대 전체로 확산시키고 있다. 공연에서도 4막은 등장인물들이 우산을 쓰거나 비옷을 입고 호숫가에서 복희에 관한 이야기를 계속 날조해내고 있는 모습을 어둠 속의 짙푸른 조명으로 형상화하고 폭풍우의 청각효과를 삽입함으로써, 복희의 저항과 슬픔의 강도를 감각적으로 형상화해낸다. 호수가 복희를 은유하던 극적 장치였기 때문에 그 호수가 뒤집혀 내는 폭풍우는 복희의 눈물과 절망의 몸부림이 무대 전체를 압도하고 있음을 '비'와 '바람'이라는 물질성으로 드러내는 것이다. 이로써 사회적 강압과 그에 저항하는 복희 내면의 갈등이 극대화된다.

그러다 결국 네 번째 막간극에 이르면 복희는 슬픔의 절정에서 어둠과 추위를 불사를 12개의 촛불을 들고 등장한다. 이강백은 인터뷰에서 이 작품 초고의 또 다른 제목이 〈물속의 불타는 집〉이었음을 밝힌 바 있다. 작품을 수정하는 과정에서 복희의 복합성을 드러내기 위해 〈즐거운 복희〉로 바뀌었다고 말한다.[24] 그만큼 '물속의 불타는 집'은 이 작품의 핵심 이미지였음을 확인할 수 있다. 그러기에 진실을 보는 자 조영욱은 이미 2막에서 "호수 속에 불타는 집"이 있음을 예견한 것이다. 그러던 것이 복희가 등장하는 마지막 막간극에서 실현된다. 네 번째 막간극의 극적 공간은 장군의 펜션임에도 불구하고 호수의 밑바닥의 분위기와 물질성으로 가득 채워진다.

희곡에서 복희는 "호수 밑바닥 같은 어둠과 침묵"이 압도하는 무대에 "창백한 얼굴, 야윈 몸"(8:349)으로 등장한다고 지시문에 명시된다. 복희는 자신의 집에 있음에도 불구하고, 재섭을 생각할수록 "점점 깊은 물속에 가라앉은 듯 춥고 어둡"(8:349)다고 말한다. 호수 밑바닥 같은 무대에 창백하고 여윈 몸의 복희는 둥근 쟁반에 열두 개의 작은 촛불을 담아들고 나온다. 이를 통해 호수와 복희의 집은 하나의 공간으로 오버랩된다. 공연에서 배우 전수지가 가는 몸으로 목소리를 떨며 어두운 푸른빛의 조명 속에 짙은 갈색과 주황색으로 된 의상을 입고 촛불을 들고 있는 모습은 '어둠과 물' 그리고 '빛과 불'이라는 대극의 이미지와 물질성을 복합적으로 드러낸다.

결국 복희는 절망의 바닥에서 자신을 온전히 내려놓고 죽음과 자신을 동일시하면서 어둠과 추위를 밀어내려는 시도를 한다.

> **복희** 나는 방마다 하나씩 촛불을 켜놓을 거예요. 방바닥과 벽과 천장에는 불이 잘 붙도록 기름을 뿌렸죠. 열두 개의 초들이 서서히 녹아내리면, 모든 방들은 불붙어 활활 타오르고…. 나는 그 불 속에서 함께 타면서 따뜻하고 밝아지겠죠.(8:349-350)

---

24) Namsanartscenter 2014, 시즌 프로그램북, 19쪽.

복희는 사회가 강요하는 페르조나로만 구성된 '슬픈 복희'의 틀 속에 갇히지 않고, 죽음으로써 그 틀을 부수고 해방되어 호수의 어둠과 차가움을 밀어낼 불이 되고자 한다. 이는 "좋아, 슬픔은 그들이 만든 거라고 해. 그러나 죽음은 그들이 시킨 것이 아니라 내가 스스로 원하는 거야. 황홀하게 타오르는 불 속에서, 난 기쁘게 죽고 싶어!"(8:351)라는 대사로 명시된다.

이는 목숨을 걸고 자기에 온전히 헌신함에 다름 아니다. 마치 테세우스가 일부러 험준한 산길을 선택하여 목숨을 위협하는 요소들과 대결하듯이, 그 모든 요청들을 거부하고 '물속의 불타는 집'이 되고자 하는 복희의 시도는 양면성을 지닌다. 열둘 이라는 숫자는 온전성을 상징한다. 프란츠에 의하면 다른 것에 의해 구애받지 않은 중심의 표현은 대개 4의 구분이거나 4의 배수라는 특징을 지니고 있다고 한다.[25] 장군의 펜션이 12개의 방으로 이루어져 있고, 그곳에 모두 하나씩 촛불을 놓음으로써 그 불과 함께 온전히 소멸하려는 복희의 갈망은 전체 인격의 중심점에 도달하려는 것에 다름 아니다. 자신을 온전히 헌신함으로써 자신 안의 불(사랑)로 물(절망)을 변화시키려는 시도인 것이다. 그 과정에서 설사 자신이 죽는다 해도 '따뜻함과 밝음'을 이루어내려는 시도는 결국 '자기'로 향하는 여정이 될 것이다. 그러나 물과 불이라는 대극을 합일시키는 행위는 다른 한편으로는 스스로를 소멸시킬 수도 있는 위험한 행위이다. "신화적으로 표현해서 괴물에 잡아먹혀서 괴물 속에 동화되어 버린 사람은 확실히 용이 지키는 보배가 있는 곳에 간다. 그러나 좋아서 가는 것이 아니고 스스로 큰 손상을 무릅쓰고 간다"[26]는 융의 언급처럼, 복희는

25) 프란츠, 앞의 책, 225-226쪽 참조.

자신의 목숨을 걸고 물과 불의 통합지점에 이른다. 그러나 그 위험의 정점에서 복희는 '나를 바라보는 나'와 만나게 된다. 이 극단의 지점에서 복희는 2막에서 잠시 들렸던 '자기'의 소리를 본격적으로 듣게 된 것이다. 그것도 아주 강력하게 작용하여 '자아(Ego)'와 '자기(Selbst)'[27]의 분열적인 모습으로 형상화된다.

유복희 (…중략…) 살아서 원망하느니…. 차라리 불에 타서 죽겠어요.

(침묵.)
(일어나 주위를 둘러본다.)

그런데 누구지? 나를 바라보는 이 시선은…?
"나야, 나!"
나?
"그래, 언제나 나를 지켜보는 나 자신"
(…중략…)
"복희야! 정신 차려! 불에 타면 기쁘기는커녕 지독히 고통스러워!"
아냐! 자꾸만 그런 말로 내 마음을 흔들지 마!
"복희야, 재섭 씨를 생각해봐. 그이는 나를 진심으로 사랑해. 그이가 밤낮 쉬지 않고 나팔을 부는 건, 나더러 어서 이곳을 떠나라고 재촉하는 거야!"
(…중략…)
"복희야, 아직도 늦지 않았어! 펜션이 불타기 전에, 닫힌 문을

---

26) 융, 앞의 책, 72쪽.
27) 융은 의식의 핵심을 '자아(Ego)'라고 하고 의식과 무의식을 통합한 전체성의 상징을 '자기(Selbst)'라고 지칭한다.

열고 나가! 그럼 이곳을 떠나서, 나는 즐거운 복희가 되어 살 수 있다구!"
싫어! 난 불타는 펜션 안에 남아 있겠어!

(유복희, 촛불들이 담긴 쟁반을 들고 한 걸음 한 걸음 걸어 나간다.)(8:350-351)

"나를 지켜보는 나 자신"이란 전체성의 상징이며 객관적인 나(objective I)인 복희의 '자기'에 다름 아니다. 즉 그 절망의 바닥에 이르러 페르조나와 무의식의 표층들을 걷어내고 물과 불의 대극을 합일시켰을 때 비로소 복희는 중심에서 울리는 소리를 듣는다. 복희가 물로 형상화되는 어둠과 절망 속에 불을 들고 와 그 속에서 자신을 불사르려는 시도는 단순한 자살이 아니라, 페르조나와 무의식의 표층들을 걷어내고 자신을 온전히 헌신하는 행위인 것이다. 복희가 이러한 극한의 지점에 이르렀을 때 프란츠가 적극적 명상으로 자기에 도달한 한 여인의 경우를 설명한 것과 유사한 현상이 벌어진다. 그 여인은 명상 속에서 사슴으로 나타나는 자기의 소리를 들었다고 한다. "나는 당신의 운명, 또는 객관적인 나(objective I)입니다. 내가 나타나면 삶의 부질없는 모험에서 당신을 구제합니다. 나의 안에서 타는 불꽃은 전체자연 속에서 타고 있습니다. 만일 사람이 그것을 잃는다면 그는 이기적이고 외롭고 방향을 잃으며 약해집니다."[28]라고.

그러기에 이 작품의 핵심적인 이미지인 '물속의 불타는 집'은 복희가 페르조나를 거부하고 순정하게 자신의 무의식에 대면하여 자기 자신에 도달하는 대극합일의 이미지인 것이다. 위험과

---

28) 프란츠, 앞의 책, 223쪽.

죽음을 무릅쓰고 물과 불, 죽음과 생명(사랑), 어둠과 빛, 차가움과 뜨거움, 슬픔과 기쁨이라는 대극을 합일시키려는 지난한 과정 속에서 드디어 복희는 '자기'와 대면하게 된다. 그리고 그 과정에 재섭은 하나의 지남력(Orientation)으로 작용해온 것이다. 삶이 슬픔과 기쁨으로 오묘하게 뒤섞여 있음을 복희에게 제시해주고 슬픈 복희에게 결여되어 있는 기쁨을 음악으로 끌어내어 인식하게 하고, 호수 바닥에 가라앉아서도 끊임없이 나팔소리로서 방향성을 제시해주고 있었던 것이다. 자기에서 파견된 아니무스로서 혹은 자기 자체로서의 나팔수 재섭은 대극합일의 지점에서 새로운 길로 떠날 것을 촉구하고 있음을 복희를 지켜보는 '객관적인 나'인 '자기'는 명시하는 것이다.

신화에서 대극합일의 이미지는 종종 남녀의 이상적인 결합 혹은 결혼의 형태로 형상화된다.[29] 그러기에 화가가 계속해서 생산해내고 있는 복희의 초상화가 그것을 시각적으로 관객에게 제시한다. 화가가 그린 복희의 초상화에서 복희가 두 개의 나팔을 안고 있음은 의미심장하다. 살아서 나팔을 불어 슬픈 복희의 기쁨을 찾아내고 죽어서도 호수 밑에서 복희의 지향성을 알려주는 재섭의 존재를 두 개의 나팔로 형상화하여 복희와 결합시켜 남녀의 이상적인 결합을 통한 대극합일의 이미지를 형상화하고 있는 것이다. 대극합일의 지점에서 '자기'의 소리는 복희에게 이곳을 떠나 즐거운 복희로 살아갈 것을 강력히 촉구한다. 그리고 호수 속에서 들려오는 재섭의 나팔소리도 바로 이곳을 떠나라고 재촉하는 것이라고 말한다. 중심에서 울려오는 자기의 소리와 자아로서의 복희는 대립하는 것으로 네 번째 막간극은 끝난다.

---

29) 조셉 앤더슨, 「고대신화와 현대인」, 『인간과 상징』, 150-151쪽 참조.

그러나 에필로그에서 작가 이강백은 복희가 무엇을 선택했을지 열어 놓고 있다. 복희의 장례식이지만, 조영욱이 복희의 관을 열어 마지막 인사를 하려 하자, 남진구가 불탄 펜션에는 복희 죽음의 흔적이 남아 있지 않아 관 속에는 펜션의 재만이 담겨 있음을 폭로한다. 그러나 곧 이어 그 발화의 진위조차 애매하게 처리함으로써 열린 결말로 마무리 된다. 이성렬 연출은 에필로그에서 장례식을 하는 배우들이 건성으로 슬퍼하는 척하는 연기를 하게 함으로써 복희의 장례식이 허위임을 낯설게하기효과를 사용하여 드러낸다. 게다가 마지막 장면에 복희가 경쾌하게 그 호수마을을 떠나는 장면을 명시적으로 삽입함으로써 '즐거운 복희'로 공연을 마무리한다. 그러나 복희가 불 속에서 죽음을 맞이했든 살아서 그 호수마을 떠나 즐거운 복희로 살아가든, 대극합일의 지점 즉 '물속의 불타는 집'에 도달하는 것 자체가 이 작품의 핵심이면서, 자기실현과정의 치열함인 것이다. 자기실현의 과정은 한 순간의 대극합일로 끝나는 것이 아니라 전 생애를 거쳐 지속적으로 일어나는 것이기에, 그 이후의 삶은 수용자 각자의 상상의 몫이다.

3. 푸른 호수와 불, 아니마의 결정체

신화적 차원에서는 물은 여성성을 불은 남성성을 상징한다. 남성인 나팔수는 여성성 속에 잠들고, 여성인 복희는 남성성 속에 소진됨으로써 완전한 결합과 일치를 이룰 수 있다. 재섭의 색소폰 소리가 슬픔과 기쁨이 절묘하게 뒤섞인 것처럼 복희의 삶도 슬픔이나 기쁨 하나로만 이루어진 것이 아니라, 슬픔 속에 기쁨이 있고, 기쁨 속에 슬픔이 내재해 있는 것이다. 여성성과 남성성의 일치가 사랑이나 결혼의 이미지로 드러나듯이, 물과 불, 어둠과 빛, 차가움과 뜨거움, 슬픔과 기쁨, 타나토스와 에로스라는 대극의 팽팽한 긴장이 통합을 이룬다. 그 대극합일의 이미지는 '물속의 불타는 집'으로 형상화된다. 복희가 불 속에서 죽었다하더라도 '슬픈' 복희로 남는 것이 아니라, 등신불처럼 타올라 물을 품는 존재가 되는 것이다. 만일 복희가 '나를 지켜보는 나 자신' 즉 '자기'의 울림대로 펜션 마을을 떠나 '즐거운 복희'로 살아간다 하더라도 그 즐거움 안에 슬픔을 통합하는 과정을 실현해 나갈 것이다.

이 장에서는 〈즐거운 복희〉의 신화적 차원을 분석심리학적 방법으로 분석해보았다. 복희는 외부의 소리들이 요구하는 페르조나를 거부하고 자기다움에 도달하기 위해 진력을 다하고 결국 자신을 불태워 의식과 무의식을 통합하는 중심점에 이르게 된다. 깊은 어둠과 죽음에 먹히거나 "닫힌 문을 열고 나가" 이곳을 떠나서 "즐거운 복희가 되어 살"(351쪽)게 될 것이다. 이는 바로 신화적 영웅들이 목숨을 위협하는 위험에 대면하여 내면의 거대한 괴물 즉 죽음에 먹히거나 아니면 상처를 입더라도 끝까지 싸워 자신의 길을 나아가는 것과 유사하다. 이강백은 바로 이 위험천만한 길목에서 〈즐거운 복희〉를 마무리하면서 가능성을 열어놓는다.[30]

---

30) 에필로그에서도 그녀가 불타는 집 속에서 타죽었을 가능성과 아니면 마지막 순간 그곳을 탈출하여 새로운 길을 향해 떠났을 가능성 모두를 열어 놓는다. 이는 복희의 장례를 치르던 펜션의 사람들이 복희가 "어디를 가도 우리처럼 친절한 사람들을 만나지는 못할 겁니다."라는 말을 한다든가 남진구가 조영

〈즐거운 복희〉의 중심인물의 형상화는 이 장에서 밝힌 바와 같이 신화적인 원형을 지니고 있다. 융의 언급처럼, 원형이란 인류의 경험의 축적[31)]으로 과거의 것일 뿐 아니라 현재의 삶에서도 변주되면서 반복되는 강력한 힘을 지닌 것이기에 문학에서 중요한 모티브로 작용함은 주지의 사실이다. 작가가 복희라는 인물을 신화적인 원형 위에 구축함과 동시에 '지금 여기'의 삶을 불어 넣음으로써, 사회가 요구하는 페르조나와 투쟁하며 지난한 자기실현과정을 겪는 복희라는 인물의 현재성이 확보된다. 더구나 디지털미디어 환경 속에서 〈즐거운 복희〉는 이야기의 홍수 속에 스스로 갇히게 되는 현대인의 삶을 성찰하게 한다.

괄목할만한 지점은 이 장의 서두에서도 밝힌 바와 같이 이강백이 5년간의 침묵 끝에 다시 작품 쓰기를 시작하면서 제일 먼저 〈즐거운 복희〉를 각고의 절차탁마의 과정을 거쳤다는 사실이다. 그리고 무대 자체를 복희를 은유하는 호수로 설정하고, 시시각각 변화하는 호수라는 물질성으로 복희의 내면과 외면의 다종다양한 변화를 감각적으로 형상화한다. 무대 자체와 주변의 인물들의 언급으로 형상화하고 나머지는 관객의 상상력을 동원하여 완성하려 했던 '여성'인물 '복희'는 작가에게는 '한 개인'이 무대라는 '우주'가 되는 거대한 프로젝트였을 것이다. 무대라는 다양한 공감각적인 기호와 상이한 관점으로 이야기되는 복희에 관한 묘사들, 거기에 무한히 확대될 수 있는 관객의 상상력이라는 기제까지 활용하려는 한 인물에 대한 형상화는 상당히 의미심장

욱에게 "불 탄 펜션에는 따님은 없었"다고 말하는 데서 복희가 펜션이 불타기 전에 떠났음을 암시한다. 그러다가도 화가가 "왜 그렇게 심한 말"을 했느냐고 남진구에게 함으로써 무엇이 진실인지 모호하게 처리한다.

31) 융, 앞의 책, 152쪽.

하다. 복희를 비가시적 인물로 하는 것이 작품 구조화에 어려움이 생겨, 막간극에 제한적으로 복희를 직접 등장시키기는 하지만 복희의 신비성은 제거되지 않는다. 특히 그녀의 분신으로 작용하는 나팔수 재섭으로 인해 이 인물의 내면의 깊이와 심층성이 확보된다. 결국 '물속의 불타는 집'이라는 대극통합의 이미지로 응결되는 복희는 이강백이 작품을 통해 지속적으로 시도해왔던 무의식 속의 여성성 즉 아니마의 결정체이다.

초기작부터 아니마와 대면하고 투사 작용을 의식화하고 때로는 신화적 차원으로 승화시키면서 60대 후반에 이른 이강백은 〈즐거운 복희〉에서 푸른 호수가 일렁이는 무대 전체를 복희로 형상화하고 거기에 물과 불의 대극통합의 이미지를 부여함으로써 마침내 아니마의 결정체를 통감각적으로 제시한다. 이는 무의식에 잠재한 아니마를 의식화하고 구체화하여 무대에 가득 살려냄으로써 그에 통합되는 작가의 자기실현의 의미심장한 비약까지 내포하게 된다.

제5장

깨달음의 도정道程에 있는 극적 주체들: 〈물거품〉, 〈느낌, 극락極樂 같은〉, 〈날아다니는 돌〉

이강백 희곡에는 초기작부터 연금술적 전환의 가능성을 내포한 존재들이 반복해서 등장한다. 잔혹한 운명의 사막 속에서도 연초록의 느티나무를 꿈꾸며 헌신하는 인물 (〈셋〉의 인물 다), 자신의 전존재를 상징하는 '태양'을 들고 쏟아지는 권력의 창을 뒤엎을 경계넘기의 욕망을 지닌 인물 (〈다섯〉의 인물 라), 자신의 목숨을 던져서라도 알 속의 진리를 밝히고자 하는 인물 (〈알〉의 시민 라), 부조리한 구조를 인식하고 그를 공표하고자 하는 인물 (〈파수꾼〉의 파수꾼 다), 내면의 도덕법칙을 실현하기 위해 스스로 목숨을 내 놓는 인물 (〈내마〉의 내마), 숨 막히는 고통 속에서도 순수한 예지력으로 생명을 지켜내는 인물 (〈봄날〉의 막내) 등… 이들은 겉으로는 고독하고 미약한 존재로 비치지만 내면의 치열한 힘으로 삶의 극한까지 자신을 헌신하며 진리에의 의지를 다양한 방식으로 실현한다.

『이강백 희곡전집』 5권의 서문에서 작가가 언급하고 있듯이 "한 개인을 우주만큼이나 큰 의미로 채울 수 없는가"[1]라는 문제의식은 초기희곡부터 후기작까지 관통하는 핵심화두로 작용한다. 이 장에서는 1990년 이후 다시 말해, 17년간 근무하던 크리

---

1) 이강백, 『이강백 희곡전집 5』, 평민사, 1995, 10쪽.

스천 아카데미를 나와 전업작가로 전환한 이강백이 인간내면 탐구에 집중하면서 극적 주체들이 '구도자求道者'로서 본격화되어 등장한다는 점에 주목하였다. 1991년에 발표된 〈물거품〉의 중심인물이 '나'인 것은 의미심장하다. 이 작품에서는 인물 가, 나, 다, 라, 혹은 이름이나 직명 등 객관적인 명명이 아니라, 1인칭으로 이루어진 '나'라는 인물이 주인공이며, 그것도 '나'의 기억이 전 작품을 감싸고 있고, "나는 누구냐?"[2]라는 주체에 대한 철학적 질문이 대두된다. 이러한 문제의식은 〈영월행 일기〉 〈뼈와 살〉에서 변주되다 〈느낌, 극락 같은〉에서 다층적으로 형상화된다. 깨달음의 도정道程의 다양한 위치에 있는 '나', '조당전과 김시향', '문신' 그리고 '서연, 함이정, 조숭인' 등이 〈날아다는 돌〉에 이르면 하나의 길에서 합류하는 이미지를 형성한다. 이강백은 〈영월행 일기〉에서 제기되고 〈뼈와 살〉에서 구체화된 인생의 문제를 〈느낌, 극락 같은〉에서 좀 더 심화시켜 형상화했다고 인터뷰에서 밝힌 바 있다.[3] 그리하여 이 장에서는 인간 실존의 심층적 질문을 본격적으로 형상화한 〈물거품〉, 〈느낌, 극락 같은〉 그리고 〈날아다니는 돌〉을 중심으로 깨달음의 도정에 있는 극적 주체들을 분석하여, 이강백은 전 인격의 중심에 도달하는 길을 어떻게 형상화했는지를 천착해 내고자 한다.

---

2) 이강백, 『이강백 희곡전집 4』, 평민사, 1996(1992), 188쪽.
3) 「이강백과의 8차 인터뷰」, 2018년 5월 15일, 서강대학교 정하상관 1119호.

1. 연못에 이르는 길, 아니마와의 대면: 〈물거품〉

〈물거품〉, 〈느낌, 극락 같은〉 그리고 〈날아다니는 돌〉에서 주인공은 반복해서 어딘가를 향하는 여정에 있다. 그러기에 길의 이미지가 선명하게 강조되어 드러난다.

〈물거품〉에서는 '나'가 연못으로 향하는 길을 세 번 왕복하는 것이 극의 중심 사건을 이룬다. 유모의 언급을 통해 연못에 이르는 길이 다음과 같이 묘사된다.

> **유모** 상당히 먼 곳이죠. (연못까지 가는 과정을 머릿속에 그려보며) 교외선 열차를 타고… 손가락으로 꼽아 일곱 번째 정거장인데, 그곳에 내리면 초생달처럼 가느다란 길이 휘어져 있고… 그 길을 따라 올라가면 우거진 숲이 나오는데… 그 숲 속에 연못이 있죠. 가보시면 감탄하시겠지만 그 연못은 정말 경치가 아름다워요.(4:168)

일상의 삶이 진행되는 '이곳'에서 연못이 있는 '그곳'은 현동화된 무대이지만, 그 사이의 길은 유모의 대사로 형상화되는 언어적 무대장치이다. 기차를 타고 가야하고 그 다음에는 휘어진 오솔길을 걸어서 올라가는 이 길은 유모의 언어를 따라 관객이 머릿속에서 상상으로 완성해내는 각자의 길이다.

〈물거품〉은 30년 전 '나'가 '그'의 부탁으로 그 길을 따라 연못에 있는 '그녀'에게 세 번 방문한 사건을 '나'가 회고하는 것으로 구성되어 있다. 그 길의 시작에는 '그'가 있고, 끝에는 '그녀'가 있다는 점을 주목할 필요가 있다. '그'가 '나'를 '그녀'에게 가게 하고, '그녀'는 다시금 '나'를 '그'에게 보낸다. '나'는 이곳의 '그'에게서 저곳의 '그녀'에게 가는 길을 반복하고 있는 것이다. 그러나 그것은 단순한 반복이 아니라 '나'의 삶을 단계적으로 승화시키는 구도의 길이다. 그런데 그 여정을 관객 각자가 머릿속에 상상해야 할 언어적 무대장치로 형상화함으로써 관객이 심리적으로 동참하게 하는 효과를 가져 오게 되는 것이다. 따라서 '나'의 구도의 길은 주인공 혼자의 길이 아니라 관객과 함께 할, 다양한 길로 확산되는 것이다. 관객 각자의 기억 속에 혹은 상상 속에 존재하는 어느 공간으로의 이동은 일곱 개의 정거장으로 형상화된다. 그리고 눈을 감으면 떠오르는 각자의 공간에 내려 초승달같이 생긴 호젓한 길을 따라 '상승'하는 변화가 일어나게 된다. 일상의 낮은 차원이 아니라 신성한 공간으로의 '오르막'이 있고, 그곳에 펼쳐지는 자연의 숲, 그 향기를 느끼며 숲 속에 들어서면 거기에는 '연못'이 있는 곳. 나무와 물이 어우러져 자아내는 후각과 청각과 촉감까지 관객들은 상상해낼 수 있다. 이렇게 작가는 정적이면서도 역동적인 아름답고 신성한 공간으로 관객을 초대하고 있는 것이다.

그렇다면 '그'와 '그녀'는 무엇인가.

길의 출발점과 끝에 있는 '그'와 '그녀'는 상호 대척점에 위치하면서, '물거품'에 대해 대조되는 입장을 지니고 있다. 그는 물거품은 생성되었다가 소멸하는 것으로 규정한다. 그러나 그녀는 물거품은 소멸하긴 하지만 또 다시 생성되며 끊임없는 순환으로 이 세상을 살아있게 하는 것으로 본다. 소멸은 끝이 아니라 생성과정에 포함되는 것이고, 생성 또한 소멸의 다른 면이므로, 눈에 보이지 않는다고 없는 것이 아니라는 입장이다. 작가는 보이는 것만을 비추는 거울을 '그'의 세계로 규정하고, 있음과 없음이 공존하는 연못을 '그녀'와 동일시한다. 작가는 그를 유능한 정치가로서 권력과 재력을 지니고 있으며 그녀를 자신의 방식으로 사랑하는 인물로 형상화한다. 작가는 보이는 것만을 인정하는 세속의 대표적인 존재로 '그'를 형상화한다. 그러나 그는 기본적으로 '폭력'에 기반을 두고 있다. 그는 그녀의 전남편을 연못에서 익사시키고 완전범죄로 은폐시킨 후, 슬프고 외로운 그녀를 위로하면서 사랑을 얻어 결혼에 이른다. 그는 전남편과의 사이에서 태어난 아이까지 정성스럽게 보살핌으로써 그녀의 온전한 사랑을 '소유'하려 한다. 무엇보다 물거품에 대한 논쟁 중 그는 자신의 살인행위를 발설한다. 그녀가 숲 속의 연못으로 은거하자 강제로라도 그 연못에서 끄집어내어 자신의 곁에 두고자 할 뿐 아니라 만인 앞에서 그녀가 전남편의 살해범이 자신이 아니라는 위증을 하게하여 정치적으로 이용하면서 동시에 그녀에게서 전남편의 흔적을 지워버리려 한다. 그러나 그는 극 중에서 자신의 의도를 관철시키지 못할 뿐 아니라 몸이 마비되는 과정을 겪는다. 그는 보이는 세계에 집착하고 사랑마저도 소유로 파악하고 있으며 스스로도 경직되어 있다. 이강백은 그를 통해 거울로 은유되는 '보이는 세계'가 폭력적임을 드러낸다.

이에 반해 그녀는 생성과 소멸이 자연스럽게 이루어지는 깊은 연못과 동일시된다. 보이는 것 너머에 있는 '보이지 않는 세계'를 연못과 그녀를 통해 이강백은 아름답게 승화시켜 표현한다. 우선 극은 현재에 그와 내가 대면하는 시공간과, 기억처럼 소환되는 그녀의 시공간이 과거와 현재에 걸쳐 틈입하는 구조가 뼈대를 이룬다. 거기에 극적 사건에 대한 논평으로 때때로 삽입되는 음악학원의 실로폰 연습과 연주회가 겹쳐지는 삼중구조로 이루어져 있다. 그중에서도 그녀의 시공간은 기억처럼 아스라이 뒤쪽에 자리잡고 있지만 차츰 그 물질성으로 무대를 압도한다. 특히 그녀가 거주하는 숲 속의 연못은 조명과 소리, 물결과 물방울 등의 물질성으로 무대뿐 아니라 객석까지 퍼져 나간다.

'물'이라는 물질성은 그녀의 '젖'이라는 생명의 근원과 연결되면서 연못과 그녀는 상동성을 드러낸다.

> 무대 암전한다. 어둠 속에서 무대 바닥에 푸른색 조명이 비춘다. 연못 한가운데서 생긴 파문이 점점 연못가로 퍼져 나가듯이, 푸른색 조명은 넓어진다. 물방울이 수면 위로 떨어지는 효과음이 사용된다. 그녀, 무대 왼쪽에서 등장한다.(반쯤 뒤돌아서서 그녀는 앞가슴의 옷깃을 풀어헤치고, 젖으로 부풀어 올라 통증을 일으키는 유방에서 젖을 짜내 그릇에 담는다.)(4:169)

'나'가 연못에 첫 번째 이르렀을 때는 밝고 맑은 날이다. 나는 그녀를 데려와 달라는 그의 부탁으로 연못에 간다. 그곳에서 나는 젖을 아기에게 직접 주지 못해 그녀가 육체적·정신적으로 고통스러운 상태임을 보게 된다. 그녀는 "한밤중에도 잠을 이루지 못"하는 상황이며 그럼에도 "연못으로 나와 어두운 물속을 바라보고 있노라면, 산란한 마음이 차츰차츰 가라앉"(4:171)는다고 한다. 아이와 떨어져 있는 것이 고통스럽지만 자기성찰을 할 수 있는 연못에 머물겠다고 그녀는 자신의 의지를 밝힌다. 이를 확인한 나는 그에게로 돌아가게 된다. 첫 번째 대면으로 나는 그녀를 이해하게 되는 단계에 이른다.

두 번째 길에서는 비 내리는 연못에서 그녀가 우산을 들고 물거품을 지켜보는 모습과 마주한다. "빗방울들이 수없이 동그라미를 그린다. 연못가에서 그녀가 우산을 들고 요동하는 수면을 바라보고 있다."(4:177-178) 그녀는 "연못이 고통으로 가득 차 있다면서, 물거품이 중얼거려요"(4:178)라고 말한다.[4] 이렇게 작가는 비 내리는 연못을 의인화하여 그녀의 고통스런 심경을 은유한다. 그녀를 증인으로 법정에 세우려는 그의 계획에 고통스러워하는 그녀는 법정에 서라는 나의 설득을 들으며 나와 그가 "똑같다"고 언급한다. 이 두 번째 만남에서 그녀는 연못과 서서히 동화되는 과정이 드러난다. 또한 나는 단순히 그와 그녀를 매개하는 자로 머무는 것이 아니라 보이는 것만으로 가득 찬 세속에 속해 있는 자신을 성찰하게 된다. 그리고 그를 만나 "난 나 자신과 자네의 다른 점을 생각해 봐야겠"(4:181)다고 언급하고 "이 재판을 못하도록 자넬 적극 말렸어야 하는 건데…"(4:181)라며 후회하기 시작한다. 이렇게 차츰 그로부터 거리를 두고 그녀와 가까워짐으로써 나의 자기 인식이 시작 된다.

세 번째 나의 연못 행은 밤에 이루어진다. 여전히 서류가방을 들었지만 그 안에는 재판에 필요한 서류 대신 빈 그릇을 담아 그녀에게 간다. 그리고 그 그릇에 그녀의 젖을 달라고 부탁한다. "저는 오늘 새로 태어난 사람이고 싶습니다. 어제까지 저는 오직 있는 것만을 보았었습니다. 하지만 오늘부터는 없는 것도 보려고 합니다."(4:187-188) '나'가 그녀의 젖을 먹고 세상에 대한 새로운 눈을 뜨려한다. 작가는 '나'가 젖을 마시는 동안 "물방울이 허공에서 수면으로 떨어질 때의 투명한 소리가 들린다."(4:188)고 묘사함으로써 나와 그녀의 일치를 음향효과로 부각시킨다.

---

4) 〈물거품〉(1991)의 '연못'과 '그녀'는 〈즐거운 복희〉(2014)에서 '호수'와 '복희'로 더욱 확대되고 구체화되어 형상화된다. 연못이 의인화되면서 그녀의 고통이 형상화되는 방식은, 복희가 재섭을 잃고 괴로워하는 상황이 비바람 불어 뒤집히는 호수로 은유되어 더욱 강력해진다.

나는 젖을 마시는 행위를 통해 그녀와의 일치를 이루면서 새 눈으로 세상을 보게 되고 자신에 대한 인식에서 대전회를 이룬다.

> **나** 여기 오기 전에 저는 거울을 바라보며 물었지요. 나는 누구냐? 당나귀구나, 돼지구나, 살쾡이구나! 이제 연못에 와서 저 자신을 다시 묻습니다. (연못을 향하여 입에 두 손을 모으고 묻는다.) 나는 누구냐? (두 손을 양쪽 귓가에 대고 대답을 묻는다.) 나는 물거품이다! 어둠으로 가득 찬 이 세상에, 지극히 짧은 순간 떠올랐다가, 사라지는 물거품이다! (4:188) (밑줄 필자)

보이는 것만 보고 질주하는 그가 있는 세계에 속해 있던 '나'가 사악한 살쾡이였다면, 보이지 않는 것까지 포괄하는 연못에서 그녀의 젖을 먹고 개안한 나는 순간의 인연에 의해 떠올랐다 사라지는 물거품임을 인식하게 된 것이다. 이는 『금강경』의 "凡所有相 皆是虛妄 若見諸相非相 卽見如來(무릇 형상이 있는 것은 모두가 허망하다. 만약 모든 형상을 형상이 아닌 것으로 보면 곧 여래를 보리라.)"[5]와 연결지어 생각해 볼 수 있다. 자신을 포함한 모든 형상은 허망한 것이며 인연의 법칙에 의해 잠시 상으로 떠오르지만 인연이 다하면 흩어지고 마는 물거품과 같다는 것이다. 이처럼 나는 그녀와의 일치과정을 통해 삶에 대한 성찰에 다가가게 된다. 그러나 아직 참 마음자리인 여래를 보는 단계에 도달하지는 못한다. 세상의 은유인 연못은 "더럽고 추악한 것들이" "밑바닥에 가득 차 있어"(4:188) 어둠으로 가득하다고 절망적으로 인식하고 있기 때문이다.

그러나 그녀는 어둠과 빛이 따로 있는 것이 아니라 연못 속에

---

5) 무비스님, 『금강경 강의』, 불광출판부, 2006(1994), 53쪽.

서 합일되면서 그 안에서 물거품에 의해 끊임없이 순환되어 연못 전체가 살아있게 된다고 언급한다.

> **그녀** 하늘은 허공에 있지 않아요. 하늘은 깊고 어두운 저 밑바닥에 있어요. 별들은 맑고 깨끗한 곳에서 빛나지 않아요. 별들은 더럽고 추악한 곳에서 아름답게 빛을 내죠. 물거품들은 저 깊은 어둠 속에서 수면 위로 솟아나와 짧은 순간 사라지지만, 그러나 그건 하늘의 영원한 별들을 나타내요. (…중략…) 밤의 연못은 죽음만이 가득 고인 듯이 고요하구… 그걸 살아 있게 흔드는 건 물거품이에요. 저 깊은 밑바닥에서 물거품들이 솟아올 때마다 수면 전체가 생기를 띠고 흔들리죠. 그래요. 끊임없이 생겨나고 사라지는 물거품에 의해서 연못 전체가 살아 있어요. (…중략…) 제 몸은 이 연못과 같아요. 연못은 저 자신이며 저는 연못이죠. 저는 이 연못에서 물거품처럼 사라지지만, 그러나 그 순간 저는 이 연못과 하나가 되는 거예요.(4:188-189)(밑줄 필자)

별이 연못의 어두운 밑바닥에서 찬란한 빛을 발하고, 깊은 어둠 속에서 솟아나 소멸하는 물거품이 바로 영원한 별이라는 이 발화는 상당히 역설적으로 들린다. 그러나 생성과 소멸은 결국 같은 말이며 그러기에 순간이 바로 영원과 통하게 된다.[6] 〈물거품〉의 핵심 대사라고 할 수 있는 그녀를 통한 위의 발화는 이강백이 20대에 형상화해낸 〈내마〉의 후반부에 내마가 도달한 인식과 유사하다. 세상은 어두운 구덩이고 그 속의 인간은 고독할 수밖에 없지만 그럼에도 진리의 빛을 실현하려는 내마의 인식[7]

---

6) 무비스님, 앞의 책, 57쪽.

7) 제1부 3장 참조.

이, 〈물거품〉에서 '그녀'에게 계승된다. 그러나 그녀는 어둠 속의 빛이라는 이미지에서 인생의 근원적인 관조로 나아간다. 작가는 40대가 되어 창작한 〈물거품〉에서 '그녀'를 통해 세상은 연못의 바닥처럼 어둡고 더러우며 추악한 곳이지만 그곳에 바로 빛나는 별이 있음을 드러내고 있다. 물거품은 일시적으로 떠올랐다 사라지는 순간의 산물이지만 그것을 생명의 순환고리에서 보면 '영원성의 별'임을 시적으로 표현해내고 있다.

그녀는 자신이 물거품처럼 연못에서 사라지겠지만 그것은 단순한 소멸이 아니라 연못과 하나가 되어 새로운 물거품을 생성하는 과정으로 여긴다. 그러기에 자신의 소멸은 행복한 것이고 그럼으로써 연못 속에 용해되어 완전한 일치를 이룰 수 있다고 생각한다. 그녀와 연못 사이의 경계의 무화와 일치과정을 이강백은 다각도로 승화된 미로 형상화한다. 작가는 그녀의 죽음을 슬픈 사건으로 묘사하지 않는다. 그녀의 죽음은 아이들과의 행복한 만남과 놀이를 통해 "온몸에 생기와 즐거움이 넘치"(4:200)는 날, 안개가 자욱한 밤에 일어난다. 세상의 모든 경계가 지워진 순간 그녀는 연못에 몸을 던진다. 그리고 그 행복한 순간의 아름다운 그녀의 모습은 지문과 '나'의 대사로 형상화된다.

(…상략. 그녀가 연못 위에 죽은 모습으로 떠 있다. 넓게 퍼진 옷자락이 연못의 수면 전체를 뒤덮은 듯하다.)

나 자네 부인은 하얀 옷에 맨발로, 아이들이 만들어 준 꽃목걸이를 걸고서 물 위에 떠 있었네. 아침햇살이 얼굴을 밝게 비치고 있었는데, 부인은 행복을 노래하는 표정이었어. 자기 자신의 죽음과 행복을 동시에 노래하고 있는 것… 그것은 무엇 때문일까? 물거

품은 짧은 순간 사라지지만, 그러나 저 깊은 곳에서 다시 생겨나
떠오르네!

(무대 앞쪽의 수직 조명이 꺼지고 연못만이 더욱 환하게 밝아진다. 그녀의 모습이 오랫동안 떠 있다가 연못에 용해된 듯이 조금씩 사라진다.)(4:201-202)

'그녀'의 죽음은 지문과 '나'의 대사에 의해 승화되어 표현된다.[8] 이생에서 가장 소중한 존재인 아이들에게서 사랑의 선물로 받은 꽃목걸이를 하고서 밝은 아침 햇살을 받으며 물위에 떠 있는 그녀의 죽은 모습은 행복하고 아름답다고 나의 대사로 묘사된다. 그리고 지문을 통해 극적 현재를 비추고 있는 수직 조명을 끄고, 과거에 일어난 그녀의 죽음 장면인 연못만을 강조하도록 지문에서 명시적으로 드러낸다. 작가는 그녀의 옷이 연못 전체를 덮고 있을 정도로 연못과 하나가 되었다가 서서히 용해되어 사라지는 이미지를 압도적으로 형상화하여 관객에게 강한 인상을 주게 한다. 이처럼 그녀의 죽음은 '적멸위락寂滅爲樂'[9]을 체

---

8) '그녀'를 현실의 한 여성으로 상정하면 여러 가지 지점에서 의구심이 생긴다. 남편이 전 남편을 죽이고 그간 기만해왔으며 심지어는 법정에서 위증을 강요하고 있는 상황에서, 왜 그녀는 산 속으로 은거해 버리고 결국 자살하고 마는가. 이는 남편의 부정에 대한 소극적 저항으로 밖에 보이지 않는다. 남편을 사랑하기 때문인지, 아니면 그가 지닌 막강한 권력 때문에 출구가 없어서인지, 아니면 그 모든 상황에서 삶의 허무를 느끼기 때문인지, 아니면 삶의 절체절명의 위기에서 근원적 질문에 대한 답을 찾아서인지… 그녀의 복잡한 내면은 드러나지 않고, '나'가 '그녀'를 만나면서 삶의 근원적인 문제에 대해 성찰해나가는 과정에만 초점이 맞추어져 있다.

9) 무비스님, 앞의 책, 141쪽. "생기지도 않고 멸하지도 않으며, 가지도 않고 오지도 않는 바로 그 자리, 올라가지도 내려가지도 않는 그 자리가 바로 실상의 자리입니다. (…중략…) 본래로 기뻐하거나 슬퍼할 것이 없는 텅 빈 그곳이야

화하여 드러내는 순간이다. 연못에서 피어났던 아름다운 물거품처럼 그녀는 소멸되었지만, '나'의 가슴 속에 남아 그 후 30년이 되도록 나는 그 연못을 반복해서 찾아가게 된다. 그리고 연못바닥에서 피어오르는 물거품과 하늘의 별빛의 만남은 하나의 작은 하얀 연꽃으로 승화되어 남게 된다.

〈물거품〉에서는 '나'의 기억과 회상이 극 전체를 감싸고 있어서 관객은 나의 시선으로 극적 사건을 바라보게 된다. '나'와 대비되는 '그'의 기억도 삽입되지만 '그'는 '나'가 떠나가는 부정의 세계로 형상화되고 '그'의 기억은 상당히 제한적이어서 관객은 '나'에게 감정이입한 상태에서 극적 사건을 따라가게 된다. '나'의 기억의 핵심에는 '그녀'가 놓여 있다. 극의 초반부터 그녀는 "과거의 기억처럼" 무대 전면이 아니라 무대 후면에서 하나의 이미지처럼 멀리 지나간다.(4:151) 그러다가 나의 기억이 본격화되면 그녀는 무대와 객석을 압도하는 물질성으로 확산된다. '그녀'는 물, 물방울, 물거품 등의 물질성으로 강조되다가 나중에는 연못과 일치되어 용해되어 사라지는 이 작품의 핵심적인 이미지와 물질성으로 부각된다. 실제로 이강백은 이 작품의 공연에서 '물'과 연못이 얼마나 중요한지 역설한다. 특히 작가는 1991년 무의자 한옥 박물관 대청에서 〈왕자호동〉[10]이 공연될 때 그 마당 연못에 비친 모습들에 강한 인상을 받았으며 그런 환경에서 〈물거품〉이 공연되기를 소망한다. 혹은 국립극장대극장 앞의 분수대

말로 진정으로 즐거운 자리입니다. 그래서 부처님께서도 '적멸위락寂滅爲樂'이라고 했습니다. '제행무상 시생멸법 생멸멸이 적멸위락'이라는 역대 부처님의 게송을 듣기 위하여 석가모니 부처님의 전생시절 즉 설산동자였을 때 야차에게 몸을 던졌다는 이야기가 경전에 있습니다."

10) 토탈 뮤제 무의자 개관기념공연, 1991년 10월 3일-6일, 연출 이병복, 대본 구희서.

에 물이 찰랑찰랑하게 있는 상태에서 관객들은 그 계단이나 주변에 둘러 앉아 공연되는 상상을 작가는 할 정도이다.[11] 그만큼 물과 연못 그리고 그와 동일시되는 그녀의 이미지와 물질성은 이 작품의 핵심적인 부분이 된다.

이강백은 자신의 작품에 형상화되는 여성성은 계획적으로 만들어진 것이 아니라 "깊은 바다 밑에서 수포가 올라오듯이 무의식 속에서 끊임없이 뭔가 올라오는 것"[12]을 포착한 것이라 언급한다. 이처럼 〈물거품〉의 '그녀'는 이강백이 무의식에서 떠오르는 자신 안의 여성성을 포착한 것에 다름 아니다. 아니마란 융의 분석심리학에서 남성의 무의식에 있는 여성성을 지칭함은 주지의 사실이다.[13] 즉 작가의 자아를 투영한 인물 '나'의 기억 혹은 내면에서 떠오르는 여성성 그 자체가 '그녀'라는 인물인 것이다. 작품의 제목처럼 그녀는 무의식에서 떠오른 '물거품'이며 '나'의 아니마로서 전인격의 중심에 이르는 길로 나를 인도하고 다시금 무의식 속으로 사라진다.

요컨대, 〈물거품〉의 극적 사건은 주인공 '나'가 거울로 은유되는 '그'의 세계에서 떠나 숲속 연못에 있는 '그녀'를 세 번 만남으로써 인식의 대전환을 이루는 30년 전 사건이 되겠다. 그 이후 지속적으로 '나'가 연못을 방문함으로써 그 인식을 심화시켜온 것도 나와 그의 극적 현재의 대사 속에서 확인할 수 있다.

나 인간이란 누구나 각자의 연못이 있는 걸세. 나는 평생 동안 그 연

---

11) 「이강백과의 4차 인터뷰」, 2017년 5월 30일, 서강대 정하상관 1119호.
12) 「이강백과의 4차 인터뷰」.
13) C.G. Jung, *Aion*, *GW 9/2*, Ostfildern: Patmos Verlag, 2011(1995), pp. 20-31 참조.

못을 바라보려구 애를 썼구, 자넨 평생 농안 그 연못을 보지 않으려 애를 썼네.(4:152)

여기서 연못이란 거울과 대비되는 것으로서 보이는 세계 너머의 보이지 않는 세계 즉 생성과 소멸의 순환을 함축하고 있다. 그러기에 한때 순간 떠올랐던 아름다운 물거품인 그녀가 소멸한 연못은 생동하는 곳이다. 무릇 세상의 모든 상相들은 사라지는 허망한 것이며, 허망 자체를 인식하고 그 너머의 영원한 마음의 근본을 깨달으면 바로 여래라는 『금강경』의 가르침은 그녀를 통해 체현된다. '나'는 '그녀'를 대면함으로써 삶의 근본에 이르는 성찰을 하게 되는 것이다. 인간 모두에게 각자의 연못이 있다는 말은 불교적 해석으로는 여래나 근본 마음자리이며, 분석심리학적으로는 전인격의 핵심인 '자기'(Selbst)가 되겠다. '나'에게 '그녀'는 아니마로서 자신의 중심으로 이끄는 역할을 담당한 것이다. 자기에서 보낸 사신인 아니마 '그녀'는 '나'로 하여금 '자기'에 이르는 계기를 마련해준 것이다. 그리하여 '나'는 사회 속에서 남에게 보이기 위해 쓰였던 페르조나를 벗어나 자기를 향한 여정을 30년이나 지속해온 것이다.

페르조나에 고착된 삶을 살아온 '그'와 자기실현을 위한 구도의 길을 지속해온 '나'의 모습은 극의 처음과 끝에 전혀 다른 모습으로 부각된다. '그'는 "화사한 색깔의 옷을 입고 부유"해 보이지만 불안한 표정에 하반신 마비가 와서 걷기도 힘들고 손은 잠시도 쉬지 않고 떨리는 "늙고 황폐해 보이는"(4:151) 모습으로 묘사된다. 반면에 '나'는 낡고 바랜 의상을 입고 있으나 그것은 "인생과 함께 풍상을 겪어온"(4:150) 모습으로 묘사된다. 이는 자연스러운 소멸의 흔적인 것이다. 그의 눈빛은 불안정하게 흔들리는 반면, 나의 시선은 온화하고 안정되어 있는 것으로 대비된다. 무엇보다도 나의 내면의 빛은 "퇴색한 분위기 속에서"도 "연꽃" 처럼 신선하게 부각된다.(4:150) 그리하여 30년 전 '그녀'와 물거품에 대한 회상을 한 후 극의 말미에서 '그'는 몹시 두려워하며 죽어 쓰러지는 반면, 그러한 그를 바라보던 '나'는 "오랫동안 깊은 생각에 잠긴 모습"(4:204)으로 인생에 대한 성찰과 자기인식에 이르는 모습을 보여준다. 그녀도 소멸하고, 그도 죽고, 나도 사라지고 나면, 적멸의 고요함이 연꽃으로 피어난다. 소멸함 자체도 소멸하면 적멸의 고요함이 연꽃이 되어 관객에게 전달되는 것이다. 작품은 "오직 연꽃만 의자 위에 남아 있"(4:204)는 장면을 조명으로 강조하며 마무리된다. '연꽃' 한 송이는 바로 우리들의 참마음자리 여래인 것이고 '자기'의 상징이다.[14] 우리 모두는 전인격의 핵심인 자기를 찾아가는 구도자(반야행자)임을 제시하는 결말이다.

주인공이 일인칭인 '나'라는 점도 괄목할 만하다. 희곡에서 일인칭의 주인공이 등장하는 경우는 흔한 일이 아니다. 이를 통해 작가는 주인공과의 친연성을 드러낸다. 이는 실제로 작가와의 인터뷰 내용에서 확인되는 바이다. 이강백은 '나'처럼 40대에 허망한 소멸을 인식하고, 보이는 것 너머에 있는 보이지 않는 것을 추구하며 마음을 닦으면 70대의 노인이 되어 쇠잔해지더라도 참마음자리에 도달할 수 있으리라 상상하며 반복적으로 생성되고 소멸되는 물거품의 자리에 연꽃 같은 희곡을 남겨 놓았을 것

---

14) 무비스님, 앞의 책, 25쪽. 무비스님은 "'여래如來(Tathagata)'란 '진리에서 오신 분'이라는 뜻으로 부처님 세존과 같은 뜻으로 쓰입니다. 또 한편으로는 사람 사람들이 다 같이 갖추고 있는 본래 면목本來 面目이며, 우리의 본래 마음자리를 뜻합니다."라고 설명한다.

이다.

1990년에 직장이던 크리스천 아카데미를 떠나 전업 작가로 전환한 이강백은 인생의 의미와 내면세계에 대한 성찰을 〈물거품〉(1991)에서 '나'라는 구도자적 극적 주체를 통해 형상화한다. 세속의 일반적인 기준 즉 있는 것, 보이는 것이 지배하는 '거울'과 같은 세계에서 생성과 소멸이 공존하는 '연못'과 같은 세계로의 이행을 수행해온 '나'라는 극적 주체에 작가는 집중조명을 함으로써 자신의 삶과 극작의 핵심 화두를 입체적으로 형상화해낸다. 이후 깨달음의 도정道程에 있는 극적 주체들은 다양한 작품들에서 변주되면서 더욱 심화되어 나타난다.

2. 극락에 이르는 길: 〈느낌, 극락極樂 같은〉

이강백이 40대에 〈물거품〉(1991)에서 본격적으로 형상화하기 시작한 깨달음의 길은 〈영월행 일기〉, 〈뼈와 살〉 등에서 각도를 달리하며 지속적으로 이루어진다. 〈영월행 일기〉(1995)의 조당전이 영월로 가는 길 끝에 있는 얼굴과 마주하면서 인생에 대한 근원적인 성찰을 하게 되듯이, 〈뼈와 살〉(1996)의 문신은 고향을 방문하면서 보이지 않고 들리지 않는 세계에 대한 인식에 도달해간다. 삶과 죽음을 뼈에 살을 입고 벗는 것으로 표현하는 효식의 말(6:133)처럼 이강백의 기본적인 인생관은 삶과 죽음은 살과 뼈의 일이며 이는 순환하는 것임을 〈뼈와 살〉에서 질박하게 드러난다. 이강백은 삶과 죽음의 문제에 대해 〈영월행 일기〉와 〈뼈와 살〉에서 다 드러내지 못한 부분들을 〈느낌, 극락 같은〉(1998)에서 한층 승화시켜 형상화하기에 이른다. 1998년, 50대가 된 이강백은 완숙한 극작술로 자신의 세계관을 이 작품에 담아내었고, 그해 예술의 전당이 기획한 '이강백 연극제'에서 이윤택 연출로 극단 연희단거리패에 의해 관객들의 적극적인 호응을 얻으며 공연되었다.[15]

〈느낌, 극락 같은〉에는 다양한 층위의 깨달음의 도정에 있는 극적 주체들이 등장한다. 극적 시간의 다양한 층위의 겹침구조는 극적 주체들이 처한 그 도정道程의 상이한 위치와 방법을 드러내는데 효과적으로 활용된다. 〈물거품〉이 '나'의 30년 전 기억을 되살리는 것이라면, 〈느낌, 극락 같은〉은 서연의 장례식에서 함이정이 동연과 서연과 함께 지낸 시간에 대한 회상을 아들 조승인에게 들려주는 형식으로 이루어진다. 〈물거품〉에서 '나'가 보이는 세계 끝의 '그'에게서 보이지 않는 세계의 끝 '그녀'로 나아가는 구도의 과정이 드러난다면, 〈느낌, 극락 같은〉에서는 함이정이 형상의 세계인 동연에서 상이 없는 세계인 서연에게로 나아가는 깨달음의 과정이 형상화된다. 그녀의 단순한 회상이 아니라 아들 조승인에게 들려주며 재현하는 형식이다.

---

15) 같은 해 9월 18일부터 24일까지 서울연극제 초대되어 문예회관 대극장에서 같은 연출 같은 극단에 의해 재공연 되었다. 이강백은 재공연이 이강백 연극제에서의 공연보다 훨씬 더 정제되고 극작가의 의도가 살아났다고 만족스러워했다. 무엇보다 "문학성과 공연성이 상호보완적"(『이강백 희곡전집 6』, 8쪽)이어야 한다는 것을 일깨워줬다는 것이다. 상세한 것은 주소형의 논문 「이강백 희곡의 인물형상화 연구」(상명대예술디자인대학원, 2002, 74-98쪽) 참조.

2.1. 세속적 삶의 원리: 동연과 함묘진

이강백은 서연의 구도자로서의 실현과정을 극의 전면에 내세우지 않는다. 오히려 세속적 삶의 원리를 재현하고 있는 동연을 전면에 배치한다. 이름이 보여주듯 동연과 서연은 대극을 이룬다. 동연은 뚜렷한 얼굴 윤곽과 단단한 근육질의 몸의 외양과 탁월한 재능을 인정받고 싶은 욕망을 지닌 인물로 작가는 규정한다. 그와 대비되게 서연은 외양은 평범하지만 사려 깊은 심성을 지녔다고 작가노트에서 명시적으로 밝히고 있다.[16)]

동연은 완벽한 형태를 추구하며 제작술을 갈고 닦는 불상제작자로서 그것을 통해 사랑, 재산, 명성을 '소유'해 나간다. 그는 단단한 외모만큼이나 성격도 단호하고 뚜렷하고 흔들리지 않는 신념으로 끝까지 밀고나가는 추진력이 강한 인물이다.

> **동연** (…상략) 이 세상이란 뭐냐? 눈에 보이는 형태로 가득 차있는 곳이야! 이런 세상에서 성공하려면, 남보다 더 그 형태를 잘 만들어야 해! 다시 말해서, 형태를 잘 만드는 자는 반드시 성공하고, 못 만드는 자는 실패하도록 되어 있어!(6:175)

작가는 인터뷰에서 언급하듯,[17)] 세상은 온통 형태로 가득 차 있다고 생각한다. 작가가 파악하고 있는 세속의 추동원리는 서연을 통해 발화되기도 한다.

> **서연** 저도 처음엔 형태에 집착하는 동연이가 못마땅했었지요. 하지

16) 이강백, 『이강백 희곡전집 6』, 평민사, 1999, 153쪽

17) 「이강백과의 11차 인터뷰」, 2018년 7월 10일, 서강대 정하상관 1119호.

만 지금은… 이해합니다. 사람 사는 곳을 돌아다니면서 보니까, 모든 걸 형태가 결정하고 있더군요. 동연이를 탓할 수만은 없는 것입니다.(6:183)

세속을 지배하는 원리를 자신의 삶의 방식으로 삼는 동연은 때로 폭력적이다. 이정을 아내로 맞는 과정이나 스승으로부터 자리를 찬탈해오는 방식, 아버지를 상실하고 고통스러워하는 이정에게 삼천 배를 강요하거나 음악가가 되겠다고 피아노를 치는 아들이 마음에 들지 않아 피아노 뚜껑을 닫아버려 손가락을 다치게 하거나 화가 난다고 뺨을 때리는 등. 그러한 단호함과 강한 추진력 그리고 때론 폭력적 방법으로 동연은 세속의 가치에서 인정하는 것들을 소유해나가지만, 극의 후반부로 갈수록 소유한 줄 알았던 아내가 떠나고 아들도 자신의 의지대로 되지 않자 더욱 경직되어가고 결국 하반신이 마비되어 간다. 이러한 모습은 〈물거품〉의 '그'와 공통점을 갖는다.

그의 미래의 모습은 함묘진에 다름 아니다. 함묘진의 아내는 이정이 어렸을 때 살구나무에 목매달아 죽었을 정도로 그도 형태에 집착하는 자신의 삶의 방식을 아내와 가족에게도 강요했음을 추측해볼 수 있다. 그는 극 초반에 이미 하반신 마비 증세를 보이다 극중에서 점점 심해져서 나중에는 휠체어를 타고 다닐 정도가 되어 죽는다. 경직된 삶의 방식과 몸의 마비로 드러나는 모습은 동연의 상황과 오버랩된다. 이를 통해 함묘진의 현재는 동연의 미래임을 암시한다.

그러나 이들도 변화 불가능한 존재로 형상화되지는 않는다. 동연은 자신을 그대로 모사하는 제자들보다 자유로운 영혼을 가진 아들 승인을 후계자로 삼고 싶어 한다. 뿐만 아니라 서연이 죽었을 때 아들을 통해 후한 장례비용을 전달하는 모습에서 동연도 언제나 부처의 마음을 찾는 서연을 생각하고 있었음이 드러난다. 함묘진은 늙어가면서 서연을 이해해가고 부처의 마음에 대해 생각하다 죽는다. 그는 깨달음이 미완인 채로 죽기는 하지만, 사후에 지옥문과 극락문을 찾아 헤매다 결국 서연이 열어 놓은 극락문을 통과하게 된다. 이를 통해 작가는 함묘진과 오버랩되어 있는 동연에게 미래의 가능성도 열어 놓는다. 소유와 집착의 방식은 기실 동연의 삶의 방식일 뿐 아니라, 세속의 추동원리이자 사람들 마음속의 욕망의 원리이기도 하다. 누구든 동연처럼 형태가 지배하는 세계에 속해 살아가고 있다 해도 특별한 계기에 나름의 방식대로 언젠가는 자기다움에 도달할 수 있는 가능성이 열려 있음을 〈느낌, 극락 같은〉은 보여주고 있다.

2.2. 극락의 여정을 실현하는 구도자, 서연

가. 부처의 마음을 찾아 길을 떠남: "몸의 모양으로는 여래를 볼 수 없습니다"

극중극의 시작은 불상제작술의 정점에 도달한 동연과 서연이 갈등을 일으키며 시작된다. 서연이 던진 화두 "부처의 모습을 만들어도, 부처의 마음이 그 안에 없다면 무슨 소용이 있겠는가"로 인해 갈등이 시작된다. 성유경이 언급했듯, 서연의 문제의식은 『금강경』의 '여리실견분如理實見分'과 연결지어 볼 수 있다.[18]

---

18) 성유경, 「이강백 희곡 연구. 희곡에서의 음악적 요소를 중심으로」, 이화여대 석사논문, 2008, 76쪽 참조. 『금강경』과 무비스님의 『금강경 강의』의 독서에서 〈느낌, 극락 같은〉 분석을 연결시키는 지점은 성유경의 논문에서 많은 자극을 받았다. 이를 바탕으로 필자는 인물들 각각의 깨달음의 도정을 심화시

"수보리야, 어떻게 생각하느냐. 몸의 형상으로써 여래를 볼 수 있겠느냐?"
"아닙니다. 세존이시여, 몸의 모양으로는 여래를 볼 수 없습니다."
須菩提 於意云何 可以身相 見如來不
不也 世尊 不可以身相 得見如來[19]

동연은 부처의 모습을 만들면, 그 모습 속에 부처의 마음도 있다(6:158)고 주장하는 반면, 서연은 "불상은 그저 부처의 모습일 뿐, 부처의 마음은 아니(6:161)"라고 한다. 서연이 던지는 이 화두는 단순히 등장인물의 문제의식일 뿐 아니라, 작가가 작품 전체를 통해 독자와 관객에게 던지는 핵심적인 질문이다. 세상에 보이는 상相이 진실인가라는 물음인 것이다. 『금강경』에 실려 있듯 여래의 진실한 모습 즉 영원한 법신法身은 형상이 아니기 때문이다.[20] 서연은 이제 스승 함묘진에 의해 불상의 "완벽한 형태를 터득하였다"(6:160)고 인정받을 정도에 도달하긴 했지만, 부처님의 마음을 모른 채, 불상만 만드는 것은 허망한 일임을 깨닫게 된 것이다. 함묘진은 "이 세상에 나만큼 불상의 형태에 대해 아는 자는 없다! 하지만 마음은 모르겠다. 서연아, 부처의 마음을 알려거든 다른 자에게 물어라!"(6:162)고 한다. 이에 서연은 부처의 마음을 찾기 위해 길을 떠나게 된다. 새로운 길을 모색해야만

켜 성유경의 기존논의에서 발전시키고 차별화시켰음을 밝혀둔다. 성유경은 조승인이라는 인물에 작가의 사상이 함축되어 있다고 보고 있지만(앞의 논문 85쪽), 필자는 작가가 각 인물을 통해 깨달음의 층위들을 단계별로 드러내고 있음을 분석해내려 한다.

19) 무비 스님, 앞의 책, 49-50쪽.
20) 무비 스님, 위의 책, 52쪽 참조.

할 단계에 온 것이다.

나. 무위자연 속의 부처의 마음

〈느낌, 극락 같은〉의 무대는 이정의 회상이자 숭인과의 대화를 나누는 현재 공간이기 때문에 대부분 불상제작자인 함묘진, 함이정, 동연 그리고 조숭인이 사는 집(집안과 마당)이다. 그러기에 서연이 길을 떠나 부처의 마음을 찾아 헤매는 공간은 대부분 등장인물의 대사에 의해 간접적으로 제시된다. 동연이 완벽한 형태의 미륵반가상을 제작하여 절 한 채 값에 파는 세속적 성공을 거두는 동안, 서연은 길을 떠나 자연 속에서 부처의 마음에 한걸음 가까워짐을 느끼고 돌아온다.

서연 내가 다녀오는 운장산은 참 좋더군. 굴참나무, 물푸레나무, 곧게 뻗은 소나무가 울창한 숲을 이뤘다. (…중략…) 한눈에 지리산의 웅장한 봉우리들이 보이고, 저 멀리 아스라이 무등산, 그리고 두 귀가 봉긋한 마이산도 보여. 그런 다음 계곡을 따라 산을 내려오면… 비석바위, 다불多佛바위, 보살암 등 십 리에 걸쳐 온갖 바윗돌이 늘어서 있는데, 사람이 만든 불상보다 진짜 부처님을 닮으셨네.(6:169)

어떤 완벽한 형태의 인위적 불상보다 아무런 손질이 가지 않은 자연 속의 바위에서 부처님을 느끼고 온 서연의 마음이 전달되는 대사이다. 완벽한 형태에 집착하고 있는 동연에게 "그런 형상이 진짜 부처님이 아니"(6:169)라고 말하며 서연은 그와 달리 차츰 형태로부터 벗어나고 있는 인식을 드러낸다. 여기에 함묘진은 "부처의 형태를 완벽하게 만드는 것만이 부처에 도달하는 길이라고 여겼더니" "부처의 형태에 치중하면 도리어 부처의 본성과는 멀어질 수 있다"(6:171)고 입장을 바꿈으로써 서연의 방향에 힘을 실어준다. 이에 분노한 동연이 서연을 내침으로써 서연은 돌 몇 개를 남기고 다시 길을 떠난다.

다. 형태로 가득 찬 세상에서의 절망

동연이 이정과의 결혼식에 십일면관세음보살상을 완성하여 공개하는 날, 서연은 세상 속에서 부처의 마음을 찾아 헤매다 형태만 가득함에 절망하고 돌아온다. 동연의 세속적 성취와 서연의 절망이 같은 시점에 대비되어 드러난다.

> **서연** 언젠가… 스승님을 찾아갔더니… 동연이와 네가 결혼했더라. 승인이란 총명한 애도 낳았고…. 그날 동연이는 나한테 그랬지, 다시는 돌아오지 말아라…. 그때 나는 지칠 대로 지쳐 있었어. 세상은 온통 부처의 형상으로 가득 차 있는데… 부처의 마음은 보이지 않고…. 후회되더라 … 불상을 만들면 이 고생은 면할 수 있는 것을 왜 망설이는가… 그래서 스승님께 되돌아갔었는데….(6:211)

나중에 서연이 이정을 만났을 때 하는 말이다. 보이는 것, 명예와 부 그리고 소유의 원칙으로 이루어진 세상에서 부처의 마음을 찾는데 한계에 부딪친 서연이 절망하여 그만 타협하여 살아남으려 했던 순간을 묘사하고 있다. 그리하여 스승에게 되돌아갔지만 매몰찬 동연의 내침에 신발을 벗어 머리에 올리고 서연은 다시 떠난다. 절망을 뒤집어 새로운 희망을 찾아 나아갈 수밖에 없었던 서연의 상황을 나타낸다.

라. 서연의 깨달음: 법신은 상이 아님

서연 난 들판을 헤매 다녔다. 마음이 텅 빈 듯 허전하고… 무엇으로 채워야 할지 알 수는 없고. 그랬는데… 어느 해 겨울이었다. 흰 눈이 내리더라. 어찌나 많이 내리는지… 하늘도 하얗고 땅도 하얗더니만… 천지가 흰 공백으로 텅 비더라. 나는… 나는… 그 텅 빈 공백이 무섭고 두려워서… 네 이름을 불렀다…. 부르고… 또 부르고… 목이 터져라 너를 불러서 그 공백을 가득 채웠는데… 이듬해 봄… 눈 녹는 봄이 되니깐 … 돋아나는 풀잎이며 피어나는 꽃송이가… 모두 네 모습이더라. 난 기뻤다…. 참으로 기뻐서… 난 여기가 극락이라는… 표시를 해 두고 싶었어. 그래서… 돌을 주워… 부처를 만들었지.(6:211-212)

위의 대사의 전반부는 이정이 동연의 아내가 되었을 때, 다시 스승의 집을 떠난 서연이 들판을 떠돌아다닐 때의 절망과 상실감을 절실히 드러내고 있다. 겨울 들판에 눈이 내려 텅 빈 흰 공백은 사랑을 잃은 서연의 상실감과 부처의 마음은 어디에서도 발견할 수 없었던 공허한 마음인 것이다. 온 세상이 텅 비어 버린 그 순간의 두려움을 이정의 이름을 부름으로써 채워 넣으려 했던 그의 한계상황을 묘사하고 있다.

위 대사의 후반부는 마지막 남은 갈애, 부처의 마음을 잡으려던 집착까지 모두 어렵게 내려놓고 텅 빔 그 자체를 받아들이는 순간, 마음속의 전회轉回가 이루어짐을 드러낸다. 그것은 계절적 메타포 즉 '겨울'에서 '봄'으로의 전환으로 표현된다. 인식의 전환으로 개안하게 된 서연은 이제 새로 피어나는 풀잎, 꽃송이 모두가 이정의 모습 다시 말해 여래의 참모습임을 깨닫게 된다. 그래서 서연은 어디에나 만나게 되는 여래의 마음을 돌부처로 표시해서 극락임을 나타내게 된다. 『금강경』의 '법신비상분法身非相分'에는 법신은 상이 아니지만 꿰뚫어 볼 수만 있다면 어디에서나 여래를 만날 수 있음을 다음과 같이 설파하고 있다.

> "수보리야, 어떻게 생각하느냐, 가히 삼십이상으로써 여래를 볼 수 있겠느냐."
> 수보리가 말씀드리되, "그렇습니다, 그렇습니다. 삼십이상으로써 여래를 볼 수 있습니다."
> 須菩提 於意云何 可以三十二相 觀如來不 須菩提言 如是如是 以三十二相 觀如來[21]

이를 두고 무비스님은 "법신은 모양이 아닙니다. 그러나 나투지[22] 않은 곳도 없습니다. 고요히 떨고 있는 나뭇잎 하나, 그윽이 출렁이는 깊은 물결들, 청정하기만 하는 산빛들 그 어디에도 법신이 나타나 걸립니다. 두두물물이 반야의 광명이 같이 빛나기만 합니다."[23]라고 설명하고 있다. 온 세상에 눈에 보이는 모든 것을 흰색으로 지워버리는 텅 빔을 체험하고 그 공空 너머의 참여래를 꿰뚫어보게 된 서연은 도처에서 발견되는 부처 화현化現의 순간을 표시하기 위해 돌부처를 만들며 다른 차원의 구도의 길로 나아간다.

마. 형상으로부터 자유, 해탈

서연은 세상을 떠돌며 부처의 화현과 마주하는 순간, 그 극락

---

21) 무비스님, 앞의 책, 251-252쪽.
22) 부처가 중생을 교화하고 구제하기 위해 여러 가지 모양으로 이 세상에 나타나는 화현化現을 말함.
23) 무비스님, 위의 책, 251쪽.

을 느끼는 순간을 표시하기 위해 돌부처를 만든다. 그러한 서연에게 이정은 합류하게 된다. 어느 날 이정이 지난 밤 거센 바람에 돌부처의 머리가 모두 떨어졌다고 걱정하자, 서연은 다음과 같이 말한다.

> "부처님 형상이 없어졌다고 부처님이 없어졌겠냐?"(6:212)

무비스님이 『금강경 강의』에서 "진리 그 자체의 몸인 법신은 언제나 그 자리에 여여하게 있습니다. 진여법계에 충만해 있는 법신은 어떠한 경우라도 형상일 수가 없고, 또 형상을 통해서 이해하려고 해서도 안 될 것입니다."[24]라고 밝히듯, 서연도 이미 형상으로부터 자유로워져 그 너머에 있는 부처의 존재를 깨닫고 있는 것이다. 이 깨달음의 완성은 그가 더 나아갈 수 없는 길 즉 이승과 저승을 가르는 개울에서 손으로 물을 떠서 마시고 이정에게도 마시라고 권한 다음(이는 극락의 맛을 느끼는 행위이기도 하다), 물부처를 만드는 것으로 보여준다. 이를 이강백은 다음과 같은 지문으로 형상화하고 있다.

> (서연, 흐르는 물속으로 들어가 물로 만든 부처를 세워 놓는다. 부처의 느낌은 남고 형태는 사라진다.) (6:213)

"돌로도 부처를 만드는데, 물이라고 안 될 건 없지."(6:213)라는 서연의 말은 부처의 화현을 모든 물질로 순간 포착할 수 있지만, 부처는 그 형상과 물질 너머에 언제나 어디에나 존재한다는 온

---

24) 무비스님, 앞의 책, 251쪽.

전한 깨달음을 표현하는 것이다. 그렇기에 그는 이생의 모든 구도의 행위를 마무리하고 개울 너머 "눈부시도록 빛이 밝"(6:214)은 극락에 도달하게 된다.

이렇듯, 〈느낌, 극락 같은〉의 극중극의 핵심은 서연이 구도자로서 깨달음에 이르는 과정을 형상화하는 것이다. 불상제작하는 예술가로서 완벽한 형태의 불상을 만들던 서연이 제작술의 정점에서 느끼는 회의 즉 '부처님의 마음은 어디에 있는가'라는 화두를 끌어안고 온 세상을 헤매며 차츰 형상으로부터 자유로워지는 과정이 극의 중심 사건으로 형상화된다.

요컨대, 서연은 동이나 금으로 이루어진 불상을 떠나 자연 속의 바위에서 부처님의 마음을 더 가까이 느끼기 시작한다. 한 때는 이 세상이 온통 형태로 가득 찬 것에 절망하기도 하지만, 세상의 공허와 사랑하는 대상에 대한 집착에서 벗어나, 세상 어디에나 부처가 화현함을 깨닫는 전회의 순간을 맞이한다. 그는 걸식하면서 극락의 순간을 포착하여 돌부처로 표시해 나간다. 거기에 이정이 도반으로 합류하고 결국 그 돌부처의 형상으로부터도 자유로워져 한 순간도 멈출 수 없는 물로도 부처를 만들게 된다. 이는 부처의 화현을 표시하겠다는 마음의 집착마저도 놓는 행위이기도 하다. 그리하여 결국 서연은 열반에 이르게 된다.

2.3. 대극의 통합, 그 현재와 미래: 함이정과 조숭인

작가는 동연을 중심으로 한 세계를 무대의 전면에 내세우고, 서연의 깨달음의 과정의 대부분을 현동화된 무대에 직접 제시하지 않는다. 그 과정은 무대 밖에서 이루어지게 하고 등장인물들의 대사로 간접적으로 묘사한다. 그러다 극의 말미에 함이정이 돌부처를 만드는 서연의 수행에 합류하여 깨달음을 완성하는 부분만 무대에 현동화하여 아름답게 관객에게 각인시킨다. 만일 서연이 처음부터 극의 전면에 제시되었다면 이 희곡은 이데올로기를 직접적으로 설파하는 극이 되었을 것이다. 그러나 작가는 작품의 핵심 이데올로기를 대부분 후면화시키고 수용자 눈높이의 인간적 고뇌와 시행착오를 전경화하는 방법을 사용한다. 그러기에 이상적 관객과 유사한 함이정과 조숭인을 전면에 내세우고 함이정의 회상을 조숭인과의 대화로 풀어냄으로써 관객이 있는 '지금·여기'로 소환해 현재성과 생생함을 확보하게 된다.

함이정이 자신의 여정을 회상의 형식으로 아들 조숭인에게 재현해 주고 있지만, 실은 작가가 이 둘의 회상과 대화를 통해 관객에게 보여주고 있는 것이므로 실제 청자는 관객이다. 조숭인은 시간을 초월한 전지적 시점을 지닌 존재이고 극적 과거·현재 어디에나 개입하게 된다. 그는 태어나기 전에는 끊임없이 어머니인 함이정과 대화를 나누며 '느낌'으로 존재하고, 태어난 후에는 유아시절의 모든 걸 기억하고 있으며 어머니의 삶의 전환기에도 예지력을 지니고 조력한다. 따라서 이정의 회상은 숭인의 개입을 통해 과거와 현재의 시제가 오버랩되면서 상호침투하여 관객의 '지금 여기'에 관여하게 되는 것이다.

함묘진 너의 대답 역시 명확하다.! 동연아, 서연아, 너희들은 벌써 완벽한 형태를 터득하였구나!

동연 감사합니다, 사부님.

함이정 아버지는 칭찬에 인색하셔. 그런데 오늘은 두 오빠를 모두 칭찬하시는구나!

조숭인 하지만 두 분의 반응이 다른데요? 동연이란 분은 칭찬을 듣고

좋아하는데, 서연이란 분은 침통한 표정이에요.(6:160)(밑줄 필자)

서연의 장례식에 조숭인이 찾아온 것으로 시작되는 극적 현재에서, 불상을 만들다 동연과 서연이 싸우기 시작한 날을 회상하는 장면으로 전환된다. 그런데 함묘진, 동연 그리고 서연은 과거의 시점에 속해 있지만, 이정과 숭인은 그것을 현재에서 논평하면서 그 사건을 '오늘'이라 명명한다. 이 둘의 의상도 상복에서 밝은 색의 옷으로 변화한다.(6:157) 과거의 시점으로 가서 그에 대한 논평을 하는 것처럼 이정과 숭인의 시점은 과거와 현재 동시에 속함으로써 관객의 '지금'에 침투하는 현상을 가져온다. 숭인은 아직 태어나기 전에 이정에게 느낌으로만 존재하기 때문에 시제를 초월하는 전지적 시점을 가지는데 무리가 없다. 그런데 '보이지 않는' 신과 같은 존재가 아니라 20대 청년의 몸으로 무대에 상존하도록 작가가 계획하고 있기 때문에 더욱 생생한 존재가 된다.

조숭인 잠깐만요. 누군가 우리를 훔쳐보는 것 같아요.
함이정 누가 우리를…?
조숭인 그런 느낌이 들어요.
함이정 그렇구나. 저기 살구나무 뒤에 동연 오빠가 서 있어.
조숭인 이쪽으로 오고 있군요. 난 불상들 사이에 앉아 있겠어요.

(조숭인, 불상들 사이에 앉더니 불상과 같은 흉내를 낸다. 동연, 함이정에게 다가온다.) (6:164)

숭인은 태어나기 전에는 이정과 관객에게만 보이는 존재이다.

그러다가 결정적인 순간에는 이정에게 행동 지시까지 한다. 예컨대 동연이 강압적으로 이정과 성적 결합을 시도할 때 "어머니! 발악을 하세요! 목청껏 소리 지르고, 손톱으로 할퀴고, 입으로 물어뜯어요!" 라고 강력하게 저항할 것을 요구한다. 그러나 이정은 "난 온몸이 녹아 버리는 것 같아…."(6:176)라며 저항하지 않는다. 그렇게 해서 혼전 임신을 한 이정이 결혼식에 배를 동여맬 것이라 하자, 8개월 밖에 안 된 숭인은 "저는 지금 태어날 거예요!"(6:179)라며 세상에 나와 버린다. 20대의 몸으로 어머니와 대화를 나누던 그는 갑자기 커다란 몸짓으로 응애응애 울며 어머니의 치마를 뚤뚤 말아 벌거벗은 몸에 기저귀처럼 말고 태어난다. 이 모습은 공연에서 참신한 충격으로 다가온다. 결혼식 날 서연이 찾아왔을 때 숭인은 유아의 모습으로 딸랑이를 흔들면 악을 쓰며 울다가, 서연이 소리에 민감한 숭인을 알아차리고 소리를 멈추자 울음을 그친다. 숭인은 그때의 사건을 기억한다고 서연이 놓고 간 돌을 보며 언급한다.

조숭인 그분은 나를 보고 말씀하셨죠. 이 아인 소리에 민감한 것 같다고.

함이정 정말? 그런 말을 했어?

조숭인 네, 어머니. 저는 태어나기 전 일도 모두 기억해요. 어머니와 나눴던 그 많은 말들…. 그때 어머니께 약속했었죠. 열심히 노력해서, 동연 서연 두 분의 목소리를 합쳐 놓겠다구요. 어머니, 그래서 저는 음악가가 될 겁니다.(6:187)

요컨대, 조숭인은 함이정의 회상이라는 메타연극 형식에서 한편으로는 무대 위의 관객으로서 극적 사건을 바라보며 때로는 논평자로서 기능하고, 다른 한편으로는 등장인물로서 극적 사건에 개입하는 이중의 역할을 담당한다. 극중 사건의 핵심은 불상제작자인 동연과 서연이 각기 부처의 완벽한 형태와 부처의 마음을 추구하면서 생기는 갈등이다. 그 둘을 바라보면서 승인은 이 둘의 변증법적 합일을 이루어내겠다고 마음을 다지면서도 친아버지인 동연에 대해서 다소 부정적인 입장을 가지고 있다. 자신을 세상에 태어나게 하는 강압적인 '형식'에 대해서 뿐 아니라 사랑한다고 하지만 이해와 관심이 결여되어 있다든가 "형태에 집착" 해서 "편협"(6:187)해져가고 있는 아버지에게 비판적이다. 그러면서도 그는 자신의 현재 상태를 두 분의 아버지가 마음속에서 항상 싸우고 있어 불협화음을 이루고 있다고 인식하고 있다. 그 싸움으로 현재는 고통스럽지만 부단히 정진해서 미래에는 "소리 속에 침묵이 있고, 침묵 속에 소리가 있는" "극락의 음악을 만들고 싶"(6:208)다고 한다. 극락은 형태와 마음, 소리와 침묵의 이분법을 초월한 상태일 것이다. 승인은 미래에 도달할 지향점을 이미 알고 그곳을 향해 구도자의 길을 가고 있는 중이다. 이는 모순과 갈등 속에서도 그 지향점에 언젠가는 도달할 수 있으리라는 희망을 지니고 치열하게 나아가고 있는 이상적 관객에 다름 아니다.[25)]

지문에서 작가는 승인의 연주를 "폭음과 폭음 사이에 뚜렷하게 느껴지는 침묵이 있다"(6:191)고 묘사하고 있고 승인 스스로도 "소리와 침묵이 내 마음속에서 서로 다투고 있"(6:191)는 불협화음 속에서 몹시 괴롭다고 언급한다. 서연이 저 건너 극락으로

---

25) 성유경은 조승인을 작가적 인물로 보고 있다. (성유경, 앞의 논문, 86쪽 참조). 필자는 승인이 작가가 상정하는 이상적 관객 즉 각각의 방식으로 도정을 가고 있는 존재들을 함축하고 있는 것이라 본다.

향할 때 개울물 이쪽에서 "조승인은 피아노 앞에 앉아 건반을 두드리며 작곡중"(6:213)이다. 현재는 소리와 침묵의 불협화음 속에서 지난하게 균형과 통합을 이루어내는 과정에 있는 승인, 그러나 그의 목표는 이미 정해져 있다.

조승인 (함이정의 웃는 얼굴을 바라보다가 묻는다.) 어머닌 행복하세요?

(…중략…)

함이정 응, 난 행복해.

(…중략…)

조승인 두 분 아버지의 다툼 때문에 저는 상처를 입고… 언제나 괴로워하죠.

함이정 너한테도 반드시 행복한 때가 올 거야. 네 속에서 다투는 두 분의 싸움이 끝나고 극락이 되는….

(…중략…)

조승인 느낌이라면… 기억 같은 것인가요?

함이정 이상하게 들려도 웃지 마라. 저기 들판의 뒹구는 돌들을 봐도 그분이 느껴지고…. 흐르는 물, 들려오는 바람소리, 난 뭐든지 그분의 살아있는 느낌을 느껴.(6:215-216)

극의 시작과 말미에 나타나는 이정과 승인의 대화에서 확인되듯이, 동연과 서연은 따로 있는 것이 아니라 마음속에서 싸우고 있는 두 개의 소리나 작용이라 볼 수 있다. 서연은 이미 열반하여 극락으로 갔음에도 불구하고 승인의 가슴 속에서 여전히 동연과 서연은 싸우고 있어 괴롭다고 고백하는 승인이나, 두 분의 싸움이 끝나 세상 어디에서나 서연을 느낄 수 있어 극락이 된 이정의 마음을 보면 알 수 있다. 극 전체는 이정의 마음속의 구도의 여정을 동연과 서연이라는 인물을 통해 체현해 왔던 것이다.

결국 극 전체는 이정의 회상이면서 그녀가 '느낌, 극락 같은'에 도달하게 되는 구도의 여정을 재현하고 있는 것이다. 그것을 관객을 닮은 승인을 무대에 세워 그가 때때로 극에 개입하면서 생생하게 현재화시켜 관객에게 보여주는 과정인 것이다. 무대 위에 현동화되는 공간은 이정이 존재하는 공간과 일치한다. 극의 4분의 3 이상은 이정의 집이며 그곳에서 동연과 서연과 아무것도 모르고 행복했던 시절에서 동연과 서연의 갈등으로 서연이 집을 떠났다 돌아오기를 반복하는 동안 동연과 살고 승인을 낳아 키우며 이 속세를 살아낸 이정의 삶의 시간이다. 그러나 그곳에서 이정이 결국 삶의 의미를 찾지 못해 껍데기만 남아가다가 극의 나머지 4분의 1의 부분은 집을 떠나 '들판'에서 서연을 만나 함께 돌부처를 쌓는다. 이 구도의 완성 과정은 짧게 형상화되지만 무대에 직접 제시되면서 강렬한 빛을 발하게 된다.[26)]

이렇듯 함이정은 동연과 함께 함으로써 형태가 지배하는 세속의 원리대로 살아 내다가 그 방식을 지양하고 형태 너머의 서연의 삶의 방식을 받아들임으로써 참 마음의 자리로 나아가게 된다. 표면적으로 보면 이정이 동연이라는 남자에서 서연이라는 남자로 이행하는 것 같다. 그러나 이미 언급했듯, 동연과 서연이라는 대극을 우리 마음속에 있는 삶의 원리라고 본다면 함이정은 그 대극을 순차적으로 체화함으로써 균형을 잡아 통합을 이루어내는 존재로 볼 수 있다. 그녀가 마침내 도달한 곳은 '느낌, 극락 같은'이다. 서연처럼 온전히 극락에 도달한 것은 아니지만,

---

26) 희곡의 극적 공간은 154쪽에서 203쪽까지가 함묘진과 함이정의 집이고 204에서 216까지가 들판인데, 후자의 경우도 종종 집으로 회귀된다.

극락의 느낌을 맛보는 행복한 상태이다. 세상 모든 것에서 법신을 느낄 수 있듯이, 이정은 어디서나 이미 해탈한 서연 즉 부처를 느낄 수 있는 순간에 도달한 것이다. 그러나 아직 스스로 부처에 도달한 상태는 아니기 때문에 그 순간의 느낌을 넘어 계속 자기방식의 구도의 길을 가야할 것이다.

그녀와는 다른 방식으로 통합을 이루어내려는 인물이 바로 조숭인이다. 이미 언급했듯 숭인은 현재는 '폭음과 침묵'의 불협화음으로 고통스러워하고 있지만 미래의 어느 순간에 그 둘이 조화를 이루는 통합을 이루어 극락의 음악을 완성하려는 미래완료형의 구도자이다. 이강백은 인터뷰에서 '느낌'을 일종의 데자뷰로 설명하면서 그것은 시제를 넘어서 결국 미래완료와 연결됨을 다음과 같이 언급한다.

> **이강백** 우리 언어에는 과거완료형은 있어도 미래완료형은 없지만, 유대인들이 사용하는 언어에는 미래완료형이 있다고 해요. 그러니까 내가 경험한 이 안에 신이 약속한 부활도 이미 내가 체험을 했고, 체험을 할 수가 있다는 거죠. 그러니까, 꼭 내가 죽은 다음, 새 하늘과 새 땅의 그날 하늘로 올라가셨던 그리스도가 다시 재림해서 나를 죽음으로부터 해방시켜서 부활시켜야만 내가 부활을 느낄 수 있는 것이 아니라, 사실은 내 안에 이미 충분히 느낄 수 있는 (…중략…) 내가 사용하는 이 느낌이란 유대인들의 그 미래완료형처럼 내 안에서 이미 그게 이루어졌다. 그건 어떤 데자뷰 같은 느낌이에요. 그러니까, 이미 내가 그거를 예전에도 느꼈고, 지금도 느꼈고, 또 미래에도 그렇게 느낄 거다.[27](밑줄 필자)

---

27) 「이강백과의 8차 인터뷰」, 2018년 5월 15일, 서강대 정하상관 1119호.

위의 언급을 참고한다면, '느낌, 극락 같은'이란 이정에게는 현재에도 느끼고 있으며 미래에도 그렇게 느낄 것임을 예감하고 있는 것이다. 숭인에게는 아직 도래하지는 않았지만 미래의 어느 순간을 예감하며 끊임없이 정진하는 이정표인 것이다.

요컨대, 〈느낌, 극락 같은〉의 등장인물들은 깨달음의 도정의 각 단계에 있는 존재들이다. 동연은 일상에서 볼 수 있는 이 세상의 욕망의 원리를 형상화하고 있는 인물로서 깨달음의 과정의 가장 표피에 위치한다. 그럼에도 불구하고 이미 언급했듯 그에게도 그 가능성은 열려 있다. 함묘진은 과거에는 동연과 같이 살았지만 늙어가는 과정에서 그것이 전부가 아님을 깨달은 미완성의 구도자로 죽어 사후에 극락을 찾아 헤매다 결국 서연이 열어놓은 극락문으로 들어간다. 동연과 대극에 서 있는 인물은 서연으로 극의 핵심에 그의 깨달음의 과정이 위치한다. 그로부터 거리를 지니고 동연과 서연이라는 대극을 통합하기 위해 정진하고 있는 인물이 숭인이라면, 이정은 그 대극을 내면에서 합일해 내어 현재 극락의 느낌을 맛보고 있는 인물이다.

이렇듯 각자의 구도의 과정이 다양한 층위에 놓여 있고, 관객들은 그들을 바라보며 자신은 어디쯤 와 있는지 자문하게 된다. 막이 내릴 때 "멀리서 새벽을 알리는 송덕사의 종소리가 들려온다. 마을의 장닭들이 그 종소리에 깨어나 목청껏 홰를 친다. 마치 그 닭 울음소리가 '동연아! 서연아!'하고 부르는 것 같다."(6:216)는 지문은 각자의 방식으로 나아가는 도정으로 관객들을 초대하는 작가의 부름에 다름 아니다.

3. 가슴 속의 '원석原石'에 도달하는 길: 〈날아다니는 돌〉

이강백은 〈날아다니는 돌〉에서 평범한 한 청년 이기두라는 주인공이 자신의 전체성의 핵심인 자기(Selbst)에 도달하는 과정을 보여주고 있다. 마치 물거품의 '나'가 반복해서 산속의 연못을 왕래하면서 자기인식에 이르는 것처럼, 이기두는 날아다니는 돌을 구하기 위해 산속의 박석의 집을 향한 여정을 반복한다. 세속의 삶을 추구하던 '나'가 산속의 '그녀'를 만나면서 연못의 진실을 깨달아가듯이, 이기두는 산속 박석이 간직하고 있는 날아다니는 돌에 다가가면서 전일적 인격의 중심에 다가간다.

3.1. 길 떠남, 자기의 자리에 이르는 길

이기두는 평범한 세속적 삶을 살아가고 있는 청년이다. 그는 "물건을 사고파는데 탁월한 재능"(8:373)을 지닌 경매를 직업으로 하는 청년이다. 평범한 여인 혜숙과 연애를 하고 원룸에 살고 있으며 성실히 일하여 통장에 일억 오천만 원을 저축하고 있다. 별 문제의식 없이 일상을 살아가고 있는 그에게 숙부는 특별한 자극을 준다. '날아다니는 돌'을 찾으라는 것이다.

> **숙부** 너도 알고 있듯이, 나에게는 세 명의 아들과 일곱 명의 조카가 있다. 하지만 난 너한테만 날아다니는 돌을 말해줬다.
> (…중략…)
> 나는 너를 가장 좋아한다. 그 돌을 포기하지 마라. 그 돌을 가져야 넌 새롭고 놀라운 삶을 살 것이다! (8:405)

괄목할만한 점은 이기두는 '날아다니는 돌'이 무엇인지에 그 신기한 돌의 진위에 대한 의문도 없이, 숙부의 자극에 바로 반응한다는 사실이다. 지금까지 무탈하게 살아온 것 같던 이기두, 조만간 일억 오천만 원의 예금을 가지고 원룸에서 아파트로 이사를 하고 김혜란과 결혼을 하여 아이들 낳아 오순도순 살아가며 유능한 경매전문가로서 평탄하게 지낼 수 있을 것이다. 그런 그가 실은 자신의 삶을 진부하게 느끼고 있었으며 숙부의 자극에 바로 반응할 만큼 '새롭고 놀라운 삶'에 대한 갈망을 잠재적으로 가지고 있었던 것이다.

그렇다면 '날아다니는 돌'이란 무엇일까. 무엇이기에 그것을 갖게 되면 삶이 새롭게 전환될 수 있을까. 융의 분석심리학에서는 무의식과 의식을 통합하는 정신세계의 핵심을 '자기'라고 표현하면서 종종 이를 연금술사들의 돌에 비유했다. 그 돌, 라피스(lapis)는 결코 상실되거나 용해될 수 없는, 어떤 영원한 것이며 몇몇 연금술사들은 이를 자기 자신의 영혼 속에 있는 신의 신비로운 체험과 비교한다고 한다. 그 돌을 감추고 있는 온갖 필요 없는 정신적 요소들을 태워 없애는 데는 보통 오랫동안의 고통을 필요로 한다는 것이다.[28] 그리하여 자기에 이르는 사람은 연금술적 질적 전환을 맞게 된다. 따라서 여기서 날아다니는 돌이란 연마되기 이전의 울퉁불퉁한 불순물에 둘러싸인 원석原石을 상징한다.

세상에서 요구하는 표피적인 욕망으로부터 벗어나 삶의 핵심에 다가가도록 숙부는 자극하고 있는 것이다. 지금까지 삶의 방

28) M.L. von Franz, "Der Individuationsprozess", In: *Der Mensch und seine Symbole*, Hrsg.v. C.G.Jung, Düsseldorf: Patmos 2009(1992), p. 210 참조.

향과 날리, 진실하게 자신의 근원과 마주하고 전인격의 핵심인 '자기(Selbst)'에 도달해야 생명력 넘치는 삶을 살 수 있음을 숙부는 알려주고 있다. 이기두는 삶의 전환점이 될 '날아다니는 돌'을 찾아 주저함 없이 산속으로 찾아 나선다. 도시의 탄탄대로만 달렸을 그는 이제 지금까지와는 다른 방향으로 나아간다. 거기에 도달하는 길을 이강백은 다음과 같이 묘사한다.

> 나는 요즘 똑같은 일을 반복하고 있다. 경부 고속도로를 달리다가 중간에서 영동 고속도로로 진입, 한참을 더 달려 횡성 나들목을 빠져나간다. 그 다음은 지방도로, 계속 이어져서 비포장도로, 마지막은 자동차가 다닐 수 없는 산길이다. 나는 차를 두고 가파른 산길을 걸어서 올라간다. 울창한 숲으로 가려진 산등성이, 굳게 닫힌 외딴 집 한 채가 있다.(8:369)

점점 좁아지는 길을 달려 결국은 자동차도 타지 않고 험한 길을 걸어서 '상승'하는 과정은 무의식으로 향하는 길과 유사하다. 어렵게 도착한 그곳은 울창한 숲으로 가려져 있는 신성하고 은밀한 장소이다. 이는 〈물거품〉에서 '나'가 반복해서 찾아가던 '그녀'가 있는 숲 속의 연못과 유사하다. 〈물거품〉에서 '나'는 그곳에서 '그녀'라는 아니마와 조우함으로써 자신의 중심으로 나아가지만, 〈날아다니는 돌〉에서 이기두는 박석이라는 '자기상自己像'과 마주한다. 이기두는 어렵게 자기의 자리에 도달하지만 그곳은 굳게 닫혀 있다. 그것도 한 번에 문이 열리는 것이 아니라 반복해서 그가 찾아가니 15번째 비로소 문이 열리고 그 안의 박석 선생이 나온다. 〈날아다니는 돌〉에서는 이렇게 이기두가 자기 자신과 만나는 과정이 얼마나 지난한지를 강조해서 보여준다.

3.2. 날아다니는 돌(자기)과의 일치과정

가. 날아다니는 돌과의 조우

이기두는 어렵게 산속의 박석 선생을 만나지만 바로 날아다니는 돌을 보지는 못한다. 날아다니는 돌을 소중히 간직해온 박석이 문을 열어주기는 했지만 단번에 그것을 내놓지 않기 때문이다.

우리는 여기서 박석 선생이라는 등장인물의 의미를 확인할 필요가 있다. 날아다니는 돌의 29번째 소유자가 이기두의 숙부이고 박석은 30번째 소유자이다. 그 돌은 아무나 소유할 수 있는 것이 아니다. 그 돌의 의미를 깊이 이해하고 잘 간직할 수 있는 존재를 찾아 물려주게 된다. 숲 속의 집은 세속으로부터 멀리 떨어져 있으며 전화는 물론 심지어 주소조차 없는 곳이다. 박석은 돌을 잘 간직하기 위해 세속으로부터 분리되어 산속의 약초를 캐면서 아주 소박한 삶을 살아가고 있다. 그럼에도 그의 집에는 낡은 것이지만 피아노가 놓여 있다. 명상하며 달빛 속에서 그 돌이 연주하는 피아노 소리를 들으며 감동하는 박석이라는 존재는 '숲 속의 현자賢者'에 다름 아니다. 노현자는 분석심리학에서 제시하는 '자기상'[29] 중 하나이다. 그가 자기의 상징인 돌을 품고 있는 것은 우연이 아니다.

박석의 삶은 이기두의 지금까지의 세속적인 삶과는 대조적이다. 그럼에도 불구하고 이기두는 반복해서 박석을 찾아간다. 이기두는 박석이 지닌 날아다니는 돌을 간절히 소유하고 싶어 한다. 그는 처음에는 지금까지 살아온 방식대로 그 돌을 보기도 전에 경매하듯 사려고 시도한다. 26년 전 박석이 숙부에게 자신의

---

29) 마리 루이제 폰 프란츠, 앞의 책, 219쪽.

전 재산인 삼천만 원을 주고 돌을 받았다고 하자 이기두는 그 금액에서 경매를 시작한다. 그러다 결국 육천만 원을 제시하지만, 박석은 마치 이기두의 전 재산의 액수를 알고 있기나 한 듯 일억 오천만 원을 부른다. 이기두는 통장을 보여주며 흥정만 잘 되면 살 의사를 내비치지만 박석은 그에게 그만 산에서 내려가라 한다. 그 돌은 흥정해서 사고 팔수 있는 것이 아니라 자신이 가진 모든 것을 내놓고 헌신할 때 만날 수 있는 것임을 박석은 알려주고 있는 것이다.

이렇듯 박석이라는 존재는 이기두가 전 인격의 핵심에 도달하도록 단계별로 안내해주는 역할을 한다. 이기두가 날아다니는 돌에 다가가도록 박석은 그의 상상력을 자극한다.

박석 선생 눈을 감고 생각해보구려. 피아노 건반 위를 날아다니며 연주하는 돌, 그 우아하고 섬세한 동작을…. 어젯밤, 이 방 안에는 달빛이 가득한데, 날아다니는 돌이 황홀한 월광 소나타를 연주했소.(8:388)

박석은 이기두가 상상력을 동원하여 날아다니는 돌에 점점 더 몰입하도록 하고 그것과 만나고 싶은 열망을 키워나가도록 한다. 숙부에게 부탁하여 편지를 받아온 이기두는 드디어 돌과 마주하게 된다.

"숙부님이 말씀한 대로 날아다니는 돌 크기는 주먹만 했다. 그런데 자세하게 살펴봐도 특별한 것이 없었다. 보석처럼 아름답지도 않고 반짝반짝 빛나지도 않았다. 울퉁불퉁한 모양에 거무칙칙한 색깔…. 날개가 없다는 건 알고 있었지만… 실제로 보니까 실망이 컸다."(8:400-401)

이기두는 어려운 과정을 거쳐 돌을 보게 되지만 실망하게 된다. 상상했던 바와는 달리 어디서나 볼 수 있는 흔하고 평범한 돌에 불과하기 때문이다. 우리 전인격의 핵심도 이기두가 처음 마주한 돌 즉 연금술사가 처음 마주하는 돌처럼 불순물이 잔뜩 섞여 있는 울퉁불퉁한 '원석原石'이다. 그것을 잘 연마하여 질적인 전환을 이루어야만 의미심장한 결정체가 될 것이다. 그 과정은 지난하고 고통스러운 과정이기도 하다. 그러기 위해서는 우선 자아가 무의식에 밀어 넣어버린 그림자를 인식해야한다.

나. 그림자와의 대면과 인식

이기두에게서 그림자인식은 이웃남자와의 대면으로 이루어진다. 이강백은 극의 처음부터 낭독자를 등장시켜 이기두의 일기를 낭독하게 하고 그에게 이웃남자 역도 맡겨 일인이역을 하도록 한다. 낭독자이자 이웃남자인 이 인물은 이기두의 서로 다른 분신이다. 따라서 이기두가 현동화된 무대에서 행동하는 자아라면 낭독자는 그를 관찰하며 그의 행동과 내면을 관객에게 일기의 형식으로 보고하는 화자이다. 대부분의 희곡에서는 인물의 내면이 직접적으로 서술되지 않는다. 그러나 이강백은 이 희곡에서 낭독자라는 독특한 시점을 확보한 인물을 등장시켜 이기두의 일기를 낭독하게 함으로써 극적 사건을 주인공의 시점으로 집약적으로 제시하고 주인공의 내면을 섬세하게 드러낸다. 그런 낭독자가 이웃남자 역까지 수행함으로써 이기두의 모든 정보를 알고 있는 존재일 뿐 아니라 그의 세속적 욕망인 그림자를 함축해서 드러낸다. 이웃남자는 이기두의 또 다른 분신으로 자아의 열등한 측면인 그림자에 다름 아니기 때문이다. 그는 실제로 이기두의 그림자로 형상화된다. 이 셋의 관계가 다음 장면에서 집약적으로 나타난다.

낭독자 "나는 몇 주 동안 강원도에 가지 않았다. 바쁜 일 때문이었다. 빚을 갚지 못해 차압당한 물건들이 경매로 쏟아져 나왔다. 대부분 은행 대출을 받아 샀던 아파트와 주택이었다. 경매는 타이밍이 중요하다. 소위 타이밍을 놓치면 아무것도 살 수가 없다.(이기두, 다른 경매자들을 물리치고 원했던 것을 차지한다.) (…중략…) 몸도 피곤하고 마음도 피곤한 밤, 나는 원룸하우스 골목 입구 편의점에서 캔 맥주를 세 개를 샀다. 나는 그걸 비닐봉지에 담아들고 골목 안으로 들어갔다. 그런데 꼭 누군가 뒤에서 날 따라오는 것 같았다. 내가 멈추면 누군가도 멈췄다. 내가 걸으면 그 누군가도 걸었다."

(…중략…)

(이기두, 캔 맥주들이 담긴 비닐봉지를 들고 골목입구에서 걸어온다.)

(낭독자, 일기를 읽던 의자에서 내려온다. 그는 이웃 남자가 된다.)

(이웃 남자, 비닐봉지를 들고 이기두를 뒤따라온다.)

(이기두, 멈춰 선다.)

(이웃 남자, 멈춘다.)

(이기두가 뒤돌아본다.)

이기두 왜 나를 따라 오십니까, 그림자처럼?

이웃남자 저쪽에 가로등이 있거든요.

이기두 가로등이 무슨 상관이죠?

이웃남자 가로등이 저쪽에서 빛을 비추니까 이쪽에 그림자가 생긴겁니다.(8:406-407)

이웃남자 자, 먼저 가세요. 난 그림자니까 뒤따라가겠습니다.(8:409)
(밑줄 필자)

"무대 왼쪽에 사다리 모양의 높은 의자"(8:368)에 앉아 있던 낭독자가 의자에서 내려와 이웃남자로 전환되는 과정을 주목할 필요가 있다. 이 희곡에서 대부분의 무대장치는 유동적인 것과 조명으로 대치된다. 반면에 이강백은 극의 처음 지문에서부터 유일하게 고정된 무대장치를 이 사다리로 규정하고 있다.(8:368) 사다리라는 무대장치를 통해 낭독자는 고정성과 높은 위치를 확보함으로써 무대 전체를 관조할 수 있으며 주인공 이기두의 내적 외적 묘사를 할 수 있는 우세한 시각을 지니게 된다. 그런데 그는 이기두의 일기를 인용하여 (낭독자의 대사는 모두 따옴표 안의 것으로 되어있다) 낭독하고 있기 때문에 이기두가 자신을 바라보는 또 하나의 시선을 관객에게 발화하는 형식이 된다. 그러한 일기가 낭독되는 동안에도 위 인용문 괄호 안의 내용처럼 이기두는 극적 행위를 수행하는 존재가 된다. 이처럼 이기두가 현동화된 무대에서 행동하는 주체라면, 낭독자는 그러한 이기두의 분신으로 그를 관조하는 자이다. 그러한 낭독자가 이웃남자 역을 병행하고 있어서 이웃남자는 낭독자가 알고 있는 이기두의 일기를 모두 공유하게 된다. 따라서 낭독자와 이웃남자는 이기두의 행동과 내면상황을 모두 아는 우세한 시각을 지니는 반면, 이기두는 그들이 자신을 알고 있다는 사실을 몰라 제한적 시각을 갖게 된다. 결국 두 명의 배우가 형상화하는 배역은 셋이 되어, 이기두의 각기 다른 세 가지 측면을 연기하게 된다: 이기두, 이기두의 그림자인 이웃남자 그리고 이들을 관조하는 낭독자.

가로등이 비추이는 이기두 쪽은 밝은 의식의 중심인 자아이며 그 뒷면은 어두운 그림자인 이웃남자이다. 그들은 한 존재에 대한 상이한 측면이 된다. 똑같이 생긴 원룸에서 살고 땅콩이나 감자칩을 안주로 캔맥주를 마시며 일억 오천만 원이 든 통장을 지니고 있는 이기두와 이웃남자는 데칼코마니의 형상을 하고 있다. 그들은 똑같은 모습으로 세속적 삶을 영위할 뿐 아니라, 아주 평범한 욕망을 지닌 김혜란이란 한 여성을 사랑한다. 이웃남자는 이기두가 그리 높이 평가하지 않는 자신의 세속적 욕망 그 자체이다. 이기두가 산속의 박석을 찾아다니며 날아다니는 돌에 몰두하는 동안, 이웃남자는 차츰 김혜란과 가까워지고 결국 결혼을 하게 된다. 이웃남자는 김혜란의 아름다움에 매료되었고 그녀와 함께 있으면 더 이상 "외롭고 쓸쓸하지"(8:423) 않을 것이라고 한다. 그러나 그에게 결혼은 고독은 줄여주지만 "인생에서 어떤 감동적인 순간, 나의 모든 것을 주고도 후회 않는 그 순간"(8:429)의 경험을 포기하게 한다. 그런 면에서 이웃남자는 이기두가 인정하지 않는 자신의 열등한 측면에 머물러 있는 그림자이다. 김혜란과 이웃남자는 결혼함으로써 이기두에게서 떨어져 나가는 것처럼 보인다. 성유경은 "이기두의 원초적 본능이자 부정적 측면인 그림자는 이웃집 남자였고, 보기에 좋고 그럴싸한 외피에 몰두하는 삶의 지향은 김혜란이었다"고 간파한다. 그리고 "그 둘이 이기두를 떠나게 되면서 얻은 것이 본래의 자기라는 원형이다"[30]라고 언급한다. 그러나 나는 이웃남자가 이기두의 그림자라는 성유경의 입장에는 동의하지만, 이웃남자와 김혜

30) 성유경, 「예리한 통찰력의 작가 이강백」, 『한국극예술연구』 52, 2016, 298쪽.

란의 결혼을 단순히 그림자를 떠나는 것이라 보지 않는다. 오히려 그 둘의 결합으로 이기두는 자신의 무의식에 내재한 욕망을 직시하고 그것을 의식화하여 자기실현의 다음 단계로 나아가는 것이다.[31]

이강백은 김혜란의 결혼식과 숙부의 장례식을 동시에 진행시키면서 축제처럼 형상화하고 극적 대전환의 지점으로 설정한다. 이기두는 자신의 연인이었던 김혜란이 이웃남자와 결혼하는 것을 깊이 슬퍼하지 않을 뿐 아니라 자신의 삶에 근본적인 영향을 준 숙부의 죽음도 슬퍼하지 않는다. 오히려 이기두는 "장례식과 결혼식은 내 인생의 전환점이 되었다"(8:433)고 한다. 이웃남자가 김혜란과 가까워지기 위해 시도하는 동안 이기두는 숲속의 박석을 찾아가 날아다니는 돌과 진정으로 만나기 위해 온갖 노력을 기울인다. 이웃남자는 감동의 순간을 포기하고 결혼을 선택하지만, 이기두는 이웃남자를 통해 그러한 자신의 세속적 욕망을 직시하고 감동이 있는 삶을 갈망하는 방향으로 나아가게 되는 것이다.

결혼식과 장례식 이후 낭독자와 이기두의 관계 전환도 괄목할 만하다. 장례식과 결혼식 이전에는 무대 위에서 행동하는 자인 이기두와 그것을 관조하는 높은 시선인 낭독자가 분리되어 있었다면, 이후에는 이기두도 낭독자와 대등한 시선으로 자신에 대해 독백하기에 이른다.

---

31) 분석심리학에서는 자기실현과정의 초기단계에서 무의식의 표층에 있는 그림자를 의식화하고 그것을 승화시켜 자아와 통합함으로써 자기실현의 튼튼한 발판을 형성할 수 있다고 한다. 마리 루이제 폰 프란츠, 「개성화과정」, 앞의 책, 196쪽 참조.

이기두 나는 보았다. 박석 선생이 피아노 연주를 듣고 있었다. 나에게 분명히 날아다니는 돌을 팔았는데, 피아노를 연주하는 돌이 또 있다니…. 아 나는 속았다! 분노의 고함을 치르려는 순간….

(낭독자, 일기를 읽는다.)

낭독자 "번갯불처럼 번쩍, 나는 깨달았다! 이 세상의 모든 돌은 똑같다. (…중략…)"

이기두 좁았던 내 마음이, 광대무변의 우주처럼 툭, 터졌다!(8:434)

이렇듯 다른 인물과 대화를 하며 극적 행동을 수행하던 이기두와 해설자의 차원에 있던 낭독자가 숙부의 장례식과 김혜란의 결혼식이라는 전환점 이후 하나의 시점으로 통합된다. 이기두라는 인물이 그 내면의 분열된 또 하나의 자아인 낭독자와 통합되어 '나'라는 일인칭 시점으로 일치하는 것이다. 그리하여 세상의 모든 존재들이 상상력과 자신의 내면에 집중할 힘이 있다면 자기 자신에 도달할 수 있음을 드러낸다.

다. 날아다니는 돌과의 일치과정

박석이 간직해 온 돌을 보고도 이기두는 아무런 감동을 받지 못하자 몹시 슬퍼한다. 이강백은 '청양고추'라는 오브제를 사용하여 눈물이 나올 만큼 강렬한 매운 맛으로 이기두가 지닌 감동이 있는 삶에 대한 열망을 형상화한다.

이기두 네…. 으흐흑… 김시습, 허균, 박지원, 황현 등 훌륭한 사람들은 날아다니는 돌을 보고 감동했는데, 어째서 저는 그런 감동을 못할까요? (고추를 계속 먹으며) 저도 감동을 받고 싶어요! 으흐흑… 운명이 달라지는… 심장이 터질 듯한… 흑흑… 그런 놀라운 경험을 저도 하고 싶다고요!(8:410-411)

그러나 그 돌은 자격이 있는 사람에게서만 날아다니고 그런 사람에게만 감동을 선사한다고 박석은 알려준다. 이기두가 자격을 갖추기 위해서는 "감동받는 연습"이 필요함을 알려준다. 주변의 돌중에 아무 돌이나 주워 "마음을 집중해서 그 돌을 바라보"(8:413)라고 한다. 단 특별한 돌이 아니라 '평범한 돌'을 선택하라는 것이다. 진정한 감동 연습을 위해서는 특별한 것의 매력에 사로잡히지 않아야 하기 때문이다. 그리고 돌에 주의 집중을 하여 근원을 생각해보면 그것이 우주의 일부였음을 깨닫는 순간이 온다는 것이다. 우주와 돌과 내가 일체가 되는 경험은 칙센트미하이(Mihaly Csikzentmichali, 1934~2021)가 언급하는 '몰입(Flow)'의 상태에서 이루어진다. 이때 '플로우'란 몸과 마음의 모든 에너지를 한 곳에 집중하여 전력투구하여 목표 이외의 다른 것은 잊을 정도로 고양된 상태를 의미한다. 플로우의 상태는 저절로 이루어지는 것이 아니라 노력해서 만드는 것이라고 한다.[32] 그를 위해서는 감정의 몰입과 의지를 필요로 하고 일정한 과정이 요구되는데 그것이 바로 주의(attention)이다.[33]

박석 선생 돌중에는 머나먼 우주에서 날아온 것들도 많네. 광대 무변의 우주를 떠돌던 별, 지구와 부딪혀서 산산조각 나 돌이

---

32) 미하이 칙센트미하이, 최인수 역, 『플로우 Flow: Psychology of Optimal Experience』, 한울림, 2004, 28-29쪽.

33) 위의 책, 72쪽.

돼지. 자네 역시 생각해보면 우주를 떠돌던 어느 별의 한 조각일세. 처음엔 감동이 없겠지. 우주와, 돌과, 내가, 무슨 상관이냐. 아무리 생각해봐도 모르겠다면서… 그러나 연습하고 또 연습하면, 각각 따로따로였던 우주와 돌과 내가 하나로 합쳐지면서 엄청난 감동을 느낄 걸세.

이기두 따로따로였던 것이, 하나로 합쳐진다… 그러니까 감동이란 일체가 되는 느낌입니까?(8:413)

박석은 돌을 매개로 하여 자신의 내면에 집중하여 우주의 일부인 자기 자신에 이르는 것을 알려주고 있다. 우주와의 일치란 전일적인 인격체의 근원에 도달하는 것이다. 평범한 돌 하나하나가 이 우주의 각기 다른 한 조각인 것처럼, 우리 개개인은 각자의 자기다움을 지닌 우주의 일부인 것이다. 우리 각자는 돌처럼 "활화산의 들끓는 마그마" "깊은 바다에서 솟아오르는 대지" "광대무변한 우주의 빛나는 별"(8:415)로 은유될 수 있는 존재이기 때문이다.

칙센트미하이는 플로우가 자아 내면뿐 아니라 세상과의 통합을 이루어낸다고 언급한다.

> 플로우는 자아를 통합하도록 도와주는데, 깊게 몰입하는 이 상태가 의식의 질서를 잘 잡아주기 때문이다. 사고·의도·감정 그리고 모든 다른 감각들이 하나의 목적에 집중된다. 경험들은 서로 조화를 이룬다. 한 번의 깊은 플로우가 지나가고 나면 사람은 내면의 통합뿐만 아니라 이 세상과도 더욱 합치되는 느낌을 갖는다.[34](밑줄 필자)

---

34) 칙센트미하이, 앞의 책, 89쪽.

이기두는 박석의 안내에 따라 돌에 집중하여 '감동받는 연습'을 한다. 이미 언급했듯 돌이란 자기의 중심을 상징하는 것이기 때문에 그에 집중하여 하나가 되는 과정은 자기 자신과의 통합을 의미한다. 그렇게 하여 자기다움에 이르게 되면 자연스럽게 이 세상 더 나아가 우주와의 일치감을 통해 툭 트이는 감동의 순간을 경험할 수 있는 것으로 이강백은 설정한다.

낭독자 "꿈인가, 생시인가…. 나는 들었다. 날아다니는 돌이 연주하는 피아노 소리를. 그 어떤 피아니스트도 저렇게 황홀한 연주는 못할 것이다. 날아다니는 돌이 건반 하나하나를 섬세하게 건드릴 때마다 나의 오감 전체가 살아났다. 나는 활화산의 들끓는 마그마였고, 깊은 바다 밑에서 솟아오르는 대지였으며, 광대무변한 우주의 빛나는 별이었다. 매운 고추 먹고 흘리던 눈물과는 전혀 다른 눈물이 내 뺨을 타고 흘러내렸다."(8:415)

이기두 좁았던 내 마음이, 광대무변의 우주처럼 툭, 터졌다!

(피아노 연주 소리, 더욱 커진다.)
(이기두, 박석 선생 옆으로 다가와서 눈을 감고 앉는다.)

낭독자 "그렇다. 눈을 감아야 들리는 소리가 있다. 눈을 감고도 보이는 광경이 있다. 황홀한 피아노 연주 소리에, 이 세상의 모든 돌들이 허공 위로 떠올라 날아다니고 있다."(8:434-435)

이기두는 결국 돌과 우주와 자기 자신이 통합되는 플로우의 순간을 경험하게 된다. 돌이 피아노를 연주하는 밤, 이기두는 하늘의 가득 별들이 날아다니는 경험을 하며 지고至高의 행복을 느낀다. 이때 그 곁에 있던 박석은 퇴장한다. 박석은 이기두가 자기 자신과 통합되고 우주와의 일치감을 느끼는데 까지 안내자 역할을 한 후 사라지는 것이다.

요컨대, 날아다니는 돌을 소유했던 숙부와 현재 소유하고 있는 박석은 상이한 방법으로 이기두가 자기 자신에 이르도록 안내한다. 이기두가 지난한 반복의 과정을 거쳐 차츰 자기중심에 다가가도록 유도하는 이들은 내생을 예감하고 준비하거나 숲속의 현자로 살고 있는 이기두의 '자기상'에 다름 아니다. 결국 이들은 이기두가 날아다니는 돌을 매개로 자신에 집중하여 자기에 도달하고 세상과도 일치하는 순간에 도달하자 죽거나 사라진다. 이제부터는 이기두 스스로 그 상태를 유지하고 발전시켜 나가며 감동이 있는 놀라운 삶을 살아갈 일이 남아 있는 것이다.

이렇듯 이강백은 이기두라는 청년이 단계적으로 자기 자신의 중심에 도달하는 과정을 날아다니는 돌과의 일치과정으로 은유함으로써 형상화해내고 있다. 어떤 특별한 사람을 주인공으로 삼는 것이 아니라 평범해 보이는 이기두를 무대 중심에 놓고 이상적 관객의 눈높이와 일치시키려 시도한다. 그리고 작가는 관객으로 하여금 이기두의 깨달음의 과정에 심리적으로 동참하며 각자의 가능성을 성찰하도록 유도하고 있다. 인터뷰에서 이강백은 자신을 이기두를 관찰하고 있는 이웃남자라고 언급했다.[35] 이는 그가 이기두뿐 아니라 그와 유사한 관객들의 인식의 변화

35) 이강백·이상란 대담, 박상준 채록 정리, 앞의 책, 406쪽.
이강백은 자신을 작품 속 이웃남자와 동일시하지만 더 정확히 말하면 낭독자에 가깝다. 이기두와 이웃남자 그리고 낭독자는 한 인물의 세 가지 측면이기 때문에 그 중 누구와 동일시한다는 것은 자기 자신을 깨달아가는 과정에 놓여 있는 극적 주인공의 눈높이에 작가의 시선이 맞춰져 있고 그것을 통해 관객과 소통하고자 함에 다름 아니다.

가능성을 바라보며 응원하고 있음을 드러내는 것이다. 특별한 돌에 매혹되지 말라는 박석의 조언처럼, 작가는 평범해 보이지만 각자의 빛나는 보석을 울퉁불퉁한 원석의 형태로 간직하고 있는 모든 존재들에 대한 소중함을 일깨우고 있다.

내가 인터뷰에서 숲속의 현자 박석과 이강백은 어떤 관계에 있느냐고 질문했을 때, 자신은 아직 박석의 단계에 도달하지는 못했지만 그가 자신의 이상향[36)]임을 언급했다. 이처럼 박석은 극적 주체인 이기두 뿐 아니라 극작가 이강백의 '자기상自己像'이기도 한 것이다. 이기두는 이강백의 과거이자 관객의 현재이며, 이강백은 이제 박석에 거의 도달한 단계로 보인다. 그는 필생의 작업인 희곡창작을 통해 평범한 땅 위의 돌과 같은 자신을 갈고 닦아 하늘을 날 수 있을 정도로 고양된 존재로 나아가고, 이를 관객과 공유하면서 그들 각자의 자기에 이르는 길을 응원한다. 그러기 위해 그는 "눈을 감아야 들리는 소리" "눈을 감고도 보이는 광경"을 끊임없이 무대에 펼쳐내어 그 아름다움을 관객과 더불어 향유하고자 한다.

---

36) 이강백·이상란 대담, 박상준 채록 정리, 앞의 책, 407쪽.

맺음말

이강백 희곡에는 진리, 도덕, 자유, 사랑 등을 위해 목숨을 내놓고 절대 순수에 도달하는 극적 주체들이 등장한다. 한 개인이 우주만큼이나 큰 의미로 가득 채워지는 것. 그것이 그가 희곡을 통해 끊임없이 드러내고자 했던 이상이었던 것으로 보인다. 그러나 그 개인들은 위대하고 힘 있는 영웅들이 아니라 오히려 작고 보잘 것 없으며 소외되고 배제된 존재들이다. 그럼에도 불구하고 이들은 이 세상을 지배하고 있는 힘의 논리 너머를 바라보며 끊임없이 자신의 전존재를 내던지는 행위를 통해 그 순수에 다가가려 했던 자들이다. 이강백은 이 외롭고 작은 존재들과 연대함으로써 잘 보이지도 들리지도 않는 이들의 몸짓과 외침을 무대의 중심에 가시화하고 이에 관객을 동참시키는 것이 평생의 소명이었음을 거듭 드러낸다.

비바람을 맞아 시뻘겋게 녹이 슨 철판으로 되어 있는 가슴을 지닌 자신이 성 밖에 서서 성 안을 바라보고 있던 꿈, 그것이 이강백이 젊은 날 자주 꾸었던 꿈이었다고 한다. 그만큼 그는 자신을 국외자로 인식한다. 그에게 '보이는 세계'란 '성 안'으로 비유할 수 있는 세상의 중심부에 해당하는 제도화된 세계이다. 권력, 부, 명예 등이 있는 이들이 주도하고 있으며 세속적인 가치가 지배하는 세계이다. 이강백은 그러한 보이는 세계를 형성하고 있는 거대한 구조물 이면에 있는 '보이지 않는 세계'를 끊임없이 희곡으로 형상화해낸다. 그는 세속의 중심부에 위치한 권력자의 명령 대신에 소외되고 배제된 자들의 '소리가 되지 못한 외침들'에 귀 기울이고, 번쩍이는 부로 구축된 형상들 대신에 그 너머에 있는 보이지 않는 진실을 보려한다.

이강백 희곡의 여성인물들은 현실에서 볼 수 있는 살아있는 여성이 아니라 대단히 추상적인 존재들이라는 특징을 지닌다. 이는 그의 여성관에 대한 의구심으로 연결되기도 한다. 그러나 긴 대담을 통과하면서 그의 작품 전작을 걸쳐서 바라보니, 여성인물들이 작가가 경험한 실재의 여성들을 바깥에서 스케치한 것이 아니라, 작가의 내면에 있는 여성성(아니마)을 끌어올려 형상화한 것임을 알게 되었다. 결국 작가 스스로 언급했듯 무의식 깊이 잠재되어 있는 여성성이 수포처럼 떠올라 오는 것을 포착하여 형상화해낸 것이 그의 여성인물들인 것이다. 이러한 현상을 융이 언급하는 아니마의 의식화과정과 연결시켜 보니 내 안에서 실마리가 풀렸다. 이강백은 젊은 날 상처 받은 여성들에 단숨에 매혹되곤 했던 아니마의 투사작용을 작품 쓰기를 통해 대면하고 의식화하는 과정을 거친다. 그러다 자신의 개인적 아니마를 신화적인 원형의 차원으로 연결시키고 거기서 연극의 궁극적 이상과 만난다. 이는 〈봄날〉에서 자비와 생명의 여성으로 세계수世界樹가 된 동녀와 〈칠산리〉에서는 자신의 생명을 희생하여 신성한 일곱 개의 산이 된 어미로 승화되어 나타난다. 그러다 그는 60대 후반에 창작한 〈즐거운 복희〉에 이르면 대극통합의 이미지를 '푸른 호수'로 무대 가득 채워낸다. 이는 이강백 희곡에 드러난 아니마 결정체로서, 작가에게도 아니마의 의식화가 상당한 단계로 이루어졌음을 유추하게 한다.

이강백이 50여 년간 창작한 희곡들을 통시적으로 살펴보면,

초기작에서 탄생한 진리에의 의지를 지닌 극적 주체들이 지속적으로 성장하는 과정을 확인할 수 있다. 자기의 자리를 발견하면서도 전인격의 중심의 이르는 길과 방법을 모른 채, 맹목적 헌신을 하던 단계에서 그림자와 아니마·아니무스를 의식화하면서 자기실현의 길을 가는 주체들로 나아간다. 특히 1990년대 이후 작품들에서는 깨달음의 도정에 있는 극적 주체들이 다양한 모습으로 등장한다. 이들은 '자기'를 향한 여정을 다채롭게 보여준다.

이강백은 극적 주체들의 상이한 자기실현과정을 형상화함으로써 관객들도 자신의 방식을 성찰하게 할 뿐 아니라, 전 창작과정을 통해 스스로도 자기실현의 길로 나아간 구도자이다.

참고문헌

1차 자료

이강백, 『이강백 희곡전집1』, 평민사, 1993(1982).

———, 『이강백 희곡전집2』, 평민사, 1992(1985).

———, 『이강백 희곡전집3』, 평민사, 1994(1986).

———, 『이강백 희곡전집4』, 평민사, 1996(1992).

———, 『이강백 희곡전집5』, 평민사, 1995.

———, 『이강백 희곡전집6』, 평민사, 1996.

———, 『이강백 희곡전집7』, 평민사, 2004.

———, 『이강백 희곡전집8』, 평민사, 2015

———, 『이강백 희곡전집9』, 평민사, 2022.

이강백 · 이상란 대담, 박상준 채록, 「이강백과의 1차 인터뷰」 초고, 2017년 3월 28일, 서강대학교 정하상관 1119호.

———, 「이강백과의 2차 인터뷰」 초고, 2017년 4월 24일, 서강대학교 떼이에르관 대회의실.

———, 「이강백과의 3차 인터뷰」 초고, 2017년 5월 16일, 서강대학교 정하상관 1119호.

———, 「이강백과의 4차 인터뷰」 초고, 2017년 5월 30일, 위의 장소.

———, 「이강백과의 5차 인터뷰」 초고, 2017년 6월 23일, 위의 장소.

———, 「이강백과의 6차 인터뷰」 초고, 2018년 4월 13일, 위의 장소.

———, 「이강백과의 7차 인터뷰」 초고, 2018년 5월 1일, 위의 장소.

———, 「이강백과의 8차 인터뷰」 초고, 2018년 5월 15일, 위의 장소.

———, 「이강백과의 9차 인터뷰」 초고, 2018년 6월 5일, 위의 장소.

———,「이강백과의 10차 인터뷰」 초고, 2018년 6월 19일, 위의 장소.
———,「이강백과의 11차 인터뷰」 초고, 2018년 7월 10일, 위의 장소.

이강백 · 이상란 대담, 박상준 채록 정리,『극작가 이강백의 삶과 작품. 이야기가 사람을 만들고 사람이 이야기를 만든다』, 평민사, 2021.

김부식,『삼국사기』, 동방미디어 e-book, 1999.
대당 삼장법사 보리류지 한역, 송성수 번역,『대보적경大寶積經』e-book, 98권.
무진 번역,『금강경』, 도서출판 비움과 소통, 2012.
법정 편역,『화엄경』, 동쪽나라, 2003(2002).
이강백, 니시다 고진 대담, 이성곤 역,「한일연극의 현황과 과제: 검열, 자기규제, 보이지 않는 권력에 대항하여」,『연극평론』83권, 2016.
카뮈, 알베르, 김화영 역,『알베르 카뮈 전집 12. 칼리귤라.오해』, 책세상, 2015(1999).
Brecht, Bertolt, *Mutter Courage und ihre Kinder*, Bertolt Brecht Werke in 30 Bänden, Berliner und Frankfurter Ausgabe, Hsg. Werner Hecht, Bd.6, Frankfurt a.M.: Suhrkamp, 1989.

2차 자료

권미란,「이강백 희곡 연구. 주체와 공간의 상관성을 중심으로」, 서강대 박사학위논문, 2016.
김남석,「1970년대 이강백 희곡연구. 군중과 권력의 상관성을 중심으로」,『어문논집』43, 2001.
김성희,「우의적 기법으로 드러나는 시대정신」,『한국현역극작가론』, 예니. 1987.
———,「이강백의 희곡세계와 연극미학-'환멸과 '어머니찾기 모티프' 작품군을 중심으로」,『한국극예술연구』7, 1997.
———,「한국정치극연구1」,『한국극예술연구』18, 2003.
———,『한국 동시대 극작가들』, 박문사, 2015(2014).

김열규, 『한국의 신화』, 일조각, 1976.
무비스님, 『금강경 강의』, 불광출판부, 2006(1994).
박명진, 김민주, 「이강백 희곡에 나타난 '몸'의 재현 양상. 〈칠산리〉와 〈영자와 진택〉을 중심으로」, 『국제어문』 79, 2020.
배강원 외, 「엘리아데의 신화적 공간론에 입각한 한국적 신화원형공간에 관한 연구. 수직축과 천.지.인 합일의 구조를 중심으로」, 『디자인학연구』 103, 2012.
배봉기, 「이강백론. 정치적 알레고리를 중심으로 초기 희곡 연구」, 『현역중진작가연구 II』, 한국문학연구학회, 1998.
백종현, 「〈실천이성비판〉연구」, 『실천이성비판』, 임마누엘 칸트, 백종현 역, 아카넷, 2012(2003).
백현미, 「이강백 희곡 〈봄날〉의 의미론적 구조」, 『이화어문논집』 16, 1998.
———, 「이강백 희곡의 반복구조와 반복의 철학」, 『한국극예술연구』 9, 1999.
베버, 막스, 전성우 역, 『직업으로서의 정치』, 나남, 2007.
비르크호이저-왜리, 지빌레, 이유경 역, 『민담의 모성상』, 분석심리학연구소, 2007.
성유경, 「이강백 희곡 연구. 희곡에서의 음악적 요소를 중심으로」, 이화여대 석사논문, 2008.
———, 「예리한 통찰력의 작가 이강백」, 『한국극예술연구』 52, 2016.
신아영, 「이강백 희곡에 나타난 현실과 우화의 상관관계 연구」, 『한국문예창작』 10, 2006.
엘리아데, 미르치아, 이재실 역, 『이미지와 상징. 주술적-종교적 상징체계에 관한 시론』, 까치, 1998.
윤택림, 『문화와 역사 연구를 위한 질적 연구방법론』, 아르케, 2004.
융, 칼 구스타브, 융 저작 번역위원회 역, 『융 기본 저작집 3. 인격과 전이』, 솔, 2003.
———, 융 저작 번역위원회 역, 『융 기본 저작집 8. 영웅과 어머니 원형』, 솔, 2006.
———, 김세영 · 정명진 역, 『아이온』, 부글북스, 2016.

융, 칼 구스타브 편, 이부영 외 역, 『인간과 상징』, 집문당, 2013(1983).
이부영, 『그림자』, 한길사, 1999.
———, 『아니마와 아니무스』, 한길사, 2003(2001).
———, 『자기와 자기실현』, 한길사, 2003(2002).
이상란, 「연극적 상상력과 담론통제. 이강백 〈파수꾼〉에 대한 기호학적 분석」, 『한국연극학』, 11, 1998.
———, 「이강백 〈즐거운 복희〉에 나타난 '페르조나'와 '자기실현'과정」, 『드라마연구』 51, 2017.
———, 「이강백 초기희곡에 나타난 고독의 미학. 〈셋〉과 〈다섯〉을 중심으로」, 『한국극예술연구』 58, 2018.
———, 「이강백 〈내마〉에 나타난 고독의 파괴력과 '개인의 존엄성'」, 『드라마연구』 56, 2018.
———, 「이강백 초기희곡의 '아니마'상 연구」, 『서강인문논총』 54, 2019.
이승엽, 「〈내마〉 연출자 김아라 인터뷰. 〈내마〉: 가장 이강백적 작품」, 『예술의 전당』, 1998년 4월호.
이영미, 『이강백 희곡의 세계』, 시공사, 1998.
이영미, 안치운 외, 『〈다섯〉에서 〈느낌....〉으로』, 예술의전당, 1998.
정우숙, 「이강백 희곡 〈물거품〉 고찰」, 『한국극예술연구』 2, 1992.
———, 「이강백 희곡에 나타난 모성 이미지」, 『이화어문논집』 14, 1996.
주소형, 「이강백 희곡의 인물형상화 연구」, 상명대 예술디자인대학원, 2002.
칙센트미하이, 미하이, 최인수 역, 『플로우 Flow: Psychology of Optimal Experience』, 한울림, 2004.
푸코, 미셸, 이정우 역, 『담론의 질서』, 새길, 1993.
———, 박홍규 역, 『감시와 처벌』, 강원대 출판부, 1993.
프란츠, 마리 루이제 폰, 「개성화 과정」, 『인간과 상징』, 칼 구스타브 융 편, 이부영 외 역, 집문당, 2013(1983).
틸리히, 폴, 김경수 역, 『영원한 지금』, 대한기독교서회, 1987(1973).
칸트, 임마누엘, 백종현 역, 『실천이성비판』, 아카넷, 2012(2003).
한국극예술학회 편, 『이강백. 극작가총서 9』, 연극과 인간, 2010.

Disler, Werner A., *C.G. Jungs Kritische Theorie. Die bisher unreflektierte implizite Gesellschaftskritik im Werk C.G. Jungs*, Berlin: Pro Business(IKTS, Zürich), 2015.

Esterbauer, Reinhold, "Zimmer ohne Aussicht", *Deutsche Zeitschrift für Philosophie*, Vol. 50(5), 2002.

Flick, Uwe (Hg.), *Qualitative Forschung*, Hamburg: Rowohlt, 2005 (2000).

Fischer-Lichte, Erika, *Semiotik des Theaters* in 3 Bänden, Tübingen: G.Narr, 1983.

———, *Ästhetik des Performativen*, Frankfurt a.M.: Suhrkamp, 2004.

Foucault, Michel, *Die Ordnung des Diskurses*, Frankfurt a.M.: Fischer, 1991.

———, *Überwachen und Strafen, übz.* Walter Seiter, Frankfurt a.M.: Suhrkamp, 1977.

Franz, M.L., "Der Individuationsprozess", In: *Der Mensch und seine Symbole*, Hrsg.v. C.G.Jung, Düsseldorf: Patmos 2009(1992).

Gehring, Petra, "Das invertierte Auge", In: Rölli, Marc, Nigro, Roberto (Hg.), *Vierzig Jahre "Überwachen und Strafen": zur Aktualität der Foucault'schen Machtanalyse*, Bielefeld: transcript, 2017.

Gramsci, Antonio, *Prison Notebooks*, trans. by Quintin Hoare and Geoffrey Nowell Smith, New York: International Publishers, 1971.

Hanna, Barbara, *Begegnungen mit der Seele. Aktive Imagination-der Weg zu Heilung und Ganzheit*, München: Knaur, 1991. (Original Titel- Encounters with the Soul, überz. v. Waltraut Körner, Boston: Sigo, 1981).

Hecht, Werner (Hg.), *Materialien zu Brechts. Mutter Courage und ihre Kinder*, Frankfurt a.M.: Suhrkamp, 1982(1964).

Iser, Wolfgang, "Die Appelstruktur der Texte. Unbestimmtheit als Wirkungsbedingung literarischer Prosa", In: *Rezeptionsästhetik*, Rainer Warning (Hg.), München: W. Fink, 1975.

Jung, C.G., *Von Wurzel des Bewußtseins*, Zürich: Rascher Verlag, 1954.

——, *Psychologischen Typen*, *GW. Bd.6,* Olten: Walter, 1971.

——, *Aion*, *GW. Bd.9/2,* Olten: Walter, 1976.

——, *Mysterium Coniunctionis*, *GW. Bd.14/2,* Ostfildern: Patmos, 2011(1995).

Jung, Irene, *Schreiben und Selbstreflexion*, Opladen: Westdeutscher Verlag, 1989.

Kast, Verena, *Wir sind immer Unterwegs. Gedanken zur Individuation*, München: DTV, 1997.

Misoch, Sabina, *Qualitative Interviews*, Berlin, München, Boston: Walter de Gruyter, 2015.

Nagl-Docekal, Herta, "Schwerpunkt: Einsamkeit", *Deutsche Zeitschrift für Philosophie*, Vol. 50(5), 2002.

Pavis, Patrice, *Semiotik der Theaterrezeption*, Tübingen: G.Narr, 1988.

Pfister, Manfred, *Das Drama*, München: W.Fink, 1982.

이강백 희곡과 자기실현

초판 1쇄 인쇄일 2022년 12월 23일
초판 1쇄 발행일 2022년 12월 30일

지 은 이 이상란
만 든 이 이정옥
만 든 곳 평민사
서울시 은평구 수색로 340 〈202호〉
전화 : 02) 375-8571
팩스 : 02) 375-8573
http://blog.naver.com/pyung1976
이메일 pyung1976@naver.com
등록번호 25100-2015-000102호
ISBN 978-89-7115-082-5 93810
정 가 16,000원